외
인
계

외인계 6

황기록 新무협 판타지 소설

초판 1쇄 찍은 날 § 2003년 7월 7일
초판 1쇄 펴낸 날 § 2003년 7월 15일

지은이 § 황기록
펴낸이 § 서경석

편집장 § 문혜영
편집 § 장상수 · 박영주 · 권민정
마케팅 § 정필 · 강양원 · 이선구 · 김규진 · 홍현경

펴낸곳 § 도서출판 청어람
등록번호 § 제1081-1-89호
등록일자 § 1999. 5. 31
어람번호 § 제2-0227호

주소 § 경기도 부천시 원미구 심곡1동 350-1 남성B/D 3F (우) 420-011
전화 § 032-656-4452 팩스 § 032-656-4453
E-mail § eoram99@chollian.net

값 7,500원

ISBN 89-5505-753-9 04810
ISBN 89-5505-587-0 (SET)

황기록 新 무협 판타지 소설 外人界

외인계

6

2부
사위지기자사(士爲知己者死)

도서출판
청어람

목차

제8장

해적(海賊)

"잘 아시겠지만……."

대금 중 마지막 백 냥을 담은 궤가 건네졌을 때 상인은 예의 헤픈 웃음을 흘리며 입을 열었다.

"이런 식의 거래는 전례가 없었습니다. 한 개인에게 천 정의 총이라……. 말씀드리지 않아도 아시겠지만 이 일은 죽을 때까지의 비밀로 간직해 주셨으면……."

"그건 이쪽이 부탁하고 싶은 거요."

자칫 길어질 것만 같은 상인의 말을 독고향은 중간에서 잘라 버렸다.

하지만 그것만으로 상인의 말을 막기엔 역부족이었다.

"게다가 귀하들은 오사카 류우텐류 도장과 심각한 마찰을 일으켜 봉행소의 주목을 받고 계시지 않소! 이런 참에 이만한 총을 넘겼다는 게 알려진다면 소인은 목이 열 개라도 모자랄 판이오. 그러니 어떻게 든……"

철그럭!

다시 황금 백 닢이 든 묵직한 궤가 그의 발 아래 떨어지고 나서야 상인은 입을 다물었다.

"이렇게까지 하지 않으셔도……"

입으론 사양하면서 손은 벌써 궤를 강하게 당기고 있는 상인이었다.

"그냥 드리는 게 아니오. 조건이 있소."

이번에 말을 건 사람은 도일이었다. 독고향과 같이 있었지만 입을 열어 말을 한 것은 지금이 처음이었다.

"응? 조건?"

흡사 불에 덴 듯 궤에 대고 있던 손을 떼어내며 상인은 조심스런 눈길을 도일에게로 보냈다. 섣불리 달려들었다가 혹 불리한 계약이라도 맺게 되지나 않을지 하는 장사치 특유의 조심성이었다.

"한 사람을 소개해 주시오."

"사람?"

"쿠로다 간베에. 그가 이 사카이에 주기적으로 나타난다고 들었소. 그를 만나게 해주시오!"

"흐음!"

눈빛을 묘하게 물들이며 상인은 바다 쪽으로 시선을 보냈다. 전날 독고향과 만나 선금을 받았던 바로 그 장소, 오늘은 스무이레의 잔뜩 기울어진 달이 간신히 존재감만 유지하고 있을 뿐이었다.

"아시다시피 그분은 하시바님의 군사, 저번에 주신 금 닢을 조사해보니 희미하게 호리병박 문양을 발견할 수 있었소이다. 비록 교묘한 솜씨로 지우긴 했지만 조금만 실수해도 우리 상인들은 알아볼 수 있지요.”

독고향과 도일의 표정이 동시에 굳어졌다. 상인이 무슨 말을 하는지 깨달은 탓이었다.

“요즘 들어 하시바님의 군자금이 털리는 사태가 빈번하다고 들었소. 아, 그렇다고 너무 흥분하지는 마시오.”

칼자루에 손을 대는 두 사람을 향해 상인은 급히 손을 내저었다.

“나는 장사꾼이오. 이익을 추구하지 않는다면 그게 오히려 죄악, 그 대상이 누구든 상관치 않소이다!”

다시 헤픈 웃음이 상인의 얼굴에 떠올랐다.

“흐음!”

도일은 묵직한 침음성을 토했다. 턴 금 닢을 굳이 대장간에 보관한 것은 거기에 찍혀 있는 문양을 다른 걸로 바꾸거나 지우기가 쉬워서였다. 근데 약간의 실수가 있었던 모양이다.

“그럼 쿠로다 간베에님과의 대면만 주선하면 된다는 말씀입니까? 달리 필요한 건 없고?”

다시 슬그머니 궤짝 위에 손을 올려놓으며 상인은 기대에 찬 눈빛을 발했다. 따지고 보면 그리 어려운 일도 아니다. 만남을 주선할 자신은 충분히 있었고, 그들이 만나 무슨 짓을 하든 자신이 상관할 바는 아니다.

“만나게만 해주시오!”

“알겠소. 마침 쿠로다님이 오실 때도 됐으니 이 하찌로위[八郎], 사카이에서 삼대(三代)를 이어온 마쓰이야[三井屋]의 명예를 걸고 그 만남을 주선하겠소!”

시원스레 말하며 하찌로우가 동행한 점원에게 눈짓을 보냈다. 궤를 챙기라는 의미였다.

"그런데 정말 물건을 옮겨 드리지 않아도 되겠소?"

상인은 재차 걱정스레 물었다. 돈이야 제대로 챙겼지만 총이 든 궤 짝들은 그대로 모래사장에 쌓여 있었던 것이다.

"이건 우리가 알아서 처리하겠소."

"부디 조심하셔서……."

지나치다 싶을 정도로 하찌로우가 걱정하는 데에는 이유가 있었다. 물건을 옮기다 봉행소의 검문이라도 받게 되면 자신까지 다칠 우려가 있기 때문이다. 영주가 아닌 개인에게 이 정도 물량의 총을 팔았다면 분명 문제가 될 터, 그 점을 걱정하고 있는 것이다.

작별을 고한 하찌로우가 막 몸을 돌린 순간,

"괴한!"

짤막한 외침이 어둠 속에서 토해졌다. 주변을 감시하고 있던 영강이 었다.

독고향이 몸을 돌린 상인을 낚아챈 것도 거의 동시였다. 그가 돈과 물건을 동시에 노리고 동원한 무사들이란 직감 때문이었다.

"왜, 왜 이러시오?"

경악의 표정으로 상인이 물었지만 독고향은 대꾸하지 않았다. 대신 그는 어둠 속에서 산발적으로 들려오는 병장기 부딪치는 소리와 비명 성에 귀를 기울였다.

어둠 속의 드잡이질 소리는 두 군데서 들려왔다. 영강과 임현, 두 사람이 각기 다른 장소에서 싸우고 있는 중일 터였다.

'포위됐군!'

낚아챈 상인의 목에 뽑아 든 칼을 바짝 들이대며 독고향의 표정은 무겁게 가라앉았다. 싸우는 소리가 두 군데서 동시에 들린다는 건 어디에도 안전한 곳이 없다는 걸 의미한다.

그건 또한 이 편의 숫자가 압도적으로 적다는 말과도 통한다.

문득 독고향은 카즈키와 도다 아키의 존재가 절실하게 아쉬워졌다. 그게 어떤 종류의 것이든 자신들이 하는 일이라면 뭐든 도울 각오가 되어 있는 그들이었다.

하지만 총을 밀거래하는 곳에까지 그들을 데려올 정도로 부주의한 도일은 아니었다. 물론 다른 사람들도 마찬가지였지만 말이다.

이제 믿을 건 자신들의 실력과 이 상인의 목뿐이라 생각한 독고향은 그를 끌고 싸움이 벌어지고 있는 곳을 가려 했다.

"놔주게."

독고향을 말린 건 도일이었다. 제자들이 어둠 속에서 싸우고 있다는 걸 뻔히 알면서도 그는 여전히 물처럼 잔잔한 태도를 유지했다.

"놔주라니요? 괴한들을 매복시킨 건 이자가 틀림없소! 이자를 방패 삼아 여길 빠져나가야 하질 않겠소."

"그는 아닐세."

이 역시 잔잔하게 가라앉은 음성으로 도일은 독고향의 말을 받아넘겼다.

"그의 눈을 보게. 만약 그가 정말 괴한들을 매복시켰다면 약간의 동요라도 보였을 터, 눈빛이 변치 않는다는 건 마음에 거리낌이 없다는 걸세."

새삼 독고향은 상인의 표정을 살펴보았다. 도일의 말대로였다. 처음의 놀람도 어느새 가라앉아 있었고, 대신 어떤 일을 당해도 후회하지 않겠다는 엄격한 눈빛만이 번들거렸다.

그걸 확인한 독고향은 자신도 모르게 움찔거렸다. 결코 상인의 탓이 아니었다. 그래서 그는 지금까지 단 한 마디의 변명도 하지 않았던 것이다.

그렇다면 남은 건 실력뿐,

"물건을 지켜주시오!"

한마디 강하게 남긴 후 곧장 어둠 속으로 뛰어들려고 했다.

하지만 그보다 더 빠른 인영 하나가 후드득 사람들 앞에 떨어져 내렸다.

"웬 놈……."

고함을 지르며 칼을 휘두르려던 독고향의 동작이 그대로 굳어졌다. 나타난 사람이 다름 아닌 히사노였기 때문이다.

그녀가 어떻게 여기에 나타났는지 궁금하기보다는 우선 반가움이 앞서는 독고향이었다. 수적으로 불리할 때 그녀만한 고수가 한 명 가담해 주는 건 분명 커다란 힘이 될 터였다.

"잘 왔다. 우선 놈들을 물리친 후에……."

"이 싸움엔 관심없어. 내 관심은 오직 저 사람뿐이야!"

독고향의 말을 자르며 히사노는 대뜸 칼을 뽑아 들었다. 그리고는 곧장 도일을 향해 정면으로 겨누었다.

"이, 이봐!"

평소와는 확연히 다른 히사노의 태도에 독고향은 그녀 앞으로 나서며 말리려 했다.

패액!

바로 그 순간 히사노의 칼이 날아들었다. 일말의 주저나 사정을 두지 않은, 그야말로 적에게나 가할 공격이었다.

"훗!"

다급하게 호흡을 끊어 물며 독고향은 허리를 한껏 뒤로 젖혔다. 이미 뽑아 들고 있던 칼로 전면을 향해 사력을 다해 찔러 넣은 건 순전히 본능에 의한 반응이었다.

"그만!"

별안간 도일의 입에서 엄청난 크기의 고함 소리가 터져 나왔다. 찔러 들어가던 독고향의 칼은 물론 어둠 속의 싸움도 한순간 뚝 끊어졌을 정도였다.

허리를 튕겨 자세를 바로잡으며 독고향은 도일을 바라보았다. 딱히 말릴 이유가 없는 싸움, 왜 그리 큰 고함을 질러 정지시켰는지가 궁금해서였다.

"아무래도 이 여자 분과의 승부는 피할 수 없을 듯하네. 자넨 가서 저 사람들이나 도와주게!"

말을 하는 도일의 표정이 조금 굳어졌다. 아무래도 여자와 승부를 결하는 일은 그리 탐탁지 않을 터였다.

그렇다고 마냥 피하고만 있을 수는 없는 노릇, 이번에 확실히 승부를 결정지으려는 의도인 것 같았다.

독고향은 선뜻 움직일 수 없었다. 비록 정도의 차이는 있을망정 두 사람 모두에게 친밀감을 가지고 있다. 서로 칼을 겨누게 해서는 안 되는 것이나.

그러나 어떤 말을 하고, 어떤 행동을 취해야 될지 언뜻 머리에 떠오르지 않았다. 양쪽 모두 마음을 굳힌 뒤의 대치다. 어느 쪽도 쉽사리 물러서지 않을 터였다.

어둠 속에서 들리던 병장기 부딪치는 소리가 잦아들었다. 대신 누군가를 호통 치는 듯한 영강의 목소리가 들려오고 있었다.

그 사실에 안도감을 느끼며 독고향은 두 사람의 대치를 지켜보았다. 승부를 결하겠다는 걸 말릴 수는 없겠지만 누군가의 생명이 위험해지면 곧장 뛰어들어 말릴 생각이었다.

히사노는 벌써 칼을 뽑아 든 상태였지만 도일의 칼은 여전히 칼집 속에 들어가 있다. 발도술이 장기인만큼 전혀 이상한 일도 아니다.

슥!

마치 그림자가 드리워지는 것과 흡사한 은밀함으로 누군가가 독고향의 옆에 불쑥 다가섰다.

너무 갑작스런 접근이었지만 독고향은 조금도 놀라지 않았다. 조금 전부터 뒤로 접근해 오고 있던 임현의 존재를 감지하고 있었기 때문이다.

임현의 손에는 언제나처럼 술병이 들려져 있었다. 마치 그것도 신체의 일부인 양 말이다.

"말리지 않나?"

다소 무거워진 어조로 독고향은 물었다. 스승이 싸우려고 하는데도 천연덕스레 술만 마시는 임현이 한편으론 얄밉기도 했다.

"결심하신 거라면!"

언제나처럼 끝이 없는 말투로 임현은 대꾸했다.

'하긴……'

독고향 역시 내심 고개를 끄덕였다. 히사노는 몰라도 도일 정도 되는 사람이 마음먹고 시작한 일이다. 섣불리 말릴 수도, 말려지지도 않을 터였다.

착잡한 심정으로 독고향은 하늘을 올려다보았다. 여윈 빛을 뿌리고 있던 달마저 서산 쪽에 그 지친 몸을 걸치기 직전이었다.

저 달이 지면 곧장 날이 밝아올 것이다. 지금은 한적한 이 바닷가도 아침이면 사람들로 북적거릴 게 뻔하고, 그전에 물건들을 안전하게 옮겨야 한다.

저 달이 사라지고 여명 직전의 가장 어두운 때를 틈타 대장간의 늙은이가 배를 몰고 올 예정이었다. 시간이 얼마 없다는 의미였다.

물론 이 대결이 길어질 염려는 만에 하나라도 없다. 단 한 칼, 저들에게 필요한 것은 단 한 차례의 움직임을 위한 상대방의 틈일 뿐이다.

그래도 독고향은 초조했다. 총을 필요로 한 사람은 바로 자신이었다. 시간의 흐름을 가장 민감하게 의식할 수밖에 없었다.

다시 뒤에서 사람들의 발자국 소리가 들려왔다. 괴한들 중 누군가를 사로잡았는지 영강이 한 놈을 끌고 오는 중이었다.

부실한 달빛에 의존해 괴한의 얼굴을 확인한 독고향의 눈빛은 무겁게 가라앉았다. 상인에게 선금을 주던 날 경호원으로 따라왔던 자들 중 하나였다.

"몇 놈을 놓쳤어. 하지만 이놈을 추궁하면 놈들의 본거지는 알 수 있을 거야."

영강의 말에 독고향은 자칫 웃음을 떠올릴 뻔했다. 현재로선 괴한들에게 손해 본 게 하나도 없다. 오히려 그들의 동료들이 희생되었을 디었다.

그런데도 영강은 기어코 한 놈을 생포해 왔다. 복수랄 것까지도 없는, 그저 기습을 당했으니 그만큼 보답해 줘야 한다는 무인 특유의 순수성 때문이었다.

도일이 칼 손잡이에 오른손을 걸치고 있는 게 달랐을 뿐 두 사람의 대치 그 자체는 처음과 조금도 변화가 없었다.

왜 아니겠는가? 지금 저들이 노리는 건 찰나의 순간에 내비칠, 머리카락 한 올보다 더 가녀린 상대의 틈이다. 들숨과 날숨까지도 철저하게 통제하고 있을 터였다.

문득 독고향은 달이 졌다는 걸 알았다. 사방은 칠흑처럼 어두워졌고, 흐릿하게나마 드리워져 있던 사람들의 그림자마저 지워지고 말았다.

그 짙은 어둠 속에서 거짓말처럼 한 척의 배가 불쑥 나타났다. 해안선에 바짝 붙어 접근했기에 이처럼 가까워질 때까지 볼 수 없었던 것이다.

그 배의 접근을 경계하는 사람은 아무도 없었다. 이미 약속된, 대장간의 늙은이가 끌고 왔다는 걸 아는 탓이었다.

"물건을 실어라. 난 걱정하지 말고……."

배의 출현을 감지한 도일이 미처 말을 맺기도 전에,

탓!

히사노의 발이 모래를 튕기며 앞으로 쭈욱 달려나갔다.

'훗!'

그 모습에 독고향은 호흡을 끊었다. 히사노의 전진이 달리는 게 아니라 마치 얼음 위를 미끄러지고 있는 것처럼 느껴졌기 때문이다.

도일은 여전히 같은 상태였다. 너무나 빠른 히사노의 접근에도 그는 처음의 자세를 그대로 유지한 채 시선만을 그녀에게 고정시켜 두었다.

팟!

재차 히사노의 발이 모래를 사방으로 마구 비산시켰고, 그녀의 신형이 둥실 떠올랐다.

아니, 떠올랐다 싶은 순간 그녀의 전신은 이미 비틀리듯 왼쪽으로 한 바퀴 돌았고,

씨우웃!

예리한 칼날이 대기를 가르는 소리가 뒤를 이었다. 히사노의 공격이 시작된 것이다.

바로 그때 독고향은 이 승부의 승패를 짐작할 수 있었다.

'그녀는 졌다!'

아직까지 두 사람은 접전은커녕 단 한 차례의 칼도 나누지 않았다.

그럼에도 독고향이 히사노의 패배를 단정 지은 건 그녀의 성급함이 었다.

길었던 대치 속에서 두 사람이 그냥 서로를 노려본 것만은 아니었다. 한순간도 멈추지 않았던 의지와 기세의 충돌이 있었던 것이다.

그 기세의 싸움에서 히사노는 졌다. 그 패배는 초조를 불러왔고, 곧장 성급함으로 연결되어 급기야 먼저 몸을 움직이고 말았다.

싸움에는 분명 선공(先攻)의 효(效)가 있다.

하지만 그건 일반적인 이론일 뿐 지금처럼 실낱같은 틈을 노리는 고수의 싸움에선 적용되지 않는다.

오히려 고수의 싸움에선 경거망동이 금기시된다. 그만큼 많은 허점을 상대에게 노출시키기 때문이다.

그래노 히사노의 첫 번째 일격은 대단했다. 몸까지 회전시키며 지나칠 정도로 크게 휘두른 칼이라 그리 빠르진 않을 것이라고 독고향은 생각했다.

그러나 다음 순간 독고향은 자신의 생각이 틀렸음을 뼈저리게 실감

했다.

번쩍!

히사노가 휘두른 칼날은 그야말로 번개 같은 빠름으로 여명 직전의 어둠을 갈랐다. 그건 마치 검은 천에 한줄기 새하얀 선을 그은 것처럼도 보였다.

꽈악!

자신도 모르게 독고향은 옆구리에 찬 칼의 손잡이를 힘주어 잡았다. 야규우 가의 빠른 칼을 간과하고 섣불리 그녀의 패배를 점친 자신의 생각을 경멸했다.

저 정도 빠른 공격이라면 공격자의 웬만한 허점 따위는 문제될 것도 없다.

이쯤 되면 승패의 결과를 떠나 무인으로서 이 승부에 호기심을 갖지 않을 수 없다.

독고향의 시선은 재빨리 도일에게로 건너갔다. 그가 어떻게 대응할지 궁금해졌고, 이 기회에 한 수 배우고도 싶었다.

의외다 싶을 정도로 도일의 반응은 간단했다. 왼발을 슬쩍 뒤로 물리는가 싶더니 그대로 그 무릎을 땅에 댄 채 주저앉았다.

뒤로 물린 왼쪽 무릎은 땅에, 반대쪽 정강이는 여전히 세운 자세로 도일은 칼을 뽑았다.

달리 특이할 것도 없었다. 그저 뽑은 기세 그대로 왼쪽 옆구리에서 오른쪽 위로 비스듬히 올려 벤 것뿐이었다.

그 칼의 범위 속으로 히사노의 신형이 빨리듯 들어왔고,

스꺽!

칼로 인체를 벤 것치고는 다소 둔탁한 소리가 들렸다. 히사노의 신

형은 그대로 허물어져 내렸다.

"아!"

자신도 모르게 독고향은 탄성을 토하고 말았다. 도일이 움직인 그 시기의 적절함!

한 발을 뒤로 뺀 것과 그 무릎을 땅에 붙이고 반쯤 앉은 것, 그리고 이어진 발도. 이 모든 것에서 특출한 것은 조금도 없었다. 다만 시기가 적절했을 뿐이었다.

한 발 뒤로 뺌으로써 히사노를 한 걸음 더 끌어들였고, 무릎을 땅에 댐으로써 그녀의 칼을 흘려 버렸다.

그 다음은 쉬웠으리라. 공격 범위 안으로 들어선 그녀를 향해 칼만 휘두르면 됐을 테니까.

달리 생각하면 방금 두 사람이 주고받은 건 한 차례의 공방이 아니라고도 할 수 있다. 그저 히사노가 맹목적으로 도일의 칼에 몸을 던졌다고도 해석할 수 있을 터였다. 그만큼 일방적인 싸움이었다.

"자, 물건을 옮기자구."

비로소 영강의 입에서 이 말이 흘러나왔을 때 독고향도 쥐고 있던 칼자루에서 손을 떼었다.

히사노가 죽지 않은 건 알고 있다. 그녀를 벴을 때 들렸던 이상한 둔음, 그건 도일이 칼등으로 그녀를 쳤기 때문임을 독고향은 벌써부터 알고 있었다.

조금은 가벼워진 마음으로 총이 든 궤를 어깨에 들쳐 메고 돌아섰을 때 독고향의 눈은 커다랗게 불거졌다. 이제 막 검붉은빛으로 물들기 시작한 바다를 배경으로 십여 척의 배가 쏜살같이 달려오고 있었기 때문이다.

"재미없군, 해적들이야. 카악, 퉤!"

가래침과 함께 나직한 음성을 뱉어낸 것은 임현이었다. 다가오는 배들을 바라보는 그의 두 눈은 취기인지 살기인지 언뜻 구분이 모호한 빛으로 번들거렸다.

배들는 급속도로 다가왔다.

날은 그보다 더 빨리 밝아지기 시작했다.

2

"해적?"

고개를 갸웃거리며 독고향 역시 달려오는 배들을 바라보았다.

"이러고 있을 때가 아니오. 빨리 물건을 옮겨야 하지 않겠소!"

가장 냉정한 대처 방안을 낸 사람은 하찌로우였다. 장사치답게 어떤 것이 이로운지 계산이 빨랐다.

그 말이 끝나기가 무섭게 움직이기 시작한 사람은 임현이었다. 체구는 작지만 독고향을 꼼짝 못하게 누를 정도로 힘이 강한 터라 총이 쉰 정씩 든 궤 두 개를 가뿐하게 들쳐 메고 백시깅 위를 달렸나.

그 기민한 반응에 독고향은 혀를 내둘렀다. 말이 필요없다는 임현의 실천력이었던 것이다.

하지만 독고향은 즉시 움직이지 않았다. 대신 다가오는 배들을 지그시 쏘아보았다.

막 태양이 솟아오르기 직전이다. 역광을 받으며 사물을 본다는 건 어려웠기에 이마에 손을 얹고서야 간신히 배들을 관찰할 수 있었다.

'열한 척. 그중 소선(小船)은 다섯 척!'

우선 독고향은 배의 숫자와 크기를 간파했다. 이건 중요한 일이다. 작은 배들은 곧장 해안에 상륙할 수 있지만 큰 배들은 그게 불가능하다.

또한 배의 속도와 탑승 인원도 차이가 난다. 먼 바다에서야 당연히 큰 배가 빠르겠지만 해안 가까이에서는 작은 배의 기동력이 월등히 앞선다.

'앞으로 반 시진! 당장 상륙 가능한 인원은 최대 백 명이다.'

작은 배에 스무 명 이상이 타기는 어려울 터였다.

문제는 그들이 상륙하기까지의 시간이다. 도일까지 움직여 봐야 이쪽은 다섯, 그중 한 명은 배에서 물건을 받아 정리를 해야 한다.

옮겨야 할 궤짝은 총 스물, 한 번에 여덟 개씩 옮길 수 있다면,

'시간은 충분하다!'

한 사람이 각기 두 번, 그중 발빠른 자 둘이 한 번씩만 더 움직이면 될 일이다.

그렇게 일단 배만 띄우면 해적들도 쉽게 어쩌지는 못하리라. 벌써 날은 훤하게 밝았고, 이제 곧 사람들이 깨어나 움직이기 시작하면 놈들도 물러가지 않을 수 없을 터였다.

생각을 정리한 독고향은 재빨리 총이 든 궤를 하나 들쳐 메었다.

'후읍!'

순간 그는 하마터면 바닥에 주저앉을 뻔했다. 예상보다 훨씬 무거웠기 때문이다.

왜 아니겠는가. 궤짝 하나에 총이 무려 쉰 정이나 들어 있다.

여기서 독고향의 처음 계산은 빗나가 버렸다. 임현이 두 개를 가볍게 들고 움직였던 것만 생각했지, 실제의 무게나 그와 자신의 힘 차이는 전혀 고려하지 않았던 것이다.

어쨌든 더 이상은 생각이나 하고 있을 여유가 없다. 최대한 빨리 실어야만 한다.

독고향은 어떻게든 달려보려고 했다. 그러나 만만찮은 무게와 사정없이 발을 휘감는 모래 때문에 이내 포기하고 말았다.

어느새 임현은 다시 돌아오고 있었다. 그리고는 역시 두 개의 궤짝을 들쳐 메고 다시 저만치 앞으로 달려나갔다.

독고향으로선 기가 질릴 일이었다. 작달막한 키, 그렇다고 튼실한 체구를 가진 것도 아닌 임현이 범인들보다 몇 배의 힘을 내고 있다.

'빌어먹을!'

독고향은 연신 후들거리는 자신의 하체를 원망하며 한 걸음씩 배를 향해 다가갔다.

위안거리가 아주 없는 건 아니었다. 도일이나 영강 역시도 궤짝 하나만으로 충분히 힘들어했다.

"서두르시오. 기치를 보아하니 저들은 쓰루가[駿河]의 해적들, 잔혹하기로 소문난 이마카와[今川] 가의 잔당들이오!"

상이이 다급한 어조로 사람들을 독려했다. 힘이 없어 직접 물건을 옮기지는 못하지만 그래도 끝까지 떠나지 않고 남아 있었다. 물론 돈은 수행인들과 함께 돌려보낸 뒤였다.

간신히 한 궤짝을 배에 실었을 때 벌써 임현은 세 번째 왕복을 하고 있었다. 놀랍게도 호흡이 전혀 흐트러지지 않았고, 이마엔 땀 한 방울 보이지 않았다.

'아홉!'

지금까지 배에 실은 총궤의 숫자였다.

독고향은 재빨리 해적들의 배를 살펴보았다. 다섯 척의 작은 배가 해안 가까이 바짝 접근해 있었다.

여기서도 독고향의 계산은 어긋났다. 최대한 짜게 잡은 게 반 시진이었지만 새벽녘 바다 쪽에서 불어오는 바람을 감안하지 못했던 것이다.

독고향이 틀린 건 그것만이 아니었다. 날이 새고 사람들이 깨어나 움직이면 물러갈 줄 알았던 해적들, 그러나 벌써 움직이기 시작했어야 할 사람들은 어디에도 보이지 않았다.

문득 독고향은 한 가지 사실을 퍼뜩 깨달았다. 이 아침엔 사람들이 절대 밖으로 나오지 않을 거란 점을 말이다.

그보다 사람들은 가족들을 이끌고 어디로 피신을 했거나 자위 수단을 강구하고 있을 가능성이 컸다.

이 경우 관병의 도움을 기대하기는 어렵다. 사카이는 어쨌든 자유도시, 치안 유지를 위한 최소한의 인력만 있을 뿐 저처럼 대규모 해적을 상대할 군사들은 없다.

'나머지는 포기해야 하나?'

"싸움 솜씨도 그렇게 형편없나?"

독고향의 생각을 자르며 임현이 불쑥 한마디 던졌다. 벌써 네 번째 배에 오르면서 한 말이었다.

순간 독고향은 머리 꼭대기로 피가 왈칵 몰리는 걸 느꼈다. 힘으로 그에게 졌다는 생각만 없었어도 이처럼 흥분할 일은 아니었지만, 노골적으로 무시하는 소릴 들으니 참을 수 없는 것도 사실이었다.

"언제든 상대해 주지!"

대꾸하는 독고향의 어조가 고울 턱이 없었다.

"아니, 상대는 따로 있어. 저놈들이지!"

임현은 이제 막 상륙하기 직전인 해적들을 턱으로 가리키며 말을 이었다.

"쓰루가의 해적 놈들… 소문은 익히 들었지만 정말 대단하군. 사카이까지 털러 오다니……."

"푸하하하하! 이제 네놈들은 다 죽었다. 감히 우리 쓰루가 수군을 욕보이고도 살길 바랐느냐? 동료들이 왔으니 이제 곧, 컥!"

영강이 잡아 배에다 옮겨둔 괴한이 돌연 터무니없는 큰소릴 치다가 임현이 휘두른 칼집에 맞아 혼절하고 말았다.

"그렇다면 이건 계획된 습격이란 얘긴데… 정말 더럽게 됐군. 카악, 퉤!"

또 한 번 진득한 가래를 임현은 뱃전에 뱉었다. 그리고는 곧장 뛰어내리며 한마디 던졌다.

"어쨌든 가자구. 싸움 솜씨를 보여봐!"

요컨대 둘이서 최대한으로 시간을 벌자는 얘기였다.

독고향도 망설이지 않고 몸을 일으켰다. 어차피 물건을 나르는 것보다 싸우는 쪽이 더 체질에 맞는 일이다. 머뭇거릴 이유가 없었다.

턱!

막 뛰어내리려는 독고향의 어깨를 누군가의 손길이 가볍게 짓눌렀다. 도일이었다.

"싸울 의사가 없는 자들은 죽이지 말게. 류우텐류 도장 사람들을 상대할 때 자네의 손속은 너무 독했어."

그 말에 독고향의 어깨가 출렁거렸다. 지금 도일은 지난번 대장간 앞에서의 싸움을 얘기하고 있었다.

그때 자신이 어떻게 행동했는지는 독고향도 아주 잘 알고 있다. 피에 굶주린 한 마리 야수, 그게 가장 적당한 표현이 될 터였다.

그때 몰려왔던 류우텐류 도장 사람들 중 살아서 돌아간 자는 단 한 명도 없었다. 광기에 휩싸인 독고향의 손에 의해 모조리 도륙되었다.

지금 도일은 그 점을 상기시키며 지나친 살생은 피하라 충고하고 있다.

독고향은 고개를 끄덕였다. 핑곗거릴 찾자면 없지도 않다. 그날 들었던 매회와 남궁장후의 유재幼子에 대한 처분 때문에 광분하고 있었던 것이다.

하지만 그건 어디까지나 스스로의 위안밖에 되지 않을 터, 곧장 독고향은 배에서 뛰어내렸다.

동시에 독고향은 뇌격이형을 펼쳤다. 벌써 저만치 앞서 달려가는 임현에게 뒤처지기 싫어서였다.

두 사람의 어깨가 나란히 되었을 때 그중 가장 빠른 배는 벌써 뭍에 닿아 해적들을 내려놓고 있었다.

독고향은 내심 안도의 한숨을 내쉬었다. 총이나 활의 공격이 있었다면 상당히 번거로웠을 터였다.

하긴 그 역시 기우에 불과했는지도 모른다. 총이나 활이란 건 다수의 적을 상대할 때 유용한 무기다. 고작 두 사람을 상대로 쏘기엔 노력과 소비가 너무 많다.

임현은 달리며 등에서 뭔가를 꺼내 들었다. 처음 만났을 때부터 메고 있던 길쭉한 보퉁이였다.

그 속에 무기가 들어 있으리라 생각한 독고향은 잔뜩 호기심 어린 시선으로 바라보았다.

하지만 그 생각도 여지없이 빗나가고 말았다. 이 아침 독고향의 예상 중 맞아떨어진 건 딱 하나뿐이었다. 히사노와 도일의 승패 예측이 그것이었다.

임현이 보퉁이를 펼치자 그 속엔 아무것도 없었다. 그저 지나치게 넓은 보자기일 뿐이었다. 특이하다면 짙은 암홍색(暗紅色)의 빛이 은은하게 일렁인다는 점이었다.

의아한 시선으로 독고향이 연신 고개를 갸웃거리고 있을 때 임현은 그 보자기를 또르르 말았다. 그리곤 허공에 대고 한차례 크게 휘둘렀다.

쓰왕!

금속성을 띤 강한 파공음이 아침 대기를 떨어 울렸다.

독고향의 표정이 살짝 굳어졌다. 하고많은 게 기문병기(奇門兵器)라지만 보자기를 말아 무기로 쓰는 건 또 처음이었다. 그 용법이 어떤지 궁금하지 않을 수 없었다.

"우아압!"

"히이얏!"

마주 달려오던 해적들이 괴상한 기합성을 토하며 각자의 무기를 두 사람에게 내질렀다.

독고향은 슬쩍 뒤로 물러섰다. 임현이 그 보자기를 어떻게 사용하는지 보자는 심산이었다.

그 심정을 임현도 짐작한 모양이었다. 힐끔 바라보는 그의 눈에 언뜻 웃음기가 서렸다 사라졌다.

임현이 보자기를 사용하는 법은 의외로 간단했다. 단단하게 만 상태 그대로 창처럼 마구 휘둘렀다.

타다다닥!

해적들의 무기가 어지러이 튕겨져 나갔다. 천을 만 것치고는 꽤나 강도가 센 모양이다.

마음 같아선 더 보고 싶었지만 이미 해적들의 병기가 들이닥치고 있는지라 독고향도 몸을 움직여야만 했다.

흉맹한 기세에 비해 해적들의 실력은 하품이 나올 정도로 형편없었다.

독고향은 싸우기가 싫어졌다. 도일의 말이 아니더라도 이런 자들을 상대한다는 건 일방적인 도륙에 다름 아니다.

"망설임은 죄악, 이들을 여기서 죽이지 않으면 다른 선량한 사람들이 이들 손에 죽어간다!"

임현이었다. 벌써 이십여 명의 해적들 중 자신에게 달려들던 자들을 모조리 해치운 후 그가 다른 배를 향해 달려가며 소리친 것이다.

그 말은 사실이다. 어차피 이들은 해적들이다. 누군가의 생명을 빼앗고, 누군가가 가진 물건을 노략질하지 않으면 살아갈 수가 없는 자들이다.

문득 독고향의 눈에 냉기가 서렸다. 그러나 그보다는 스스로도 주체할 수 없는 짜증의 빛이 더 강했다.

동시에 수중의 칼이 허공을 누볐다. 단 몇 차례의 칼질, 그것만으로도 덤벼들던 예닐곱 명의 해적들 중 서 있는 자는 아무도 없게 되었다.

피가 번져 나갔다. 아침 조수에 씻긴 백사장 위, 막 얼굴을 보이기 시작한 태양 빛보다 더 뜨겁게 바다를 채색하며 붉은 피는 잔파도에 씻겨져 나갔다.

돌연 독고향은 머리 꼭대기가 화끈해졌다. 어쩌면 방금 본 피로 인해 잠들었던 살기가 눈을 뜬 건지도 몰랐다.

"크아악!"

"히이약!"

단말마의 비명성들이 연신 울려 퍼졌다. 이미 또 다른 배에서 상륙하는 해적들에게 덮쳐 간 임현의 살수에 의한 것이었다.

독고향도 움직이기 시작했다. 피와 비명에 의해 가슴속의 살기는 꿈틀거리며 기지개를 켰고, 방해받은 만큼 갚아줘야 한다는 이기적인 복수 의식도 뇌리를 자극했다.

첫 배에 이어 해적들은 무더기로 상륙했다. 멀찍이 서 있는 큰 배에서도 작은 배들이 연신 내려졌고, 이제 조금만 지나면 이 해변은 피안개로 적셔질 터였다.

결정한 이상 독고향은 망설이지 않았다. 어설픈 자비심과 갈등에 휘말려 지체한다면 이도 저도, 모두 하지 못할 수도 있다.

쫘악!

칼 손잡이를 쥔 손에 힘이 들어간다 싶은 순간 벌써 그는 뇌격이형을 전력으로 펼쳐 해적들 사이를 헤집고 들어갔다.

순식간에 독고향의 주변으론 짙은 혈무가 뭉클 피어올랐다. 그때나다 뜨거운 선혈이 한두 방울씩 얼굴에 튀었고, 싸늘한 겨울 대기로 인해 얼어붙었던 피부에 화끈한 열기를 전해주었다.

독고향의 칼은 거칠었다. 일정한 형식을 갖춘 칼질이 아니라 동네 아이들이나 할 법한 마구잡이식 휘두르기였다.

물론 의도하고서의 움직임이다. 아무리 무공이 뛰어나다 하더라도 수적으로 너무 열세다.

게다가 해적들의 대장은 아직 배에서 내리지도 않았을 터, 수뇌를 제압해 놈들을 물리친다는 건 꿈도 꿀 수 없는 노릇이다.

그렇다면 남은 건 하나. 극도의 공포심을 조성하는 수밖에 없다. 그러자니 칼질은 자연적으로 거칠어졌고, 또 잔혹해지기만 했다.

그 의도는 충분히 먹혀들어 간 것 같았다. 독고향이 지나는 곳마다 공간이 생겼고, 심지어 타고 왔던 배를 도로 집어타고 바다로 나가는 해적들까지 생겼다.

독고향은 보다 철저해지기로 결심했다. 이대로 놈들을 보낸다면 당장은 무사할 수 있다.

하지만 해적들이 완전히 물러가지 않는 한 이쪽도 배를 띄울 수 없다. 서로 마주 보며 싸우는 것이라면 몰라도 배끼리의 싸움은 또 다른 것이다.

이미 독고향의 뇌리에서 싸울 의사가 없는 자들은 죽이지 말라던 도일의 말은 새하얗게 지워지고 말았다. 오히려,

'조금이라도 더!'

놈들의 가슴속에 공포심을 심어주어 여기서 물러가게 하고 싶었다.

"멈춰!"

다급한 임현의 목소리가 들렸을 때에야 독고향은 동작을 멈췄다. 깨닫고 보니 벌써 허리 위까지 물이 차 올라 있었다. 해적들을 쫓는 데 열중해 자신이 선 위치까지 잊고 말았던 것이다.

"위험하다. 빨리 돌아와!"

'빌어먹을!'

연속되는 임현의 고함을 듣고서야 독고향은 자신이 위험에 빠졌다는 걸 깨달았다.

아니나 다를까, 그대로 꽁무니를 뺄 줄 알았던 해적들이 일제히 배를 돌려 달려왔다. 각각의 손에는 끝에 갈고리가 달린 긴 장대를 들고 물속에 있는 독고향을 그대로 낚아 올릴 기세였다.

단지 그뿐이었다면 상황은 그런대로 괜찮다고 해도 좋았다. 갈고리에 찍히더라도 일단 배 위로만 올라가면 놈들을 처치할 수 있으니까 말이다.

더 문제가 되는 것은 큰 배에서 내려진 작은 배에 타고 있는 자들이었다. 어느새 먼저 상륙한 자들과 합류한 그들의 손에는 활과 더러는 총을 든 자들도 보였다.

만약 여기가 뭍이었다면 문제될 게 전혀 없다. 뇌격이형을 펼쳐 몸을 피하거나 역으로 놈들에게 덤벼들면 그만이다.

하지만 허리 위까지 물에 잠겨서는 자유롭게 움직일 수 없다. 갈고리는 고사하고 활이라도 쏘게 되면 여지없이 표적이 되고 만다.

다시 한 번 독고향은 임현이 있는 쪽을 바라보았다. 거리를 가늠해 보기 위해서였지만 그건 이미 답이 나와 있는 상황이었다. 아무리 빨라도 물에선 배보다 빠를 수 없는 것이다.

이제 짐을 다 실었는지 도일과 영강이 이쪽으로 달려오는 게 보였다. 임현도 두어 걸음 물속으로 발을 들이밀고 있었다.

그 모습을 확인한 독고향은 깊게 호흡을 들이마셨다. 그리곤 곧장 물속으로 잠겨들었다.

수중에서 해적들을 이긴다는 장담은 하지 못한다. 그러나 이게 최선이다. 이쪽이 물속에 있으니 놈들도 끌어들여야 한다. 그래야 최소한 조건이 비슷해진다.

칼을 입에 문 독고향은 재빨리 옷을 벗어버렸다. 소매도 바지 폭도 모두 터무니없이 넓기만 한 동영 옷은 물속에서 움직이기엔 최악이었다.

그러나 훈도시[褌]라고 불리는 속옷은 정말이지 쓸 만했다. 전혀 거치적거리지 않아 양근을 덜렁거리며 설치는 꼴은 면할 듯했다.

물론 겨울 바다는 찼다. 잠수한 지 얼마 지나지 않았지만 벌써부터 손끝이 오그라들 것만 같았다.

픗, 퓨픗!

독고향의 잠수가 해적들의 초조를 불렀나 보다. 화살들이 물속으로 마구 꽂혀들었다.

'더 깊은 곳으로!'

생각과 행동은 동시에 이루어졌다. 이처럼 얕은 물속에서는 화살을 피하기 어렵다.

다행히 잠깐 동안은 화살 세례에서 벗어날 수 있었다. 벗어버린 옷을 독고향으로 착각한 해적들이 그곳에 대고 마구 쏘아댔기 때문이었다.

그 틈을 독고향은 놓치지 않았다.

턱!

몸을 솟구쳐 가장 가까이 있는 배의 뱃전을 잡았다 싶은 순간 곧장 뒤집어 버렸다.

"억!"

"히약!"

그 배에 타고 있던 놈들이 물에 빠지는 게 물결을 통해 고스란히 독고향의 전신으로 전해졌다.

　그때까지 입에 물고 있던 칼을 독고향은 지그시 힘주어 잡았다. 그리고는 물고기처럼 빠르게 움직이기 시작했다.

　뭉클!

　푸른 물결 위로 붉은 선혈이 번져 나갔다. 이제 막 솟아오른 태양 빛에 비춰 본 피의 색깔은 기묘한 검은빛이었다.

　그 진득한 핏빛 속으로 마침내 임현도 뛰어들었다.

　해적 대장 이마카와 요시마새[今川義政]는 갑판에 내놓은 호피(虎皮) 의자에 무거운 표정으로 앉아 있었다.

　아직 젊다기보다는 이제 갓 서른으로 접어든 관록이 햇볕에 탄 그의 이마에 서서히 주름의 깊이를 더할 때라고 보는 게 정확했다.

　실제로 그는 눈앞의 상황이 결코 유리하게만 전개되지 않음에도 일말의 표정 변화도 없이 예리한 눈빛으로 주시하고만 있었다. 일국의 영주라 해도 이만한 침착성을 유지하기는 힘들 터였다.

　아니, 세상의 시각이야 어떻든 지금 이 자리에 앉은 이마카와 요시마사는 이미 자신을 영주라 생각하고 있었다.

　그래서일까. 그가 앉은 의자 뒤에는 보기에도 위압적으로 느껴지는 훌륭한 갑옷 한 벌이 걸려 있었고, 좌우로는 가신(家臣) 격인 자들이 부챗살처럼 벌려 한쪽 무릎을 꿇고 있다.

요시마사에겐 꿈이 있다. 바로 스루가, 도토미[遠江] 지방의 패주(霸主)였던 이마카와 가의 재흥이다.

아버지인 이마카와 요시모도[今川義元]가 세인들이 말하는 오케하자마[桶狹間]의 회전(會戰)이라 칭하는 전투에서 오다 군에 의해 목 없는 시신으로 뒹굴었을 때, 그는 여덟 살의 나이로 아버지에게 인정도 받지 못한 채 시골 구석에서 성장했었다. 어머니가 목욕 시중이나 들던 천한 신분이라는 게 그 이유였다.

그 아버지를 원망하기엔 요시마사는 너무 어렸고, 사실 자신의 아버지가 스루가, 도토미의 태수인지도 모르는 상태였다. 심지어 그때는 성(姓)도 없었다.

하지만 이어진 오다 군의 압박과 도쿠가와의 배반으로 이마카와의 가신들은 뿔뿔이 흩어졌고, 그들 중 일부가 자신을 찾아왔다. 자신의 신분을 안 것도 바로 그때였다.

물론 당장 그 자리에서 이마카와 집안의 재흥을 짊어진 건 아니었다. 얼굴 한번 보지 못했지만 형님이자 후계자인 우지자네가 있었기 때문이다.

결론은 실망이었다. 지독한 멍청이이자 겁쟁이인 우지자네는 오다, 도쿠가와 양군의 압박을 받자 제대로 싸워보지도 않고 곧장 호죠[北條] 가에 의지해 오다와라[小田原]로 도망쳤다가 결국은 사로잡히고 말았다.

그때 자신은 우지자네가 적어도 할복을 할 줄 알았다. 겁이 나서 싸우지는 못하더라도 천하의 이마카와 요시모도의 후계자로서 그 최후를 장식할 줄 알았었다.

그 바람 역시 허망하게 빗나가고 말았다. 사로잡힌 우지자네는 구걸

하다시피 해서 겨우 목숨만을 구원받아 교토에서 영어(囹圄)의 몸이 되고 말았다. 그것만으로도 수치는 충분했다.

하지만 우지자네의 추행(醜行)은 거기서 그치지 않았다. 뒷날 상경한 원수인 오다 노부나가 앞에서 공 차기 시범을 보이기까지 했던 것이다.

그 얘길 들었을 때 요시마사는 비로소 결심했다. 아버지의 성을 이어받고 이름까지 고친 후 따르는 가신들을 이끌고 몸을 일으켰다.

그때 이미 천하는 노부나가의 '천하포무(天下布武)' 네 글자 기치 아래 굴복하는 추세였기에 이마카와의 가신들이 갈 곳은 바다뿐이었다.

'지금은 해적으로 손가락질받고 있다!'

그 사실을 요시마사는 부인하지 않았다. 가슴에 어떤 웅지를 품었건 지금까지 해왔던 일들은 바로 해적질이었다.

무엇보다 군자금이 필요했다. 아무리 뜻이 있고 따르는 부하들이 있어도 돈이 없어선 어떤 일도 할 수 없다.

물론 옛 이마카와 영지에서의 노략질은 피했다. 주로 오다와 그에게 동조하는 자들의 영지만을 집중적으로 노렸다.

결과는 좋았다. 이만하면 오다와 일전을 벌일 수 있겠다 싶을 만큼 충분한 재물을 축적했다.

이제는 바야흐로 가슴속에 품은 웅지를 펼칠 때가 되었지만 문제는 무기였다. 아무리 돈이 많아도 해적들에게 총을 비롯한 기타의 병기를 팔 상인은 찾기 어려웠다.

그런 점에서 오늘 일은 결코 실패할 수 없다. 전국 각지에 미리부터 풀어놓은 밀정들에 의해 오늘의 거래를 알았고, 기습을 감행하기에 이르렀다.

그러나 결코 상황이 의도했던 대로만 흘러가지는 않았다. 상대는 단 두 명, 이제 다시 두 명이 더 개입하기 직전이다.

"주군, 곧바로 주력을 투입해야겠습니다. 명령을!"

"서둘지 마랏!"

설치는 가신을 요시마사는 일단 억눌렀다.

"더 이상 지체하면 시기를 놓치게 되오. 사카이에는 병력이 적지만, 그들이 신호를 보내면 인근 이세의 수군들이 동원될 것이오. 그전에 명을!"

처음에 간언했던 가신 역시 뜻을 굽히지 않았다.

"저놈들은 더 이상 상대할 필요가 없다. 아니, 상대하는 척은 해야 되겠지. 우리의 목적은 저 배에 실린 총임을 잊지 마랏! 난 지금 어떻게 저 배만 탈취할까 생각 중이다."

그랬다. 배에 실린 총만 고스란히 탈취할 수 있다면 구태여 의미없는 싸움은 할 필요가 없는 것이다.

하지만 여기에도 문제가 있다. 상륙할 수 있는 배는 총이 실린 배를 끌고 올 정도로 크지 않다는 점이었다. 물론 큰 배는 아예 접근조차 불가능하니 생각할 것도 없었다.

"산노스케[三之助]!"

돌연 요시마사는 크게 소리쳐 누군가를 불렀다.

"옛!"

짧막한 대답과 힘께 가신들 중에서 누군가 한 무릎 나앉았다. 바다에서 오래 생활했다는 걸 검게 탄 얼굴에서 알 수 있는 사십 대의 사내였다.

"부하 백 명을 이끌고 은밀하게 상륙하라. 탈취할 수 없으니 직접

저 배를 띄워라!'

"예, 주군!"

역시 짤막한 대꾸와 함께 몸을 일으킨 산노스케는 곧장 물러 나와 수행해 온 시동들을 불러 자신의 배로 돌아갔다.

"더욱 몰아붙여라. 산노스케가 은밀히 상륙하는 걸 놈들이 눈치 채지 못하게 해야 한다!"

무거운 어조로 명을 내리면서도 요시마사의 눈빛은 선명한 무지갯빛으로 번쩍거렸다.

'대체 어떤 자들일까?'

두 명, 이제 싸움에 가담하려는 자들까지 합쳐 봐야 네 명에 불과한 자들이었다. 하지만 아주 훌륭히 이쪽의 공격을 막아내고 있다.

할 수만 있다면 저들을 생포하고 싶었다. 그래서 수하로 삼고 싶은 게 무장으로서의 솔직한 욕심이었다.

그러나 요시마사는 자신의 뜻을 입 밖으로 내지 않았다. 전체의 사기와 관계된 문제였기 때문이다.

"한숨 자겠다. 깨어났을 땐 모든 상황이 종결되어 있길 바라겠다!"

호통 비슷한 말을 남기고 요시마사는 거칠게 몸을 일으켰다. 밤을 새워 항해했던 피로가 아침 햇살에 진득하게 녹아들고 있었다.

* * *

어수선한 발자국 소리와 외침 소리 때문에 히사노는 간신히 정신을 차렸다.

"뭐, 뭐야?"

히사노는 재빨리 몸을 일으켰다. 그러나,

"아흑!"

낮은 신음과 함께 한쪽 무릎을 꿇으며 그 자리에 주저앉았다. 도일의 칼등에 맞은 부위로 찌르는 듯한 통증을 느껴서였다.

하지만 이대로 마냥 주저앉아 있을 수만은 없었다. 지척에서 들리는 병장기 부딪치는 소리와 고함 소리, 다급한 발자국 소리 등이 뭔가 급박한 일이 일어나고 있음을 직감케 했던 것이다.

서두르는 와중에도 그녀는 허리춤 더듬는 걸 잊지 않았다. 다행히 칼은 그대로 매달려 있었다.

재빨리, 그러나 충분히 주변을 경계하며 그녀는 소리가 들리는 쪽으로 걸음을 옮겼다.

몇 걸음 걷지 않아 상황은 한눈에 들어왔다. 해적들로 보이는 자들이 한 노인을 공격하는 일면, 묵직해 보이는 궤를 연신 놈들의 배로 옮기는 게 보였다. 해적들의 본성이 여실히 보이는 장면이었다.

솔직히 히사노는 피아의 구분을 정확히 할 수 없었다. 하지만 그녀는 어느 쪽을 공격해야 될지 재빨리 판단 내렸다. 여러 명이 한 명을─그것도 노인을─공격한다는 건, 이유야 어떻든 납득할 수 없는 일이었다.

결심하자 그녀는 곧장 움직였다. 새로 궤짝을 옮기려는 네 명의 해적이 그 표적이었다.

쉬이익!

그녀의 칼이 허공 가득 궤적을 그렸다. 시시한 해적들을 상대로 몇 번씩이나 손을 쓰긴 싫었기에 단칼에 넷 모두를 처치할 생각이었다.

찌잉!

또다시 도일의 칼등에 당한 부위에서 통증이 밀려들었다. 어금니가 저절로 맞물렸다.

그렇다고 주춤할 수는 없다. 베어야 할 상대는 넷, 통증 때문에 멈칫했다가는 모두 벨 수 없게 된다.

처퍼벅!

해적들이 놀랄 사이도 없이 그들의 몸은 벌써 두 조각으로 쪼개져 무너졌다. 보기 좋게 첫 칼이 성공한 것이다.

그러나 히사노는 불만이었다. 평소처럼 매끄럽게 베지 못했기 때문이다.

물론 거기에 연연해 있을 수만은 없다. 적은 이미 베어버린 네 명만이 아니었으니 말이다.

해적들의 실력은 형편없었다. 히사노가 싸워야 할 상대는 그들이 아니라 오히려 자신의 통증이었다.

"계집 하나다. 물러서지 마랏!"

"쳐랏!"

처음 동료들의 어이없다 싶은 죽음에 위축되었던 해적들은 서로를 독려했다.

"흥!"

히사노는 싸늘한 콧방귀를 날렸다. 동시에 해적들을 향해 짓쳐들었다.

"크헉!"

"아아악!"

삽시간에 비명과 함께 자욱한 피보라가 튀었다. 애써 전열을 갖췄던 해적들은 또다시 뿔뿔이 흩어졌다.

"선실로, 배, 배가 탈취당하지 않도록 선실로!"

갑자기 히사노의 고막을 울린 늙수그레한 음성, 황급히 돌아보니 여태 해적들과 싸우던 노인이 연신 손짓을 보내고 있었다.

히사노는 그 말이 뭘 의미하는지 즉각 알아차렸다. 그러나 선뜻 움직이지는 않았다. 배를 지키는 것도 좋지만 당장 노인의 생명이 위태로울 것 같았다.

돌연 히사노의 눈에 이채가 돌았다. 혼절에서 깨어나 상황을 제대로 파악하지 못한 채 뛰어들었기에 미처 못 보고 지나친 게 있었다. 바로 노인의 발 밑에 뒹굴고 있는 해적들의 시신이었다.

그러고 보니 노인은 의외로 잘 싸웠다. 저 늙은 몸 어디에 저런 유연성이 숨어 있는지, 숱한 해적들의 무기를 부드럽게 피하며 한 번씩 칼을 휘두를 때마다 정확하게 한 놈씩 쓰러뜨렸다.

'당분간은 안심해도 되겠군!'

생각과 동시에 히사노는 움직였다. 선실로 통하는 복도에서 해적 몇 명이 가로막았지만 그건 문제될 것도 없었다.

선실을 향해 달리면서 히사노는 연신 고개를 갸웃거렸다. 배를 움직이려면 닻을 걷고 돛을 올려야 한다. 적어도 노는 저어야 한다. 그 모든 행위가 이루어지는 곳은 배의 갑판이나 밑창일 뿐 선실과는 하등 상관이 없다.

그런데 노인은 선실로 가라고 고함을 질렀다. 배를 탈취당하지 않기 위함이라 했지만 이 점이 히사노는 이해할 수 없었다.

하지만 배는 서서히 움직이기 시작했다. 비록 자세히 살피지는 못했지만 갑판 위는 다들 싸움에만 열중할 뿐 돛이나 닻에 매달린 자는 없었음에도 불구하고 말이다.

이렇게 되면 노인의 말을 따르는 수밖에 없다. 어쨌든 그가 주인인 것 같았고, 이 배에 대해서 가장 잘 알고 있을 터였다. 실없이 선실로 가라고는 하지 않았으리라.

발길을 서두른 탓이리라. 이제 막 갑판 위로 솟구쳐 올라온 도일과 영강을 히사노는 보지 못했다.

선실로 뛰어들었을 때 히사노는 흠칫 걸음을 멈췄다. 여타의 배들과는 판이하게 다른 구조 때문이었다.

보통의 배라면 선실엔 별다른 장식이나 구조물이 없다. 그러나 여기엔 많은 손잡이와 처음 보는 구조물들이 빼곡히 장착되어 있었다. 아마도 이 배를 움직이기 위한 장치들인 것 같았다.

사람들도 많았다. 모두가 해적들로 보이는 자들이었다.

"누구냐?"

큰 소리로 히사노에게 질문을 던진 건 그중 수뇌로 보이는 인물, 바로 산노스케였다.

"알 것 없다!"

상황을 파악한 히사노는 길게 말을 주고받을 여유가 없었다. 지금도 배는 자꾸만 바다로 나가고 있는 중이었다.

선실은 좁다. 아무리 숫자가 많아도 그게 유리하게 적용되지는 않는다.

당연히 싸움은 히사노에게 유리하게 전개되었다. 많은 시간이 지나지 않아 선실 안에 있던 자들 대부분이 쓰러졌고, 남은 자는 산노스케와 그의 시동으로 보이는 자 둘뿐이었다.

"대단한 계집이로군. 하지만 이미 일은 돌이킬 수 없다. 으핫하하하하!"

갑자기 산노스케는 선실이 떠나갈 듯한 웃음을 터뜨렸다. 싸움의 승패를 떠나 할 일은 다 했다는 득의양양한 심중을 전혀 숨기지 않았다.

히사노는 황급히 바깥을 내다보았다. 과연 배는 해적들이 정박해 있는 곳으로 가고 있었다.

"이얏!"

히사노의 칼이 선실 안을 휩쓸었다. 다급하기 이를 데 없는 동작이었다.

하긴 더 이상 망설일 수도 없었다. 이대로 가다가는 이 배의 싸움에서 이길지는 몰라도 꼼짝없이 해적들에게 사로잡히는 꼴이 되고 말 터였다.

"상대할 것 없다. 가자!"

말과 함께 산노스케가 먼저 선실의 창을 부수고 밖으로 나갔다. 이미 배를 조종해 둔 터라 더 이상 싸움을 지속할 이유가 없었다. 그저 시간만 지나면 목적은 이루어진다.

두 명의 시동이 재빨리 뒤를 따랐지만 그중 한 명은 늦었다. 미처 창을 넘기도 전 등에 길게 히사노의 칼을 맞고 말았다.

"커흑!"

놈이 쓰러지는 걸 확인하자마자 히사노는 눈에 보이는 모든 손잡이와 장치들을 마구 베기 시작했다. 어차피 조작법은 모른다. 그렇다면 부수기라도 해야 배를 멈출 수 있을 것 같았다.

와그작!

선실 벽이 통째로 부서지며 밖으로 나갔던 산노스케가 다시 안으로 팅겨져 들어와 쓰러진 것은 바로 그때였다.

솔직히 히사노로선 어떤 상황인지 알 도리가 없었다. 그러나 눈앞의 산노스케를 어떻게 처리해야 될지는 순간적으로 떠올렸다.

재빨리 몸을 일으키려는 산노스케의 목에 히사노는 칼을 들이댔다.

"배를 세워!"

히사노의 어조는 싸늘하게 식어 있었다. 여차하면 이대로 산노스케의 목을 베어버릴 듯한 기세였다.

"흐핫하하!"

산노스케는 재차 천장이 들썩거릴 정도의 메마른 웃음을 토했다. 그리고는 히사노를 확 쏘아보며,

"이 산노스케, 주군의 명을 이행했다. 언제 죽어도 여한이 없으니 당장 목을 쳐라!"

"주군?"

히사노는 고개를 갸웃거렸다. 해적의 입에서 주군이라는 말이 나오자 당혹스럽지 않을 수 없었다.

"보아하니 아주 막돼먹은 해적들 같지는 않구먼. 사연이 있을 터, 우선 들어나 보세!"

도일이었다. 부서진 벽을 통해 안으로 들어서는 그의 표정은 담담하기만 했다.

아직도 싸움은 끝난 게 아니다. 여전히 드잡이질 소리가 요란했지만 도일은 전혀 신경 쓰지도 않았다.

"해적이라 부르지 마라. 우리들은 이마카와 가문의 유군(遺軍)들, 함부로 모욕하지 마랏!"

산노스케는 노한 눈빛으로 언성을 높였다. 얼굴이 부르르 떨리는 것을 보니 진심으로 분노한 모양이었다.

"흥, 개소리! 진정으로 이마카와 가문이 다시 흥기(興起)하리라 믿고

있는 건 아니겠지?"

산노스케의 말을 히사노는 일소에 부쳐 버렸다. 정말이지 너무도 세상 돌아가는 바를 모르고 하는 소리였던 것이다.

그러나 도일은 달랐다. 비록 해적의 신분이지만 한 사내가 이만한 기개를 가지기는 힘들다. 전적으로 믿지는 않더라도 그 저변에 뭔가 사연이 있을 듯했다.

"개소리 그만 하고 배를 세워라. 그렇지 않으면……."

"스승님!"

히사노가 다시금 산노스케를 위협하려고 할 때 영강과 노인이 황급히 선실 안으로 달려 들어왔다.

"곧 배가 나포(拿捕)될 것입니다. 지시를 내려주십시오!"

발길은 다급했지만 영강의 어조는 침착했다. 말한 내용이 전혀 피부에 와 닿지 않을 정도였다.

타라라락!

영강의 말을 증명하듯 뱃전에 요란한 소리가 울려 퍼졌다. 아마 해적선에서 갈고리 밧줄을 거는 소리일 터였다.

"스승님!"

영강이 재차 불렀을 때에야 도일은 느릿하게 입을 열었다.

"일단 밖으로 나가자. 이자의 태도로 보아 예사 해적과는 다른 것 같으니 뭔가 말이 통할 듯도 하구나."

사람들로선 전혀 수긍할 수 없는 말이었다.

그러나 도일은 벌써 몸을 돌려 갑판 쪽으로 걸음을 옮겼다.

"그자는 내가 맡겠소!"

영강은 황급히 히사노의 손에서 산노스케를 넘겨받았다. 그리고 그의 목에 칼을 댄 채 걸음을 빨리해 도일을 앞질렀다. 방패로 삼을 생각이었다.

효과가 전혀 없지는 않았다. 걸어둔 갈고리 밧줄에 의지해 이쪽으로 건너오려던 해적들의 동작이 굳어진 듯 멈춰 버렸던 것이다.

"그대들의 주군과 얘기하고 싶다. 예사 해적이 아님은 이미 알고 있는 터, 서로 얘기만 통한다면 의미없는 피는 흘리지 않아도 된다고 생각지 않는가?"

출렁이는 파도까지 억누를 듯한 무거운 어조로 도일은 가장 큰 해적선을 향해 말을 건넸다.

일시지간 해적들은 당황한 것 같았다. 너무도 대담한 도일의 행동 때문인지, 아니면 사로잡힌 산노스케의 안위를 염려한 탓인지는 몰랐다.

이윽고 갑판 너머로 한 사람이 머리를 내밀었다.

"주군께서 면대(面對)를 허락하셨다. 그 자리에 무기를 내려놓고 승선하라!"

그 말에 긴장한 것은 도일보다 오히려 영강이었다. 스승의 성격상 분명 그 말에 따르리란 걸 알기 때문이었다.

"염려 마라. 최악의 경우에 이르더라도 내 한 몸 지킬 수는 있다."

염려 가득한 얼굴을 한 영강을 돌아보며 도일은 웃었다. 그리고는 옆구리의 칼을 뽑아 그에게 건네주었다.

"잘 들어라! 스승님의 터럭 한 올이라도 상한다면 이자는 물론 네놈들의 뼈까지 씹어주겠다!"

뱃전에 걸린 밧줄에 몸을 싣는 도일의 뒤에서 영강은 악에 바친 목소리로 마구 고함을 질러댔다.

얘기가 어떻게 진행되었는지는 아무도 모른다.

하지만 얼마 지나지 않아 독고향과 임현을 공격하던 해적들이 철수하기 시작했다.

그리고 아침 바다는 다시 평화를 되찾았다.

제 9 장

제 휴(提携)

하늘엔 아마 짙은 먹구름이 드리워졌나 보다. 별빛 한 점 잡히지 않아 말 그대로 손을 내밀어도 보이지 않을 정도였다.

그 진한 어둠에 젖은 해변으로 작은 배가 한 척 상륙했다. 내린 사람은 모두 아홉, 그리고 배는 곧장 바다로 나가 버렸다.

그리고 또 한 척의 배가 상륙했고, 십여 명의 사람들이 내려 조금 전의 무리와 합류했다.

"안내하겠소."

나직한 목소리가 들린다 싶더니 누군가가 곧장 어둠을 헤치고 걸어갔다. 나머지는 그 뒤를 조용히 따랐다.

깊은 밤이었지만 그들은 사람들의 눈을 의식한 듯 흩어졌다가 다시 모이며 길을 걸었다. 상당히 조심스러운 행보였다.

이윽고 그들이 도착한 곳은 대장간이었다.

"누구냐?"

일행을 안내했던 노인이 미처 들어가기도 전에 안에서 수하(誰何)하는 소리와 한 사람이 후닥닥 뛰쳐나왔다.

"아, 날세!"

노인이 대장간에서 흘러나오는 불빛 속으로 걸어 들어간 뒤에야 안에서 나온 자는 긴장을 늦췄다.

"늦었구려. 걱정했소이다."

대장간에서 나온 자는 도다 아키였다. 그동안 쭉 잠을 자지 않고 노인을 기다린 듯 흐릿한 불빛에 비친 얼굴엔 피로의 자국이 역력했다.

"자, 다들 들어가시오!"

노인의 말에 한순간 흠칫했던 사람들도 긴장을 풀고 대장간 안으로 들어섰다.

그러나 한 사람, 히사노만은 달랐다. 도다를 본 그녀의 어깨는 그 어느 때보다 딱딱하게 긴장되었고, 마치 그 자리에 못 박힌 것처럼 우뚝 서 있었다.

다행히 도다는 히사노를 보지 못한 채 안으로 들어갔다. 주변을 감시하기 위해 몇 명이 같이 남았으니 그녀 역시 그중 하나이리라 짐작한 모양이었다.

"흐음!"

도다의 모습이 완전히 사라지고 나서야 히사노는 긴 한숨을 내쉬었다.

"심란하신가요?"

갑자기 들려온 말소리에 히사노는 화들짝 놀랐다. 깨닫고 보니 어느새 카즈키가 바로 옆에 서 있었다.

히사노는 내심 혀를 깨물었다. 아무리 도다의 출현이 뜻밖이었다 해도 누군가가 이처럼 가까이 오도록 알지 못했다는 건 충분히 자책할 만했다.

게다가 카즈키는 닌자다. 평소 발가락의 때만도 못하게 여겼던 자에게 이처럼 가까운 거리를 허용했다는 것이 도무지 용납되지 않았다.

하지만 왠지 오늘은 화도 나지 않는 히사노였다. 상대가 여자 닌자라고 해서 그런 건 아니었다. 도다 아키의 존재가 그처럼 세차게 가슴을 뒤흔들어 놓았던 것이다.

"심란할 땐 술이 최고죠. 가요, 제가 몰래 숨겨둔 술이 있어요."

이 시간에 장사를 하고 있을 술집은 없다. 카즈키가 히사노를 안내해 간 곳은 대장간의 뒤쪽이었다.

이 허름한 대장간에도 뒷문은 있었다. 비록 아주 협소해서 한 사람이 겨우 드나들 정도였지만 하여튼 문은 문이었다.

그 후문은 곧장 작은 밭으로 연결되었고, 그 한 켠에는 평지에 있다고 믿기 힘든 울창한 대나무 숲이 조성되어 있었다.

카즈키는 망설이지도 않고 그 대숲으로 들어갔다. 그리고 어딘가를 뒤집자 제법 깊이 파 들어간 땅굴이 나왔다.

"은신처예요. 어딜 가든 닌자들이 가장 먼저 마련하는 것이죠. 들어갈까요? 아니면 밖에서……?"

드물게도 카즈키는 생글거리며 웃었다. 어둠 속에서도 확연히 알 수 있는 앳된 얼굴, 그리고 유난히 하얗게 빛나는 이가 보는 이로 하여금 묘한 슬픔을 느끼게 해주었다.

"밖에서!"

의도적으로 히사노는 퉁명스레 대꾸했다. 카즈키의 모습에서 자칫 닌자들을 대하던 평소의 생각이 흔들릴 것 같아서였다.

"좋아요!"

히사노의 태도야 어떻든 카즈키는 명랑했다. 날쌘 다람쥐처럼 땅굴 속으로 달려가며 낮은 휘파람까지 불었다.

곧장 다시 나온 카즈키의 손에는 작은 보퉁이가 들려져 있었다.

"잔은 없어요."

선언하듯 한마디 내뱉으며 카즈키는 보퉁이를 풀었다. 세 개의 술 병, 그리고 구워서 말린 정어리가 안주였다.

술병 하나를 집어 든 카즈키는 우선 자신이 먼저 마셨다. 그러나 그리 잘 마시지는 못하는지 한 모금 넘어가자마자 매운 기침을 토했다.

"헤헤헤헤, 처음이라서……."

쑥스러운 웃음과 함께 카즈키는 술병을 내밀었다.

히사노의 눈에 살짝 이채가 어렸다. 지금 보인 카즈키의 행동은 이 술에 독이 없음을 보여준 것이었다. 자신은 전혀 신경도 쓰지 않았던 부분이었다.

'오늘 왜 이럴까?'

스스로도 이해하지 못할 정도로 흐트러진 자신의 마음을 책망하며 히사노는 술병을 입으로 가져갔다.

쓰디쓴 술맛이 혀를 마구 휘감았다. 목구멍을 통해 넘어가니 짜릿한 자극이, 이어 후끈한 열기가 뱃속에서 들끓었다. 그 다음에야 입 안 가득히 향긋한 주향이 감돌았다.

처음 마시는 술은 물론 아니었다. 하지만 이 술맛까지도 오늘따라 이상한 감흥으로 히사노의 가슴에 늘어붙었다.

모든 쓴맛을 다 맛본 뒤에야 비로소 느껴지는 향긋한 주향, 이 얼마나 역설적인 풍미(豐味)란 말인가.

"한 사람을 사랑하기보다는 그 사람을 잊기가 더 힘든 법이죠."

재차 카즈키의 음성이 들렸을 때 히사노는 또 한 번 흠칫했다. 가슴속을 빤히 들여다본 것 같아 화끈 얼굴이 달아올랐다.

"그 사람이 그렇게 싫은가요?"

이미 얘기를 들어 도다 아키와 히사노의 관계를 알고 있는 카즈키였다. 스스럼없이 묻는 그 태도가 아주 자연스러웠다.

"그 사람이 싫은 게 아냐!"

대답을 하고 나서 히사노는 또 한 번 흠칫 놀랐다. 고분고분 대꾸하는 자신의 태도 때문이었다. 경멸하던 닌자와 이처럼 마주 앉아 대화를 주고받을 때가 있을 줄은 미처 생각지도 못했었다.

히사노는 황급히 술병을 입으로 가져갔다. 당혹스런 심중을 감추기 위해서였다.

"여기."

술병을 입에서 떼자마자 카즈키는 정어리를 내밀었다. 이 역시 자신이 먼저 맛을 봤음은 물론이다.

젓가락은 미처 준비하지 못했나 보다. 손으로 뗀 정어리를 든 채 카즈키는 예의 앳된 미소와 함께 말을 건넸다.

"싫지 않으면 그렇게 피하실 것도 없잖아요."

아무렇지도 않은 듯, 그저 지나가는 듯한 카즈키의 말이었다.

물론 듣는 히사노의 입장은 달랐다. 뜨끔할 것까지는 없었지만 얼음을 삼킨 것 같은 싸한 느낌이 한차례 가슴속을 맴돌았다.

"사람이 싫은 게 아냐. 싫은 건 나 자신의 운명……."

말꼬리를 흐리며 히사노는 또 한 모금 술을 마셨다.

"이도 저도 모두 난세의 바람에 시달리는 꽃잎이지요."

"응?"

나이답지 않은 말을 하는 카즈키에게 히사노는 의아한 시선을 보냈다.

"히사노님의 운명을 싫어하는 건 히사노님의 난세, 그 히사노님을 찾아 이 세상을 헤매는 것도 그분의 난세……."

흡사 득도한 고승과 같은 말을 남기며 카즈키는 새로운 술병을 집어 들었다.

이번엔 조금 나았다. 비록 매운 기침과 함께 다시 떼기는 했지만, 그래도 두 모금이나 삼켰다.

"저 역시 어릴 때부터 닌자 수업을 받았지요. 하지만 단 한 번도 후회한 적이 없었어요."

말을 이어가는 카즈키의 혀는 살짝 꼬여 있었다. 얼굴까지 약간 상기된 것이 취기가 오르는 모양이었다.

"내일의 삶을 기약할 수 없는 난세에 이 한 몸만큼은 지켜 나가라는 아버지의 슬픈 기원을 알았기 때문이었죠."

말끝에 여린 한숨이 묻어 나오는 카즈키였다. 후회하지 않는다고는 하지만, 그래도 여닌자로서의 삶은 서글펐을 터였다.

"저에 비하면 히사노님은 행복하신 분 같아요."

"닥쳐라, 쿠노이치(くの一 : 여자 닌자를 이르는 일반적인 명칭)!"

자신도 모르게 히사노는 언성을 높였다. 그러다 대장간 쪽을 의식했는지 황급히 입을 다물었다.

"뭘 안다고? 대체 네 따위가 뭘 안다고……?"

분노 아니면 흐느낌이 터질 것 같아 히사노는 황급히 술병을 입으로 가져갔다.

정말이지 도다 아키가 싫은 건 아니었다. 오히려 그 티없이 순박한 마음씨가 가슴 아리도록 좋았다.

그러나 만나서는 안 된다. 그래서는 그토록 거부한 운명에 스스로 굴복하는 꼴이 되고 만다.

상반된 감정과 이성이 마신 술과 더불어 격렬하게 가슴속에서 요동칠 때 히사노는 문득 몸을 일으켰다. 더 많은 술을 마셨다가는 그토록 경멸했던 닌자 앞에서 자칫 흐트러질 것만 같아서였다.

"그분을 만나세요. 피하기만 해서는 운명에 이겼다고 할 수 없어요!"

멈칫, 히사노는 걸음을 세웠다. 카즈키의 말이 얄미울 정도로 아픈 속살을 헤집고 들어왔다.

카즈키가 말한 내용을 생각해 보지 않은 건 아니었다. 어쩌면 한사코 운명을 피하고자 했던 자신이 부끄러워 더욱 방황하고 반발했는지도 모른다.

하더라도 순순히 수긍할 수는 없다. 그래서는 지금까지 살아온 자신의 삶이 모두 가식이 되어버린다.

"오늘 일은 모두 잊어라, 쿠노이치!"

말과 동시에 히사노의 손이 허리 어림을 더듬었다.

츄릿, 슈각!

그리고 한줄기 섬광이 올랐다 싶은 순간, 족히 세 뼘은 될 것 같은 굵은 대나무가 그대로 잘려져 나갔다.

다시 걸음을 옮기던 히사노는 씁쓸한 미소를 배어 물었다. 방금 카즈키에게 했던 말을 언젠가 독고향에게도 그대로 했던 걸 떠올렸던 탓이었다.

별안간 허공 가득히 은색의 가루가 뿌려졌다. 두텁게 드리워져 있으리라 여겼던 먹구름 속에서 눈이 터져 나온 것이었다.

대장간의 좁은 방 안, 화로 하나 가져다 놓을 공간이 없을 정도로 사람들이 빼곡히 들어차 있었다.

"반대요. 지금은 겨울, 북풍이 심한 계절이거늘 어찌 북쪽으로 항해를 하신단 말이오!"

한 무릎 나앉으며 요시마사의 말에 정면으로 반박하고 나선 것은 노신(老臣)인 이토 카케히사[伊東景久]였다. 예순을 넘긴 얼굴의 주름 가득히 고집으로 채워진 듯한 늙은이였다.

"이 무슨 말씀이시오? 주군의 뜻은 확고하시거늘 노인장은 반대한단 말이오?"

카케히사의 말에 또 한 사람이 언성을 높이고 나섰다. 산노스케였다.

"이보다 더 좋은 기회가 또 어디 있겠소? 비로소 해적이라는 오명을 씻고 이마카와 가문의 기치를 높이 세울 때이거늘, 그깟 바람이 무서워 움츠러드시겠다는 거요?"

단 한 발짝도 물러서지 않겠다는 듯 산노스케도 눈을 부라렸다.

"그게 바로 젊은 혈기라는 걸세. 왜 조금 더 기다리지 못하나? 이제 조금만 있으면 남풍이 불어올 계절, 그때까지만 참으면 만사가 형통할 터인데……."

"우리에겐 시간이 없소!"

독고향이 카케히사의 말을 제지하고 나섰다. 아직은 일본어가 서툰 그로서는 드문 일이었다.

"서둘러서 될 일이 아니다. 이십 년을 기다렸던 우리도 참고 있거늘!"

카케히사는 덮어씌우듯 독고향의 말을 짓눌렀다.

독고향은 답답했다. 평소에 말을 하려고 해도 한참을 생각해야 했는데, 급하게 자신의 뜻을 밝히려니 더 더욱 말문이 막혔다.

"우리에게도 사정이 있소!"

보다 못한 도일이 나섰다. 이대로 두면 독고향이 말 한마디 제대로 하지 못하고 밀릴 것 같아서였다.

"사정? 들어봅시다. 역풍을 뚫고 항해를 해야만 되는 그토록 중요한 사정을."

카케히사는 완강하게 버텼다. 독고향을 대할 때와 달리 도일에게는 어느 정도 예의를 갖춘 말투를 쓴다는 게 다행이라면 다행이랄까.

"가히의 다케다 가츠요리는 눈이 녹으면 곧바로 출병할 거요. 그로써 다케다 가는 멸망, 오다는 동쪽을 모조리 수중에 넣게 되오!"

"그것과는 상관없는 일! 배는 언제라도 띄울 수 있소."

"귀하의 말대로요. 배야 언제든 띄울 수 있지만 오다가 동쪽을 완전히 장악하기 전에 우리에겐 해야만 될 일이 있소."

"그게 뭐요?"

성급하게 또 한 무릎 나앉으며 카케히사는 채근했다. 어떤 말을 들어도 결심을 바꾸지 않을 것 같은 고집이 잔뜩 추켜세운 두 어깨에 실려 있었다.

"흐음!"

침음성과 함께 도일은 요시마사를 돌아보았다. 바로 코앞에서 격론

이 벌어지고 있건만 그는 조는 듯 팔짱을 낀 채 눈을 감은 모습이었다.

"자세한 것은 말씀드릴 수 없소. 다만 귀 가문의 재흥에 막대한 도움이 될 거란 점은 분명히 말씀드릴 수 있소. 아, 물론 성공했을 때의 얘기지만……."

그 순간 요시마사의 눈이 번쩍 떠졌다. 가문의 재흥이란 말이 나오기가 무섭게 보인 반응이었다.

"우리가 도울 일은?"

어떤 일을 할 것인지는 묻지도 않았다. 대뜸 요시마사는 도와주겠다는 말부터 했다.

왜 아니겠는가. 가문의 재흥이야말로 일생의 목적. 그것만 완수할 수 있다면 영혼이라도 팔 수 있는 요시마사였다.

"우리들만으로 충분하오. 완벽한 성공도 보장할 수 없는 상황인지라 선뜻 귀하의 도움도 받을 수 없겠구려. 여튼 그 마음만은 감사히 받겠소."

"주군, 그렇다면 이 역풍을 뚫고 항해를 하시겠다는 말씀이오?"

이야기가 의도했던 것과는 다른 곳으로 향하자 카케히사가 급히 나섰다.

그러나 요시마사는 매섭게 그 말을 잘라 버렸다.

"삼가랏, 카케히사!"

결코 목소리를 높인 건 아니었다. 그러나 충분한 위압감으로 카케히사를 억누르는 요시마사였다.

"그럼 세세한 조건은 산노스케와 얘기하도록 하시오!"

반대자인 카케히사 대신 산노스케를 내세우며 요시마사는 재차 눈을 감았다. 어떤 얘기가 오가든 모두 수긍하겠다는 태도였다.

"끄으음!"

불편한 심기를 노골적으로 드러냈지만 카케히사는 그대로 물러날 수밖에 없었다. 타인들도 있는 자리에서 더 이상 주군에게 반발하는 것도 좋지 않다는 판단 때문이었다.

"조건은 배에서 얘기했던 것과 달라진 것이 없습니다."

카케히사의 반대가 수그러들자 상인인 하찌로우가 앞으로 나섰다.

누구도 그의 등장을 제지하지 않았다. 아무래도 거래에는 상인이 제격인 것이다.

"일단 이분들이 사신 천 정의 총 중 오백 정을 당장 이마카와 가문에 양도한다. 그 대가로 이마카와 가문은 이분들이 원하는 날짜까지 물건을 중국으로 운반해 준다. 이상입니다. 이의가 없으신지……?"

이미 배에서 한차례 의견 조율이 끝났음에도 하찌로우의 말은 조심스럽기 그지없었다. 철썩같이 약속을 주고받은 계약도 막판에 깨지는 걸 흔히 봐왔던 탓이었다.

타악!

돌연 격한 파열음이 실내에 울려 퍼졌다. 카케히사가 아직도 납득하지 못하겠다는 듯 자신의 무릎을 세차게 내려친 것이었다.

"고집 센 늙은이로군. 단지 그 조건만으론 안 되겠다는 건가? 노인장, 속 시원히 말씀해 보시오. 뭐가 더 필요하시오?"

산노스케가 구슬리는 듯한 어조로 말을 붙였다. 주군의 뜻이 결정된 이상 이 고집 센 노신과 더 이상 언쟁하기 싫었다.

"흥, 여긴 무구가 썩고 있구면. 썩혀 버릴 만한 무구라면 내줘도 하나도 아깝지 않을 터!"

퉁명스레 쏘아붙이고 카케히사는 아예 몸을 돌려 앉아버렸다.

"보시다시피 이 가문의 늙은이들은 이처럼 고집이 세다오. 어떻게 체면이라도 좀 세워주지 않으면 어디로 튈지 모르니……."

산노스케는 겸연쩍은 미소를 도일에게 지어 보였다. 아직까지 혈기 왕성한 그로선 일단 한 번 내걸었던 조건에 더 많은 것을 요구한다는 게 영 낯간지럽기만 했다.

"그건 우리들이 결정할 문제가 아니오. 이 집주인에게 물어봐 주시오!"

"가져가시오. 노인장 말마따나 그냥 두면 아무짝에도 쓸모없는 짐이 될 물건들, 세상에 나가 빛을 보는 걸 무구들도 기뻐할 것이오!"

도일의 말이 끝나자마자 문 앞에서 밖을 경계하고 있던 대장간 늙은이가 툭 던지듯 내뱉었다.

"자, 자, 그럼 계약은 성사된 듯하오. 서로 서약서(誓約書)를 교환해서 이 계약이 변치 않는다는 걸 약속하시면 끝나오!"

기회를 놓칠세라 하찌로우가 재빨리 끼어들었다. 그는 확실히 거래의 맥을 짚을 줄 알았다.

서약서 작성은 금방 끝났다. 특이한 것은 날인(捺印)으로 독고향의 손도장을 찍었다는 점이었다. 어디까지나 이 거래의 주체는 그임을 강조한 도일의 배려였다.

서약서 교환이 끝나자 그 다음은 곧장 행동이었다. 어차피 보란 듯이 내놓고 할 성질의 일은 아닌 터, 오늘 밤처럼 칠흑 같은 어둠은 실로 하늘의 도움이 아닐 수 없었다.

눈은 어느새 두께를 더해가며 쌓여가고 있었다.

2

기실 가장 바쁜 사람은 상인인 하찌로우였다. 천 정의 총을 구한 데 이어 다시 오백 정을 더 구해야 했기 때문이다. 요시마사에게 넘겨준 만큼 채워주기로 했던 것이다.

평소라면 하찌로우는 아무리 힘들어도 혼자 이 일을 했을 터였다. 총이라는 물건을 입수하는 과정이나 경로, 또 누구에게 줄을 대야 하는지 등은 상인으로서 철저하게 비밀에 부쳐야만 한다.

그러나 무슨 생각을 했는지 하찌로우는 독고향을 그 일에 참여시켰다. 표면적으로야 도와달라는 것이었지만, 그 이면엔 다른 생각이 있음이 분명하다.

그 점을 눈치 못 챌 독고향은 아니었다. 다만 그 역시 하찌로우에게 바라는 점이 있었기에 벌써 며칠 동안 아무 말 없이 그의 일을 도왔다.

오늘 하찌로우가 독고향을 안내해 간 곳은 어느 상인의 집이었다.

저택 밖을 둘러싼 해자의 규모나 토담처럼 가장해 놓은 석벽, 그리고 지루하다 싶을 정도로 오래 걸어 올라가야 하는 계단은 그 폭이나 높이가 일정치 않았다.

'한마디로 성이군!'

건물 곳곳에 설치되어 있는 총안(銃眼)을 바라보며 독고향은 혀를 내둘렀다. 같은 상인의 저택이라지만 지난번 여빙운을 잡기 위해 습격했던 곳과는 그 규모부터가 달랐다.

이쯤 되자 독고향은 여기 사는 사람이 궁금해졌다. 단순히 총만 구하기 위해 온 것 같지는 않았다. 비록 서툴긴 하지만 하찌로우의 언행을 잘 관찰하면 그의 속내를 조금은 알 수 있을 것 같았다.

계단을 다 올라 작은 문을 지나자 눈앞이 확 트였다.

"아!"

독고향은 자신도 모르게 낮은 탄성을 발하고 말았다.

눈앞의 물결은 말 그대로 하나의 작은 바다였다. 바다 전체에 깔린 자갈을 교묘하게 손질해 그렇게 보이도록 해놓은 것이었다.

군데군데 조성한 작은 가산(假山)은 섬들로 보였고, 아직 채 녹지 않은 눈은 그 풍취를 더해갔다.

그 한가운데 놓인 징검돌을 밟고 그들이 안내되어 간 곳은 서원으로 쓰이는 방이었다. 비록 겨울이었지만 남쪽으로 난 창을 활짝 열어놓아 멀리 바다와 따스한 햇살이 한꺼번에 쏟아져 들어왔다.

이미 사전에 약속이 있었나 보다. 그리 오래 기다리지 않아 주인인 듯한 자가 나왔다.

하찌로우는 황급히 자세를 바로 하며,

"여전히 건강하신 모습을 뵈니……."

"허허, 우리 사이에 이 무슨 딱딱한 인사를……. 자자, 편히 앉으시오"

말해 놓고 그 주인인 자부터 아무렇게나 털썩 바닥에 주저앉았다.

"소개해 드리겠소. 이분은……."

"소개 따윈 필요없소. 우리 같은 상인에게야 이익이 중요할 뿐, 그 이상의 소개장이 뭐 필요하겠소."

이번에도 주인인 자는 하찌로우의 말을 막았다. 그리고는 무슨 골동품을 감상하는 듯한 시선으로 독고향을 지그시 응시했다.

그러나 하찌로우의 입장에선 소개를 안 할 수도 없는 노릇, 그는 독고향의 귀에다 나직이 소곤거렸다.

"예를 갖추시도록. 이분은 사카이 상인들의 우두머리라 할 수 있는 다치바나야[立花屋]의 미네끼치[峰吉]님이시오."

물론 독고향은 그 말에 따르지 않았다. 오히려 미네끼치의 시선을 튕겨낼 듯이 마주 노려보았다.

"복된 상(相)이로군. 내 장사를 시작한 이후 이처럼 운이 강한 상은 처음이야. 하지만……."

의도적인 듯 미네끼치는 말꼬리를 흐렸다.

와락, 하찌로우가 한 무릎 다가앉았다.

"그, 그럼 소인의 청을 들어주시는 겁니까?"

그가 미네끼치에게 부탁했던 일이 독고향과 모종의 관계가 있는 모양이었다.

"좋은 상이야. 하지만 미간에 한줄기 어둠이 있어. 요절(夭折)할 수도 있다는 말이오. 그것만 넘긴다면 이 이상의 길상(吉相)은 없소이다!"

아직 젊은 사람 앞에서 요절 운운은 쉽게 뱉을 말이 못 된다. 그러나 미네끼치는 스스럼이 없었다.

"좋소이다. 어차피 우리 일본도 세계의 바다로 나가야 할 때, 중국 쪽에 거래선을 터두는 것도 좋겠지!"

말과 함께 미네끼치는 손뼉을 짝짝 쳤다. 하인을 부르는 신호였다.

"감사드립니다. 이 하찌로우, 신명을 바쳐 일하겠습니다!"

감격에 겨워 하찌로우는 연신 바닥에 이마를 비볐지만, 그것과는 또 다른 생각으로 독고향의 눈이 빛났다.

'나와 같은 생각이었나?'

완전히 알아듣진 못했지만 중국과의 거래선 운운은 분명히 알 수 있었다.

독고향이 하찌로우에게 바라는 것도 바로 이 점이었다. 세가령을 재건하자면 많은 돈이 든다. 그것까지 도일에게 의지할 수는 없다.

그렇다면 방법은 하나, 꾸준히 돈을 마련할 수 있는 길을 찾아야만 한다.

하찌로우의 신용을 확인했을 때 독고향은 그를 중국으로 데려가면 어떨까 하는 생각을 했었다. 중국에서 시답잖은 물건들이 일본에선 고가(高價)에 거래되고 있는 현상을 목격한 뒤였다.

그걸 잘만 이용하면 막대한 이익을 남길 수 있겠다고 생각했었는데 하찌로우 역시 그 점을 간과하지 않았던 모양이다.

보다 깊은 얘기를 나눠야겠다고 생각했을 때 장지문이 스르르 열리며 하인이 길쭉한 상자를 받쳐 들고 들어왔다.

"오, 가져왔군. 이리로……."

반색을 띠며 미네끼치는 상자를 받아 들었다.

"자, 보시오!"

미네끼치가 상자 속에서 꺼내 든 건 작은 한 자루 칼이었다.

"이게 바로 그 옛날 와타나베 쓰나[渡邊綱]란 무사가 귀신의 한쪽 팔을 베었다는 오니기리마루(鬼切り丸)이라는 명도요!"

말하는 일견 미네끼치는 수중의 칼을 살짝 뽑았다.

섬뜩!

그 순간 독고향은 귀밑머리가 쭈뼛해지는 걸 느꼈다. 다 뽑히지도 않은 칼이었지만 단지 그 날의 일면만을 보이는 것으로 방 안은 음습한 살기로 가득 차는 것 같았다.

'놀랍군!'

귀신의 팔을 잘랐다는 건 거짓말일지 몰라도, 그 말이 충분히 신빙성있게 들릴 정도로 칼은 요기를 풀풀 뿌리고 있었다.

"이 칼이라면 아마 하시바님의 군사도 마음을 움직여 귀하를 만나주실 거요."

찰칵, 칼을 닫은 후 미네끼치는 곧장 하찌로우에게 내밀었다. 아마도 쿠로다 간베에를 만날 때 예물로 쓰라는 뜻인 것 같았다.

"이런 명도를 상인의 몸으로 받으라심은 당치도 않은 말씀. 자, 어서 칼을 받으시구려."

하찌로우는 독고향에게 칼을 받으라고 채근했다.

독고향은 사양하지 않았다. 할 수만 있다면 자신의 것으로 만들고 싶다는, 무인의 욕심을 동하게 만드는 칼이다. 잠시나마 손에 쥐어본다는 것도 나쁘진 않을 터였다.

칼을 받아 쥔 독고향은 그 무게부터 가늠해 보았다. 적당히 무거웠고, 또 손에 착 감길 정도의 무게감이 손바닥 가득 전해졌다.

"흐음!"

독고향의 얼굴이 약간 상기되었다. 이렇게 기분 좋게 손에 감겨져 오는 칼이라면 세상 뭐든 벨 수 있을 것 같았다.

문득 독고향은 얼마 전에 처치했던 무흔을 떠올렸다. 동체를 보호하고 있던 강철의 갑옷조차 베지 못했었는데, 다음에는 어떤 형태로 나타날지 알 수 없었다.

'이 칼이면 가능할까?'

그때 떠올렸던 의문, 쇠를 벨 수는 없을까 하는 생각이 다시 고개를 치켜들었다. 어쩌면 가능할 것도 같았다.

하지만 이건 어디까지나 맡은 물건, 자신의 것이 아니다. 아깝지만 욕심을 눌러야만 했다.

"자, 그럼 자세한 얘기는 두 분이 나누시고, 전 만나야 될 사람이 있어서……."

은근한 축객령이었다.

그러나 이미 목적을 달성한 하찌로우는 밝은 얼굴로 몸을 일으켰다. 그리곤 아직도 멍하니 칼을 바라보고 있는 독고향을 재촉해 밖으로 나왔다.

"대충 어떤 얘긴지 들으셨지요?"

예의 정원을 가로지르는 징검돌 위를 걸으며 하찌로우가 입을 열었다.

"무역을 하겠다는 얘기로 들었소만."

"그렇소. 중국과의 무역을 이 몸이 독점하고 싶소. 그렇게만 된다면 뒤에 충당할 오백 정의 총에 대한 대금은 받지 않겠소."

하찌로우의 어조는 자못 강경했다. 오백 정의 총을 줄 테니 그 대가를 내놓으라는 식의 당당함 그 자체였다.

독고향으로선 그런 문제로 실랑이를 한다는 건 피곤한 일이었다. 그러나 그냥 '좋다' 라고만 해서는 뒤가 없다. 하찌로우를 통해 이익을 얻겠다는 희망은 사라져 버리고 만다.

"얘기를 좀 해야 될 부분인 것 같소."

"얘기 나누는 거야 뭐 그리 어렵겠소. 따라오시구려."

미네끼치의 성채 같은 집을 나선 하찌로우는 독고향을 조용한 찻집으로 안내했다.

사실 독고향의 얘기는 간단했다. 자신과 세가령의 관계, 그리고 무사히 세가령을 재건했을 때 거기서 나는 산물(産物)은 모두 하찌로우에게 독점권을 주겠다는 것이었다.

물론 그때까지 중국과의 무역에서 얻는 이익을 절반씩 나누자는 게 더 비중있는 얘기이긴 했지만 말이다.

"요컨대 이 하찌로우에게 확실치도 않은 일에 투자를 하라는 말씀 같은데……."

말꼬리를 흐리는 하찌로우의 두 눈은 야릇한 빛을 발했다. 냉철하게 이익을 가늠해 보는 상인 특유의 눈빛이었다.

입 안이 바짝 타 들어가는 갈증을 독고향은 애써 씹어 삼켜야 했다. 솔직히 세가령을 재건하겠다는 신념만 가득했지 보장은 어디에도 없었다.

아니, 가능성이 아주 없지는 않았다. 아직도 나라에선 세가령을 거둬들이지 않았고, 지금 그곳을 지배하는 세력이 무림맹이라니 그들만 퇴치하면 될 것 같았다.

그 일을 위해서라도 하찌로우가 앞으로 벌어들일 재력이 절실하게 필요한 독고향이었다.

하찌로우는 아직도 눈빛을 번들거리며 생각에 잠겨 있었다. 그러다 갑자기 탁자를 세차게 내려쳤다.

"좋소. 투자라는 건 원래부터 위험을 동반한 것! 이 하찌로우, 마쯔이야의 명예를 걸고 세가령 재건에 전력을 기울이겠소."

자못 호기롭게 말하며 하찌로우는 가슴을 활짝 젖혔다.

고맙다는 말을 독고향은 하지 않았다. 그건 먼 훗날, 세가령이 굳건히 재건된 후에 해도 늦지 않다.

그제야 식어 빠진 차를 맛있게 들이킨 두 사람은 자리에서 일어났다.

"오오오!"

오니기리마루를 본 반응은 도일보다 대장간 늙은이가 더 격렬했다.

"믿을 수 없군. 이런 명도를 내 생애에 볼 수 있다니……."

손까지 부들부들 떨면서 늙은이는 오니기리마루를 살펴보느라 여념이 없었다. 그 역시 무구를 만드는 장인, 인세에 보기 드문 명도를 대할 때의 감흥도 유별났다.

"아깝다. 남의 손에 넘겨주기 너무 아까워!"

"확실히 좋은 칼이오. 나도 욕심이 생기더군!"

도일도 한마디 거들었다. 그 역시 감탄한 빛을 조금도 숨기지 않았다.

"단지 그뿐이오? 이 칼은 나, 서곡(徐谷)이 평생 처음으로 보는 신기(神器)요. 단지 좋다고만 해서는 이 칼에 대한 모독이오!"

마치 자신이 모욕을 당하기라도 한 것처럼 늙은이, 즉 서곡은 버럭 언성을 높였다.

그 모습을 보면서 독고향은 묘한 미소를 배어 물었다. 우선 대장간 늙은이의 이름을 안 것이 재미있었고, 무인보다 훨씬 더 칼에 관심을 갖는 그 모습이 자못 흥미로웠다.

"언제요? 쿠로다 간베에는 언제 만나기로 했소?"

갑자기 서곡이 하찌로우를 돌아보며 물었다. 흡사 무슨 열병에 시달리는 사람처럼 들뜬 목소리였다.

"사흘 뒤! 사카이의 상인들과 만난 후 잠깐 뵙기로 했소이다."

하찌로우는 담담한 어조로 대꾸했다. 하지만 격렬한 서곡의 반응에는 충분히 놀란 표정이었다.

"그럼 그때까지 이 칼을 내게 맡겨줄 순 없겠소?"

서곡의 시선은 재차 도일에게로 향했다. 조금 전과 달리 간절한 염원이 담긴 눈빛이었다.

"흠, 내가 뭐라고 하긴 어렵소. 그 칼의 주인은 내가 아니오."

도일은 슬그머니 한발짝 물러섰다. 그의 말대로 칼의 임자가 아닌 이상 뭐라 할 수 있는 입장이 아니었다.

"그럼……?"

"아, 나 역시 그 칼의 임자라고 할 수 없소. 미네끼치님으로부터 칼을 받은 사람은 따로 있소."

서곡이 자신을 바라보자 하찌로우 역시 황급히 손을 내저었다. 그리고는 독고향을 가리켰다.

독고향은 조금 황당해졌다. 서로 칼의 주인이 아니라고 사양하는 마당에 자신이 나서 이래라저래라 하는 것도 우스울 것 같았다.

그러나 눈앞에 있는 서곡의 표정은 너무도 간절했다. 평생 다시 보기 힘든 신기. 비록 사흘이나마 칼의 강도나 세공법 등을 연구하고 싶을 터였다.

"험험, 나 역시 칼의 주인이라 할 수는 없지만 그냥 걸어두기만 하면 뭐 하겠소? 그동안 마음대로 하시구려."

독고향의 말이 떨어지자마자 서곡은 칼을 안고 구르듯 밖으로 달려나갔다. 곧바로 대장간 쪽에서는 망치 소리가 요란하게 들려오기 시작했다.

"복제품이라도 만들려는 것이오?"

딱히 누구에게랄 것도 없이 하찌로우는 바깥을 손으로 가리키며 물었다.

"서 늙은이의 솜씨라면 못 만들 것도 없겠지!"

혼잣말처럼 대꾸하며 도일은 독고향에게로 시선을 옮겼다.

"언제 건너가기로 했나?"

도일은 독고향의 일정을 물었다. 총을 싣고 일단 중국에 한 번 다녀오기로 한 계획을 구체적으로 알고 싶었던 것이다.

"눈이 그친 뒤 바람이 강해졌소. 이 바람이 좀 수그러들면 곧장 출항할 것이오."

몇 월 몇 일 출항해서 언제 도착한다는 구체적인 일정을 짤 수 있는 일이 아니었다. 그때그때의 상황에 맞춰 임기응변이 필요한 일이었다.

"가서 해야 될 일은 생각해 두었나?"

"할 일은 그리 많지 않소. 사람 두어 명만 찾으면 되니."

"사람?"

"맹묵과 개귀신! 할 수만 있다면 사로잡혀 있다는 여천랑도 구하고 싶소."

"맹묵? 개귀신? 묘한 이름들이로군!"

도일은 무척 관심을 갖는 표정이었다. 단지 이름이 묘해서가 아니라 독고향의 일이라면 뭐든 그는 주의를 기울였다.

독고향은 간략하게 그들에 관한 것을 들려주었다.

"사람을 찾는다지만 그들은 생사조차 불명확한 것 같은데… 방법이 있는가?"

그 말에 독고향은 뜨끔해졌다. 솔직히 한 번도 그들이 죽었다고는 생각지 않았었다. 살아만 있다면 어떻게든 만날 수 있으리란 막연한 기대뿐이었다.

그런데 도일의 말을 들으니 확실히 문제가 많았다. 우선 살아 있다는 보장이 없었고, 설사 살아 있다고 해도 단시간에 그들을 찾을 가능성은 희박하다. 그들이 세가령에서 자신을 기다리고 있지 않은 다음에는 말이다.

"임현과 영강을 데려가게. 그들이 원하기만 한다면 도다 아키와 카즈키도 데려가고."

"그건 또 무슨 말씀이오?"

도일의 말이 끝나기도 전에 독고향은 황급히 그 말끝을 채어 반문을 던졌다. 그만큼 그의 말은 엉뚱했다.

"아무래도 은밀히 그들을 찾기는 무리일 듯하네. 세가령에 당도하거든 되도록 큰 소동을 일으키도록 하게. 그들이 살아 있다면 세가령의 농정에 귀를 기울이고 있을 터, 소동이 벌어진다면 궁금해서라도 달려올 걸세. 위험하긴 하지만 짧은 시간 안에 사람을 찾기엔 가장 좋은 방법일 것 같네."

"흐음!"

입 밖으로 새어 나온 건 침음성이었지만 독고향의 눈은 기광으로 일렁거렸다. 확실히 도일이 제시한 방법은 효과가 있을 것 같았다.

'무림맹을 상대로 한바탕 벌인다?'

그렇게 되면 분명 소문은 퍼져 나갈 터이고, 맹묵과 개귀신이 살아 있다면 틀림없이 세가령으로 와볼 것이다. 내가 찾아 나서는 게 아니라 그들로 하여금 나를 찾게 하는 이 방법이야말로 묘안이었다.

하지만 그 경우 이미 잡혀 있는 여천랑을 구하는 길은 더욱 힘들어진다. 무림맹에서 감시의 촉각을 더욱 곤두세울 게 뻔하기 때문이다.

독고향은 가볍게 고개를 가로저었다. 어쩔 수 없다면 여천랑의 일은 뒤로 미룰 수밖에 없다. 이쪽의 힘이 강해지면 언제라도 구할 수 있으니 말이다. 다만 그때까지 그녀가 살아 있기를 바랄 따름이었다.

"명심해야 될 것은 길게 해서는 안 된다는 점이네. 길어야 한 달, 그 이상 계속한다면 오히려 이쪽이 위험해지네."

꼼꼼하게도 도일은 기간까지 염려해서 주의를 주었다.

"알겠소. 나 역시 이번엔 그리 오래 머물 생각이 없소."

무겁게 고개를 끄덕이며 독고향은 대꾸했다. 이번에 중국으로 건너가는 주목적은 어디까지나 입수한 총을 은밀하게 감춰두는 일이다. 사람을 찾는 건 부수적인, 그저 간 김에 해봐서 성공하면 좋은 것이다.

그보다 중요한 일이 이 일본 땅에 남아 있다. 바로 남궁장후의 후예를 구출하는 일이다.

"흠, 아무리 길어도 이 일은 세 달을 넘겨서는 안 되네. 눈이 녹으면 바로 전쟁, 그걸로 아마 오다는 일본의 동쪽을 모두 장악할 걸세. 그전에 이쪽의 일을 처리해야 하네."

"알겠소!"

대답하며 독고향은 몸을 일으켰다. 새삼 급하게 서둘러야 한다는 생각에 가만히 앉아 있을 수가 없었다.

　　밖으로 나온 독고향은 우선 도다 아키를 찾았다. 그에게 중국으로 가자고 말해 볼 작정이었다.

　　여전히 서곡은 망치질에 열중하고 있었다.

3

대장간이 술렁거렸다. 쿠로다 간베에를 만나기로 한 도일과 독고향이 예복으로 갈아입느라 그런 것이었다.

"불편하게 꼭 이런 옷을 입어야 하오?"

내내 독고향은 툴툴거렸다. 소매가 길어 손도 제대로 찾을 수 없었고, 바지 역시 바닥에 끌려 자칫 그 자락이 발에 밟혀 넘어질 것만 같았다.

"그래도 어쩌겠는가? 우리의 목적을 위해선 이 정도 불편쯤은 감수해야지."

도일이 무거운 어조로 독고향의 불만을 억눌렀다. 그 역시 이런 거추장스런 차림이 좋은 건 아니었다. 하지만 이런 복장이 아니고서는 간베에를 만날 수 없으니 어쩔 수 없었다.

"명심하게. 자네는 내 칼을 들고 따르는 측근 무사일세. 내가 말을 걸 때가 아니면 절대로 입을 열지 말게. 또 자세를 흐트려서도 안 될 걸세!"

도일은 엄하게 주의를 주었다. 자신들이 이국인이란 게 드러나면 아무래도 일에 차질이 생길지도 모른다.

그럴 경우를 방지하기 위해 측근 무사로 가장한 것은 괜찮은 생각이었다. 대개의 경우 말 한마디 없이 칼만 받쳐 들고 있는 것으로 그 소임은 끝난다. 설혹 입을 열어야 할 때라도 주인으로 가장한 도일의 지시에만 따르면 된다.

준비가 다 되었을 때 마치 기다렸다는 듯 마쓰이야의 사환(使喚)이 방으로 들어왔다.

"준비가 되셨으면 모시고 오랍시는 주인의 분부십니다."

"오, 기다리고 있던 참이었소. 자, 가세!"

도일과 독고향은 재빨리 밖으로 나왔다.

"칼은?"

언제부턴가 망치 소리가 끊긴 대장간, 그러나 오늘까지 칼을 돌려주기로 했던 서곡의 모습이 보이지 않자 도일은 약간 초조해졌다.

"가보고 오겠소!"

독고향이 재빨리 대장간 안으로 들어갔다.

서늘했다. 언제나 꺼지지 말아야 될 용광로의 불도 꺼져 있었고, 대낮이건만 대장간 안은 마치 무덤 속처럼 괴괴한 정적에 휩싸여 있었다.

"서, 서건?"

대장간을 살펴보던 독고향의 동공이 놀람으로 확장되기 시작했다. 이 괴이한 정적과 부실한 어둠 속에서 유일하게 생명력을 갖고 빛을 발하는 두 개의 물건 때문이었다.

'오니기리마루!'

독고향의 눈이 머문 작업대 위엔 흡사 주변의 모든 것을 거부하는 듯 새하얗게 빛나고 있는 두 자루의 칼, 그건 분명 사흘 전 서곡이 가져갔던 오니기리마루였다.

흡사 신들린 사람처럼 독고향은 칼을 향해 다가갔다. 그러나 선뜻 집어 들지는 못했다.

칼날 자체에서 풍겨져 나오는 거부감 때문만은 아니었다. 세상에 이처럼 완벽한 한 쌍이 존재할 수도 있을까 싶은 의구심과 경외감 탓이었다.

"크허허허허, 쿨럭, 쿨럭!"

별안간 작업대 아래에서 발작적인 웃음소리가 터져 나왔다. 격렬한 기침으로 마무리 지으며 서곡이 천천히 몸을 일으켰다. 칼을 만든 피곤함으로 그대로 쓰러져 잠이 들었던 모양이다.

"가져가게, 진품을 구별할 수 있겠거든. 쿨럭, 쿨럭!"

서곡은 연신 기침을 해댔다. 지난 사흘간 칼을 만드느라 심신이 많이 지친 것 같았다.

독고향은 미동도 하지 않았다. 오니기리마루의 칼날에 시선을 고정시킨 그의 귀에 서곡의 얘기는 들리지도 않았다.

'이것은 귀도(鬼刀)다!'

살짝 뽑아 든 날의 일면만 본 것으로도 섬뜩함을 느끼게 했던 오니기리마루였다. 완전히 뽑혀진 그 모습을 대하자 가슴속에서 주체할 수 없는 살심이 마구 요동 쳤다.

"호오! 과연, 과연 신의 솜씨로다!"

문득 독고향의 뒤쪽에서 도일의 목소리가 들렸다. 그 역시 나란히 놓여진 두 자루의 오니기리마루에 감탄을 금치 못했다.

"하지만 지금은 아쉽게도 감상할 시간이 없군. 어느 게 진짠가?"

평소의 도일이었다면 서곡의 솜씨를 마음껏 칭찬해 줬을 터였다. 미리 정해진 약속만 없었다면 말이다.

"골라 가시오. 재량껏!"

독고향에게 했던 말을 그대로 반복하며 서곡은 바닥에 길게 누웠다. 장인으로서의 자부심을 한껏 풍겨내는 언행이었다.

도일은 두 자루의 칼을 집어 들었다. 그리고 세밀히 관찰하기 시작했다.

그 모습을 보고 있는 독고향은 그저 숨이 막혔다. 도일이 칼날을 한 번씩 뒤챌 때마다 서늘한 한기가 가슴 한구석을 쓰윽 도려내고 지나가는 것만 같았다.

그건 그나마 견딜 만했다. 정작 독고향은 힘들게 한 것은 그 칼을 한번 쥐어보고픈 욕망이었다. 아니, 그 칼로 뭔가를 베어보고 싶다는, 피를 보고 싶다는 살심이었다.

정말이지 그건 독고향의 의지가 아니었다. 오니기리마루의 기세에 의한 것이었다.

'칼 따위에 진대서야……!'

으드득, 독고향의 어금니는 저절로 맞물렸다. 그만큼 가슴속에서 일렁거리는 살심을 주체하기 힘들었다.

탁!

마침내 도일은 칼을 칼집에 꽂았다.

"휴우!"

의지와 상관없는 긴 한숨이 독고향의 입에서 새어 나왔다. 칼날이 보이지 않자 들끓던 살심도 조금씩 가라앉았다.

"무릇 날[刃]이 있는 병기는 특유의 살기를 가지고 있다네!"

독고향의 심중을 눈치 챈 탓일까. 도일은 두 오니기리마루 중 하나를 집어 들며 입을 열었다.

"하지만 병기의 살기야 병기 그 자체에 머물 뿐 그게 사람을 움직이지는 않는다네. 움직이는 건 언제나 사람이지. 가슴에 살심을 품은 자의 손에 병기가 들리면 그건 그대로 희대의 마병(魔兵)이 되고 만다네. 신병(神兵)이든 마병이든 모두 소유한 사람의 마음가짐에 따라 바뀐다는 말일세."

도일은 길쭉한 상자 안에 선택한 오니기리마루를 집어넣었다. 아마 그게 진품이라고 생각한 모양이었다.

"후회하지 않겠소?"

서곡이었다. 그는 여전히 바닥에 누운 채 도일을 향해 물었다.

"어차피 내 물건이 아닌 터, 후회 따위는 없네."

말과 함께 도일은 오니기리마루를 넣은 상자를 독고향에게 내밀었다.

독고향은 잠시 망설였다. 그 속에 든 칼의 기세를 이길 수 있을지 확신이 들지 않았다.

그러나 받지 않을 수도 없었다. 오늘 그가 맡은 역할이 바로 이 칼을 들고 도일을 수행하는 것이기 때문이었다.

찌릿, 뭐라 형언할 수 없는 강한 자극이 독고향의 손가락 끝을 타고 전해졌다.

'묘하군!'

맨 처음 이 오니기리마루를 봤을 때 칼집 속에 들어가 있었지만 분명 잡아본 적이 있었다. 그땐 이처럼 강한 자극은 전해지지 않았다. 다만 뭔가를 베기에 딱 좋은 무게감과 손바닥에 착 달라붙는 착용감을 느꼈을 뿐이었다.

근데 오늘은 상자 속에 들어 있는데도 그때보다 훨씬 강한 느낌이 전해진다. 같은 칼이라면 절대로 이럴 리가 없다.

"그래, 골랐나?"

그제야 잠든 듯 늘어져 있던 서곡이 부스스 몸을 일으켰다. 그러더니 아직도 남아 있는 한 자루의 칼을 바라보았다.

"으하하하하하하하하하! 그래, 그걸 골랐소? 흐헤헤헤헤헤, 이건 정말 우습군! 당신도 실수할 때가 다 있소? 므흐흐흐흐흐……."

뭐가 그리 우습다는 건지 서곡은 연신 웃기에 바빴다. 저러다 허파가 튀어나오지나 않을까 걱정될 정도였다.

독고향은 물론 도일까지 안색이 조금 변했다. 서곡의 말에서 자신들이 다른 칼을 선택했음을 알았기 때문이었다.

안색이 변한 것과 달리 그 후에 도일이 취한 행동은 침착했다. 독고향의 손에서 다시 상자를 받아 들어 칼을 바꾸었던 것이다.

"칼이란 늘 변하는 거요. 몇십 년만 지나도 제철(製鐵)이나 제련술(製鍊術)은 달라지기 마련, 옛날 칼이라고 무조건 좋은 건 아니오. 물론 그 당시야 다시없을 명도였겠지만, 요즘의 칼과 비교하면 한낱 길거리 대장간에서 파는 것보다 못한 것들도 수두룩하오. 이 칼은 좀 특별하지만……."

"어떻게 특별하다는 거요?"

장인의 입장에서 본 명도론(名刀論)을 설파하는 서곡에게 도일은 조용히 물었다.

"어떤 쇠라도 방치해 두면 백 년을 버틸 수 없소. 녹이 슬어 결국은 모래알처럼 해체되어 버리지. 정성 들여 매일 손질을 한다 해도 결국 칼날은 약해지기 마련이오. 그건 칼이 아니라 그저 장식일 뿐이지!"

서곡의 말이 끝났을 때,

"서두르시지요. 시간이 촉박하오니……."

마쓰이야의 사환이 밖에서 재차 독촉을 해왔다.

"자, 그럼 가볼까!"

한 자루 남은 오니기리마루엔 더 이상 미련없다는 듯 도일은 칼이 든 상자를 독고향에게 넘기며 걸음을 옮겼다.

독고향은 뒤를 따를 수밖에 없었다. 그러나 남아 있는 칼에 대한 미련은 완전히 떨쳐 버릴 수 없어 두어 번 뒤를 돌아보았다. 이미 진품 오니기리마루에 대한 관심은 사그라든 상태였다.

밖엔 가마가 준비되어 있었다. 두 사람이 메게 되어 있는 걸로 두 개, 그리고 호위무사는 임현과 영강이었다.

각기 한 채의 가마에 나눠 탄 후 그들은 길을 서둘렀다.

화사한 겨울 햇살이 비쳐 드는 장지문에 일찍 핀 매화가 그림자를 드리우고 있는 방,

"아무래도 쿠로다님의 기분이 좋지 않으신 것 같소."

햇살과는 달리 말을 하는 하찌로우의 표정엔 짙은 그늘이 드리워졌다. 벌써 쿠로다를 기다린 지 반 시진, 그의 기분이 좋다면 이토록 오래 기다리게 하진 않을 터였다.

"그건 그대가 상관할 바가 아니오."

도일은 어디까지나 담담했다. 지금 의도하고 있는 계획이 실패한다

고 해도 손해 볼 건 하나도 없다. 쿠로다에게 줄 오니기리마루도 자신들의 것이 아닌 것이다.

이때 바깥에서 쿠로다의 도착을 알리는 시동의 외침 소리가 들렸다. 그 뒤를 잇듯이 발을 끄는 발자국 소리가 들리고, 장지문이 왈칵 열리며 한 사람이 안으로 들어섰다.

그리고 뒤를 이어 측근 시동인 듯한 자들이 십여 명 우르르 몰려 들어왔다.

'절름발이?'

오니기리마루를 받쳐 든 채 도일의 뒤에 앉아 있던 독고향의 눈에 언뜻 이채가 어렸다. 안으로 들어선 사람은 분명 쿠로다 간베에일 터, 그는 오른쪽 다리를 심하게 절고 있었다.

"아, 일어설 것 없소. 그냥 앉아 계시오."

예를 갖추려는 사람들을 제지하며 간베에는 상석의 보료 위에 가 앉았다. 다리 때문인지 그 자세가 무척이나 불편해 보였다.

간베에의 측근 무사들은 그 앞에 부챗살처럼 쫙 퍼져서 무릎을 꿇고 앉았다. 방 안의 누구든 그에게 접근하면 당장에라도 덤벼들듯 칼자루에 손을 댄 상태였다.

"봅시다. 대체 어떤 물건이기에 마쓰이야의 하찌로우가 중개인으로 나섰는지."

간베에의 이 말을 들었을 때 독고향은 묘한 친밀감을 그에게서 느꼈다. 다른 일본인들과 달리 쓸데없는 격식을 갖추지 않는 그의 말투 때문이었다.

도일은 뒤에 앉은 독고향에게 눈짓을 보냈다. 칼을 갖다 주라는 의미였다.

하지만 독고향이 움직일 필요는 없었다. 도일의 눈짓이 보내지자마자 측근 시동 중 한 명이 독고향에게 다가와 손을 내밀었다.

독고향으로선 싫은 일이 아니었다. 저 조그만 절름발이 왜인에게 무릎걸음으로 다가가기 싫었던 차에 그 수고를 덜 수 있었기 때문이다.

"오, 이, 이게 바로 전설의 오니기리마루!"

터져 나오는 탄성을 간베에는 감추지 않았다. 그 역시 무사인지라 명도를 알아보는 눈과 감동은 남과 전혀 다르지 않았다.

그러나 칼을 다시 꽂은 후 간베에의 표정은 싹 달라졌다. 뭔가를 탐색하는 눈빛이었고, 얼굴엔 서릿발 같은 냉정함이 서려 있었다.

"이 명도를 앞세워 이 몸에게 뭘 얘기하고 싶으신 게요?"

자연스레 간베에의 시선이 도일에게로 향했다.

한 무릎 다가앉으며 도일이 입을 열었다. 마치 자신과는 상관없는 얘기를 하는 듯 무심한 어조였다.

"다름이 아니라, 아케치 미쓰히데님에 대한 것이오. 지금 오다님의 가신 중 서열 이위 시바타 가쓰이에[柴田勝家]의 뒷자리에 앉으신 분으로 오다님의 신임도 두터우시오."

"말 돌리지 마시오. 바쁜 몸이오!"

간베에가 성급하게 도일의 말을 잘랐다. 실제로 바쁘다는 듯 연신 말을 재촉하는 손을 휘저었다. 표정은 여전히 싸늘하게 얼어붙은 채.

"지금 하시바님은 쥬고쿠 정벌에 원군이 도착하지 않아 고심하고 계시다고 들었소. 오다님도 가히의 다케다 군 때문에 선뜻 움직일 결심을 못하고 계시고……. 어떻겠소? 이쯤에서 미쓰히데님께 부탁을 해보심이……?"

슬그머니 말꼬리를 흐리며 도일은 간베에의 표정을 살폈다. 그의 두 눈이 번쩍 빛을 발한 건 분명 호기심의 발로일 터였다.

그 점이 도일을 고무시켰다. 상대의 호기심을 끌었다는 건 말을 계속해도 된다는 의미였고, 이쪽의 계획이 성공할 확률도 자연 높아진다.

"아마 미쓰히데님이 나선다면 오다님은 선뜻 승낙하실지도 모르오. 직접 움직이지는 못하시더라도, 북 오미[近江]와 단바[丹波] 육십여 만 석의 미쓰히데님의 군(軍)만으로 원병을 조성해 파견하실지도 모르는 일 아니오! 그 대가로 쥬고쿠 평정 후 이즈모[出雲], 이와미[石見] 두 나라를 하사하신다고 하면 미쓰히데님도 불만은 없으실 터, 바로 여기에 하시바님이 힘을 쓰실 부분이오. 하시바님의 주선이라면 영지 하사도 무난할 터이고, 또 원병도 받을 수 있을 터이니 이야말로……."

"그대들은 아케치님의 가신들인가?"

도일의 말이 끝나기도 전에 간베에는 목소리를 높여 질문을 던졌다. 그 기세가 너무도 험악해 측근 시동이 흠칫 칼자루를 다잡을 정도였다.

그러나 도일의 응대는 어디까지나 태연하기만 했다.

"허, 이 무슨 섭섭한 말씀을……. 우린 하시바님을 위해 말씀드리고 있다는 걸 모르시겠소? 그렇다면 간베에님답지 않으신 처사라고……."

"닥쳐랏! 이자를 끌어내라. 하시바님과 아케치님 사이를 이간질시키려는 고약한 사나이다!"

의외의 명이었지만 간베에의 측근 시동들은 즉각 움직였다. 둘은 그를 호위하듯 에워쌌고, 나머지는 도일과 독고향에게 우르르 몰려들었다.

독고향도 즉각 반응을 보였다. 무릎을 세우며 차고 있던 소도를 뽑아 들었지만,

"그만 하게. 얘기는 틀린 것 같으니 이대로 물러가세."

도일의 제지에 의해 어떤 행동도 할 수 없었다.

측근 시동의 번뜩이는 눈초리를 뒤로하고 두 사람은 그 자리에서 물러났다. 더 이상의 소동이 벌어지지 않은 게 다행이라면 다행이었다.

"어째서 그냥 가시려는 거요? 최소한 오니기리마루는 돌려받아야 하지 않겠소?"

앞서 가는 도일의 어깨를 잡아챌 듯 다급한 기세로 독고향이 물었다.

"자넨 아직 젊군. 왜 간베에가 오니기리마루를 돌려주지 않은 것 같나? 아마 그는 다시 우리를 부를 걸세."

느긋한 도일의 대답이었지만 독고향은 선뜻 이해되지 않았다. 칼을 돌려주지 않는 걸로 다시 부를 거라는 걸 어떻게 짐작한단 말인가?

하지만 독고향의 의문은 잘 꾸며진 정원을 벗어나기도 전에 풀렸다.

"두 분, 잠깐만, 잠깐만 멈추시오!"

황급하게 달려온 사람은 하찌로우였다. 두 사람이 쫓겨날 때에도 남아 있던 그는 뭔가 할 말이 있단 표정으로 연신 손짓을 해댔다.

"두, 두 분, 잠깐만, 잠깐만 소인의 마, 말을……."

"들어볼 것도 없소. 우리를 다시 불러오라고 했겠지! 갑시다. 앞장서시오."

도일은 담담하게 입을 열었고, 잠시 놀란 듯한 표정을 짓던 하찌로우는 왔을 때만큼이나 황급히 몸을 돌려 걷기 시작했다.

이번에 안내되어 간 곳은 아까와는 사뭇 방이었다. 다다미 사조밖에 되지 않는, 몸을 한껏 구부려야 간신히 드나들 수 있는 소위 다실(茶室)로 불리는 곳이었다.

그 방에 간베에는 혼자 앉아 있었다. 다실이라고는 하지만 흔히 보이던 차 도구는 물론 다향(茶香)도 감돌지 않았다.

"어서 오시오. 아까는 사람들의 눈이 많아 일부러 화가 난 척했소. 시동들이라지만, 말은 어디서 새어 나갈지 알 수 없으니 미리 조심하는 게 제일이지! 그나저나 그 얘기를 좀 더 들어보고 싶소이다만……."

말꼬리를 흐리며 간베에는 독고향을 슬쩍 쳐다보았다. 자신도 측근 시동을 물리쳤으니 내보내라는 의미였다.

"이 사람은 내 수족과도 같으니 있어도 상관없소. 필요하다면 입도 귀도 모두 없애는 사나이요."

"그렇다면 상관없겠지."

도일의 말에 간베에는 대범하게 고개를 끄덕였다.

"귀하의 말을 들어보니 이건 우리 주군을 위한 게 아니라 미쓰히데를 거꾸러뜨릴 묘계(妙計) 같은데……."

"드디어 내 뜻이 통한 모양이로군. 알아주시니 반갑소!"

"ㅎㅎㅎㅎㅎ!"

묘한 웃음을 날리며 간베에는 불편한 다리를 던지듯 앞으로 쭉 뻗었다. 뜻이 통한다는 걸 안 이상 쓸데없는 격식은 필요없다는 투였다. 미쓰히데를 칭하던 그의 말투까지 달라졌다.

"확실히 옛날 영지를 인정한다는 말 없이 다시 두 나라를 더 하사하겠다는 말을 듣는다면 소심한 미쓰히데 놈은 온갖 억측을 다 하게 되겠지!"

혼잣말이라도 하는 것처럼 간베에는 나직이 중얼거렸다. 그러나 그 속에는 도일의 심중을 충분히 꿰뚫어 보고 있다는 자부심이 한껏 담겨져 있었다.

"바로 그 점이오. 오다님의 승낙이 떨어지더라도 절대 구영지(舊領地)를 그대로 인정한다는 말은 나와선 안 되오!"

"그 점은 염려 마시오. 가뜩이나 도키 씨[土岐氏]의 일족이라며 은근히 우리 주군을 깔보는 꼴에 배알 꼴리던 참이오. 우대신님의 승낙만 떨어진다면 나머지 일은 충분히 감당할 수 있소!"

얘기는 일사천리로 진행되었다. 일단 서로의 의중을 알자 군말은 필요없었던 것이다.

"묘책을 알려주셔서 고맙소. 그리고 희대의 명도 오니기리마루는 이 간베에가 확실히 받았소."

"문제는 시기인데……."

서둘러 얘기를 끝내려는 간베에와 달리 이번엔 도일이 그의 말꼬리를 잡고 늘어졌다.

"쿠로다님은 언제가 적절하다고 생각하시오?"

"흐음!"

쿠로다도 미처 여기까진 생각해 두지 않은 모양이었다. 눈빛이 무겁게 가라앉았다.

"비록 하시바님도 손이 필요하긴 하지만, 아직은 쥬고쿠 평정을 잘 해 나가고 계시는 터, 일단 다케다 씨를 처리하고 난 뒤가 좋을 듯싶소이다. 오다님이 직접 나서실 것은 뻔하고, 그 선봉으로 아케치 미쓰히데님을 세우면……."

딱!

돌연 간베에는 자신의 무릎을 강하게 내려쳤다. 도일의 의견에 그대로 따르겠다는 의미였다.

"우대신님의 선봉이라……. 좋군, 좋아!"

간베에는 연신 고개를 끄덕였다. 도일이 했던 말 이상의 것을 생각하고 있는지 눈빛에 묘한 광채가 일렁거렸다.

"그럼 뒷일은 쿠로다님께 맡기고 우린 이만 실례하겠소."

"오, 잠깐만! 그러고 보니 아직 성함도 여쭙지 못했구려. 뭐 필요한 게 있으면 말씀하시오. 이 간베에, 힘껏 도우리다!"

말은 그랬지만 간베에의 눈엔 다시 탐색의 빛이 감돌았다. 정체도 알 수 없는 자와 나눈 대화치고는 너무도 엄청났기 때문이었다.

"이 몸의 이름은 뒷날 일이 성사된 후에 다시 찾아뵙고 말씀드리겠소. 그보다는 오다님의 영내를 마음 놓고 다닐 수 있는 통행증이 있으면 좋겠소이다만……."

"딴은!"

이번에도 간베에는 고개를 끄덕였다. 그리고 바깥을 향해 통행증을 가져오라고 소리쳤다.

"귀하는 영악한 사나이로군. 미리 이름을 밝혔다가 일이 실패하면 그대로 잠적해 버리겠다는 의미로군. 그것도 나쁘지 않지! 난세에선 몸을 보호하는 게 제일이니깐. 좋소, 더 이상 묻지 않겠소. 일이 성사된 뒤에 다시 만납시다!"

간베에는 시원스레 내뱉었다. 이름을 밝히지 않은 도일의 심정을 제 나름대로 해석하고 납득한 모양이었다.

그사이 도일이 부탁했던 통행증이 도착했다. 간베에는 거기에 후련한 동작으로 인장을 찍어주었다.

"자, 그럼!"

원하는 걸 얻은 이상 촌각도 더 머물 이유가 없다. 도일과 독고향은 재빨리 하직하고 그 자리를 떠났다.

"이제 이쪽에서 쓸 수 있는 수는 모두 썼네."

간베에를 만났던 집을 벗어나며 도일은 무겁게 입을 열었다. 이제 독고향이 중국으로 건너갔다가 올 일만 남은 것이다.

그리고 독고향이 드디어 중국으로 향하는 이마카와 요시마사 막하의 부하들이 모는 배를 탄 것은 그 다음다음 날인 이월 초 닷새였다.

물론 일행도 있었다. 도일의 고집으로 임현과 영강이 함께 가게 되었고, 카즈키의 모습도 보였다.

특이한 것은 히사노 역시 그 속에 섞여 있다는 점이었다. 당연히 도다 아키는 자신의 의지로 거기서 빠졌다.

제10장

귀래(歸來)

새벽!

이십 일의 달도 어느새 서녁 하늘로 져버리고, 별빛마저 어슴푸레 옅어져 가는 천주부 금문(金門)엔 벌써부터 짙은 해무(海霧)가 육지 쪽으로 밀려가고 있었다.

보이는 건 아무것도 없고, 어둠과 안개 속에서 들려오는 소리는 뭍을 애무하는 잔파도의 소리뿐이었다.

그 속을 가르는 움직임은 있었다. 그리 크지도 않은 파도 소리에 눌려 소리가 일절 들리지 않았을 뿐 몇 개의 사람 그림자는 어슴푸레 보였다.

마치 안개와 경주라도 하는 것 같다. 육지 쪽으로 꿈틀거리며 밀려가는 희뿌연 해무 속을 인영들은 빠르게 달려가고 있다.

이윽고 그들은 작은 구릉 위로 올라서 발길을 멈췄다. 여기선 안개도 사뭇 옅어져 그들의 모습이 희미하게나마 보였다.

"그나마 바람이 불지 않으니 다행이군!"

훤칠한 키에 깡마른 체구를 가진 사람의 입에서 처음으로 말소리가 새어 나왔다. 지긋지긋하다는 어투였다.

사실 바람이 아주 없는 건 아니었다. 지금도 제법 강한 해풍(海風)이 육지 쪽으로 마구 불어닥치고 있다.

그러나 일행 중 누구도 이의를 제기하지 않았다. 지난 보름간 그들이 겪었던 바람에 비하면 이건 그저 살랑거리는 미풍(微風)에도 미치지 않았다.

"드디어 도착했다!"

대신 또 다른 사람의 목소리가 안개 속으로 퍼져 나갔다. 극도로 감정을 자제한, 그러나 어쩔 수 없이 조금씩 떨려 나오는 어조였다.

"중국이란 나라는 이처럼 해안 방비가 허술한가?"

이번엔 여인이었다. 그녀는 일본말로 물었다.

"그동안 썩었다는 얘기겠지. 적어도 나, 독고향이 떠날 때까지는 이렇지 않았어!"

여전히 조금은 떨리는 어조로 대꾸하는 사내 독고향이었다.

그렇다. 이들은 같이 일본을 떠났던 독고향 일행이었다. 지금까지 들렸던 목소리들이 전혀 낯설지만은 않은 것도 그 때문이었으리라.

독고향은 천천히 사방을 둘러보았다. 실제와는 다르지만 바닥으로 깔리는 안개는 또 다른 바다를 연상케 했다.

그 속에서 몇 개의 불빛이 깜박깜박 졸고 있다. 부지런한 어부의 집이거나 해안을 감시하는 초소에 피워둔 것이리라.

'돌아왔다!'

다시 한 번 척추를 타고 흐르는 전율을 느꼈을 때 독고향은 새삼 입술을 깨물었다. 실제로 떠나 있었던 시간은 그리 길지 않았다.

하지만 돌아왔다는 감회만은 절실하게 뇌리에 들러붙었다. 지금 코끝을 스치고 지나가는 미풍 속에서도 비릿한 피 냄새가 느껴진다. 동료들의 피였다.

부르르!

문득 독고향의 전신이 세차게 떨렸다. 후각을 마비시킬 것처럼 느껴지는 피 냄새에 강한 거부감이 든 탓이었다.

이젠 이 피 냄새를 씻어야만 한다.

다른 걸로는 절대 희석시킬 수 없다. 오로지 적들의 피로 씻어내야만 한다.

"가지. 일단 옷부터 갈아입어야 움직여도 움직일 거 아닌가."

툭, 독고향의 어깨를 가볍게 치며 영강이 말했다. 아닌 게 아니라 그들은 모두 일본 무사복 차림이었다. 이래서는 사람들의 시선 때문에 마음대로 움직일 수 없다.

다행인 점도 있었다. 바로 그들의 두발, 그들 중 누구도 일본식 상투를 묶은 사람은 없었다.

"좋아, 가자!"

감회에만 젖어 있을 때가 아니다. 조금이라도 빨리 연평부로 가야만 한다. 모든 일은 거기서 시작되었으니, 또 다른 시작도 거기서부터 해야 한다.

"물론 술도 있겠지? 바닷물에 절은 짠 술은 이제 신물나."

임현이었다. 그 작달막한 체구가 온통 안개의 바다에 빠져 버린 듯 목소리만 있고 실체는 제대로 보이지 않았다.

문득 독고향은 미소를 떠올렸다. 이런 상황에서도 술 찾을 여유가 있다면 이건 기분 좋은 일이다. 이들에게서 타국이라 위축된 점은 전혀 찾아볼 수 없었다.

"술도 좋겠지. 그리고 오래 묵은 불알의 때도 씻어보, 헙!"

말을 잇던 독고향은 황급히 입을 다물었다. 히사노와 카즈키의 존재를 의식한 탓이었다.

하지만 두 여인 중 누구도 독고향을 탓하지 않았다. 그들 자신들이 누구보다 목욕을 절실히 필요로 했기 때문이었다.

안개의 바다 속을 헤엄치듯 그들은 금문을 향해 움직였다.

일찍 깬 새 한 마리가 요란스레 새벽을 깨우며 저만치 앞서 날아갔다.

"겨우 사람 몰골로 돌아들왔군!"

낮 동안 휴식을 취한 후 해가 서녘에 걸렸을 때 모여든 일행들을 바라보며 독고향이 한 첫마디였다.

금문에서 머물 객잔과 옷 등 필요한 물건들을 구입하는 건 그리 어렵지 않았다. 바다에 접한 곳이라 이방인의 출몰이 그리 드물지 않았던 탓이다.

마치 기다렸다는 듯 점소이들이 미리 주문해 두었던 음식들을 날라왔다.

곧 그들은 먹는 데 열중했다. 지난 보름간 배에서 먹은 것이라곤 생선과 말린 육포가 고작이었던 탓에 제대로 된 음식을 보자 그야말로 아귀 같은 모습들을 드러냈다.

"왔다는 인사는 해야겠는데……."

식사가 끝나갈 무렵 독고향이 은근히 한마디 했다.

"인사라니?"

영강이 의아한 듯 되물었다. 그만큼 독고향의 말은 뜬금없는 것이었다.

"여기 금문에도 분명 무림맹의 지부가 있겠지. 우리가 도착했다고 알려주는 것도 좋지 않을까?"

사실 이번에 중국으로 건너온 목적 중 하나가 무림맹을 혼란에 빠뜨리는 일이다. 그러자면 독고향의 말대로 하는 것도 나쁘진 않다.

하지만 영강이나 다른 사람은 선뜻 동의하지 않았다. 무엇보다 말이 제대로 통하지 않는 사람이 많은 탓이었다. 함부로 움직일 수 없다는 의미였다.

물론 임현과 영강은 어느 정도 중국말을 할 줄 안다. 그러나 히사노와 카즈키는 그야말로 벙어리나 다름없었다.

"무슨 상관이 있나! 정면으로 치고 들어가는 게 가장 상책인데."

임현이었다. 그는 식사보다는 여전히 술을 많이 마시며 입을 열었다.

"정면으로 치고 들어가자고? 좋은 생각이군!"

히사노가 임현의 말에 동조하고 나섰다. 무언가 불만이 있는지 잔뜩 찌푸린 얼굴로 배를 쓰다듬고 있었다.

독고향은 천천히 고개를 끄덕였다. 그 역시 처음부터 정면 공격을 생각하고 있었다. 다만 보다 적극적인 협력을 끌어내기 위해 의견을 구한다는 형식을 취했을 뿐이었다.

"그럼 오늘 밤 자정을 기해 이곳에 있는 무림맹 지부를 친다. 그곳의 위치나 대략의 인원 등은 내가 조사하겠다. 카즈키, 돈은 얼마나 남

있나?"

"돈은 왜?"

엉뚱한 질문에 사람들의 시선이 독고향에게 쏠렸다.

"정면 공격은 난전이 될 확률이 크다. 모두 뿔뿔이 흩어질 경우를 생각해 두지 않으면 안 돼. 카즈키?"

독고향이 재차 다그친 후에야 카즈키는 황급히 품속에서 전낭을 꺼내 들었다.

"예, 금엽이 다섯, 중국식 은자가……."

"좋아, 모두에게 골고루 나눠 줘라!"

독고향은 성급히 카즈키의 말을 자르며 임현에게 손짓했다. 그가 마시고 있는 술을 한 모금 달라는 신호였다.

"모두들 명심해라. 중국은 일본만큼 자유스러운 곳이 아니다. 또한 이방인들에게도 그리 너그럽지 않아."

술병이 건네졌고, 독고향도 임현처럼 병째 입으로 가져갔다.

"내가 적이라고 말한 사람 외엔 절대로 시비를 일으켜선 안 된다. 그래도 사람의 일이란 알 수 없는 것, 불의의 사태에 직면했을 땐 이 돈으로 해결하도록. 귀신도 움직일 수 있다는 돈이니 쓰기에 따라선 그 어떤 통행증보다 유용할 것이다."

말을 맺으며 독고향은 또 한 모금의 술을 마신 후 임현에게 돌려주었다.

"만약 난전에 휘말려 서로 흩어지게 되었을 때는 여기서 북동쪽으로 약 이백 리 떨어진 곳에 있는 천주부에서 만나자. 히사노와 카즈키는 될 수 있으면 나와 떨어지지 말도록."

"천주부 어디?"

임현과 영강이 동시에 물었다.

당연한 질문이었다. 그저 천주부라고만 해서는 약속 장소로 너무 막연하다.

독고향은 기억을 더듬었다. 지난날 용차를 몰아 천주부에 갔을 때를 떠올리고 있는 것이다.

"망양대로(望洋大路)에 있는 금해루(錦海樓). 시간은 사흘 뒤, 먼저 간 사람들은 기다리도록."

"무턱대고 기다리나? 그보다는 우리만 알아볼 수 있는 표식을 해두면 좋을 듯한데……."

말소리를 흐리며 임현은 슬쩍 카즈키에게 눈길을 주었다. 닌자들만이 사용하는 독특한 문자가 있기 때문이다.

"알았어요. 그럼 이 표식을 금해루 입구와 머무는 방문에 그려두기로 해요."

카즈키는 선뜻 응했다. 많은 비밀을 엄수해야 될 닌자임을 감안하면이건 분명 뜻밖이었다.

"자, 잘 봐두세요. 이렇게 쓰면 돼요."

카즈키는 젓가락으로 음식의 국물을 찍어 탁자 위에 기묘한 도형을 그렸다. 흡사 세 마리 지렁이가 나란히 기어가고 있는 듯한 모양이었다.

"이게 뭐야?"

"글자예요. 우리들은 이것을 토(と)라고 읽어요."

"허어, 참! 별 희한한……."

질문을 던졌던 히사노가 기가 막힌다는 표정을 지으며 탁자에 숙이고 있던 몸을 젖혔다.

"이걸로 좋다. 그리기도 쉽고, 설사 누가 보더라도 아이들 장난처럼 여길 테니 의심받을 염려도 없다. 자, 그럼 잠시 쉬면서 기다려. 잠깐 나갔다 오겠다."

말이 채 끝나기도 전에 독고향은 몸을 일으켜 밖으로 나갔다. 금문에 있을 무림맹 지부와 인원을 알아보기 위해서였다.

자정이 되었어도 달은 여전히 밝았다. 그 화사한 은가루를 뒤덮어 쓴 삼라만상은 모두 고요한 수면 속에 잠겨 있는 것 같았다.

독고향은 하늘로 시선을 돌려 달을 노려보았다. 이 밤은 많은 피를 봐야 할 터, 차라리 구름이 끼거나 아예 그믐이었으면 나을 뻔했다. 어떤 형태로든 밝음 속에서 피를 본다는 건 그리 달가운 일이 아니다.

그러나 어쩔 수 없는 일이다. 지금쯤 일행들은 눈앞에 보이는 무림맹 지부를 포위하고 자신의 신호를 기다리고 있을 터, 더 이상 망설이고만 있을 수는 없었다.

독고향은 천천히 걸음을 옮겼다. 하늘로 옮겨두었던 시선도 어느새 길 끝에 위치한 거대한 건물의 정문에 고정되었다.

달이 밝아 필요가 없기 때문인지, 아니면 벌써 꺼져 버렸는지 그 흔한 횃불 하나 보이지 않았다.

아니, 보이지는 않는 건 비단 횃불만이 아니었다. 의당 있어야만 될 수문위사들의 모습도 보이지 않았다. 해이한 무리맹의 기강을 단적으로 보여주는 사실이었다.

되도록 천천히 독고향은 걸음을 옮겼다. 한 걸음씩 다가갈 때마다 가슴속의 살기도 한 꺼풀씩 두께를 더해갔다.

문득 독고향의 어깨가 미미하게 흠칫거렸다. 동시에 걸음도 뚝 멈춰졌다. 뇌리 가득 살기가 차고 넘치려 할 때, 일본을 떠나는 자신에게 해줬던 도일의 말이 떠올랐기 때문이었다.

"살기를 억제하게. 그렇지 않으면 자넨 자네의 살기에 잠겨 몸을 망칠 수도 있네. 되도록 살인만은 피하라고 하고 싶지만 그럴 수는 없는 노릇, 사람을 죽일 때에도 차가운 이성을 유지하게. 그래야 그 살인에 정당성을 부여할 수도 있을 걸세!"

정확하다고는 할 수 없지만 대충 저런 요지의 말을 도일은 거듭 했었다.

처음엔 그저 흘려 들었었다. 잃어버린 걸 되찾기 위해서라는 것만으로도 정당성은 충분하다고, 그 외에 다른 이유는 필요없다고 생각했었다.

한편으론 이런 마음도 있었다. 어떠한 경우라도 살인을 정당화할 수 없다고 말이다. 다만 죽이는 자의 편의에 의해, 또는 그 스스로의 위안을 위해 핑계를 댈 뿐이다. 그게 복수든 증오든 간에.

'그랬었는데……'

왜 하필 지금 이 순간에 도일의 말이 떠올랐는진 알 수 없었다.

하긴 근자에 이르러—정확하게는 대장간 앞에서 류우텐류 도장의 사람들과 싸운 후부터—도일은 독고향의 살기에 대해 부쩍 걱정했었다. 때로는 귀찮을 지경이었다.

돌연 독고향의 입가에 딱딱하게 굳어진 미소가 떠올랐다. 죽은 장처무의 얼굴이 떠올랐기 때문이었다.

장처무의 무공도 고강하기 이를 데 없었다. 그러나 살기가 없어 실전에서는 아무짝에도 쓸모없었다. 살기와 무공의 상관관계를 극명하게 보여줬다 해도 과언이 아니었다.

그러나 지금 장처무의 얼굴을 떠올린 건 도일의 말을 부정하기 위해서만은 아니었다. 단 한 점의 살기도 띠지 않고도 섬전수 반호결을 이겼으며, 죽기 직전에는 흡사 귀신이라도 붙은 것처럼 신들린 검초를 시전했었다.

그건 분명 모순이다. 살기가 없어 전혀 쓸모가 없을 것 같던 무공이, 한편으론 무지막지한 위력을 발휘했던 것이다.

그렇다면 도일의 말도 곱씹어볼 필요가 있다. 궁극의 살기를 느낄 때마다 이성을 잃어 어떻게 유섬을 펼쳤는지도 모르는 상태가 반복된다면 분명 문제가 있다.

"냉정한 이성을 가진 살인이라……."

저도 모르게 독고향은 입 밖으로 나직이 되뇌었다. 그만큼 지금 가슴속에서 요동 치는 갈등의 골은 깊었다.

과연 살기라곤 한 점도 없는 냉정한 심정으로 살인을 할 수 있을까?

자신은 없다. 어떠한 이유를 갖다 붙이든 살인은 인간이 할 수 있는 가장 극단적인 행위이다. 반쯤 미치지 않으면 해낼 수 없는 일인 것이다.

불현듯 독고향은 술이 마시고 싶어졌다. 밤새 술잔을 기울이며 이 문제를 곰곰이 생각해 보고 싶었다.

하지만 지금은 때가 아니다. 하룻밤 고민한다고 답이 나올 수도 없는 문제, 좀 더 여유를 갖고 생각해야 한다.

그리고 지금은 끌어낼 수 있는 모든 살기가 필요한 때. 다시 걸음을 옮기기 시작하자 독고향의 가슴은 다시금 얼어붙기 시작했다.

여전히 눈부신 달빛은 부담스러웠지만 정문 앞에 도착했을 때 독고향의 눈에서 인간적인 냄새는 서서히 사라지기 시작했다.

아무도 보이지 않았다. 차라리 누군가가 지키고 서 있다가 먼저 시비라도 걸어주면 편했으련만, 지금쯤 곤히 자고 있을 자들을 깨워 불쑥 칼을 들이민다는 건 아무래도 힘든 일이다.

"후우웁!"

정문 앞에 서서 독고향은 깊은 심호흡을 내쉬었다. 의식적으로 하나만을 생각하려고 했다.

'모두 죽인다!'

이 안에 있는 자들 개개인은 자신과 아무런 은원 관계가 없을지도 모른다.

그러나 그들이 무림맹에 속해 있다는 사실 하나만으로도 독고향은 애써 증오와 원한을 느끼려고 노력했다.

차가운 날씨는 도움이 되었다. 폐부 깊숙이 싸늘하게 식은 대기가 들어올 때마다 독고향의 피는 서서히 얼어붙었다.

다시금 독고향은 달을 올려보았다. 달빛이 눈을 통해 곧장 뇌리 깊숙한 곳으로 뛰어들었다.

시선을 돌리지는 않았다. 마치 굶주린 맹수가 사냥감을 노리는 것과 같은 눈초리로 노려보았다.

이윽고 ㄱ 달빛이 더 이상 부담스럽지 않게 되었을 때 독고향은 무림맹 금문 지부의 정문을 힘차게 두드렸다.

탕탕탕!

밤의 정적을 깨고 문소리는 유난히 크게 울려 퍼졌다.

이 소리를 신호로 이곳을 포위하듯 둘러서 있던 일행들은 일제히 담을 넘을 것이다.

독고향도 허리춤의 오니기리마루를 뽑아 들었다. 도일과 서곡이 억지로 안겨주다시피 우겨서 가져온 것이었다.

달빛을 반사한 오니기리마루의 날끼은 더욱 요사스런 빛을 뿌렸다.

2

사삭!

맨 처음 달려나온 두 사람의 육신을 오니기리마루가 벤 소리였다. 차라리 종이를 찢어도 이보다는 큰 소리가 났을 터였다.

손에 전해지는 저항감도 거의 없었다. 두부는 베는 것처럼 너무도 쉽게 걸리는 모든 것을 그 요사스런 날끼)은 자르고 지나갔다.

이제 독고향의 뇌리에 다른 잡념은 전혀 없었다. 오니기리마루를 빼 든 순간, 그 귀기(鬼氣)에 취해 또다시 자아를 잃고 살기에 휩싸이고 말 았다.

차라리 이게 편했다. 잡다한 생각 없이, 혹은 아무런 죄책감 없이 사 람을 죽일 수 있는 이런 상태가 나았다.

묘한 건 무림맹의 반응이었다. 그토록 요란하게 문을 두드렸고, 또 두 사람을 베기까지 했는데도 여전히 조용하기만 하다.

물론 크게 신경 쓰지는 않았다. 어차피 이 밤이 새기 전에 이 안에 있는 사람들은 모두 죽을 것이다. 덤비든 어디 구석에 꼬리를 말고 숨어 있든 상관없이 말이다.

천천히 몸을 돌려 독고향은 정문 옆에 있는 수문위사들의 대기실로 향했다. 교대자를 포함해서 십수 명의 무사들이 있을 터였다.

삐이익!

문은 가볍게 열렸다. 남자들만 모여 있는 특유의 후텁지근한 공기가 나직하게 코 고는 소리와 더불어 왈칵 밀려들었다.

독고향은 조용히 실내를 둘러보았다. 작은 유등(油燈)이 졸음에 겨워 깜박거리고 있었다.

'이대로 불을 질러 버리면……'

안에 있는 자들은 고스란히 타 죽고 말 터였다.

하지만 독고향은 그렇게 하지 않았다. 비록 적이지만 최소한 저항할 수 있는 기회는 줘야 한다. 살기에 휩싸여 있는 상태지만 그래야 된다는 무인의 본능이 강하게 자극한 탓이었다.

콰앙!

독고향은 세차게 문을 닫았다. 그리고는 빗장을 질러 버렸다.

그 소리에 놀란 몇 명이 부스스 몸을 일으켰다.

"뭐야? 왜 그래? 헉, 웬 놈이냐?"

"억! 치, 침입자다! 비상, 비상!"

낯선 독고향을 발견한 놈들은 황급히 동료들을 깨우며 한편으론 무기를 집어 들고 대항할 태세를 취했다.

독고향은 기다렸다. 이들 모두가 한꺼번에 덤빈다 해도 몇 차례 칼질로 끝낼 수 있다. 생애 마지막 몸부림을 칠 수 있게 돼도 좋다.

"빠, 빨리 신호를!"

"침착해라. 단 한 놈뿐이다!"

혼란의 와중에서 누군가가 소리쳤고, 그제야 놈들은 독고향 혼자뿐임을 알고 조금 안심하는 듯한 눈치였다.

하지만 그들은 몰랐다. 독고향이 바로 이 순간을 기다렸고, 싸울 태세가 갖춰진 것과 동시에 그들 위로 죽음의 그림자가 드리워졌다는 걸 말이다.

"대체 경비를 서던 놈들은 뭘 한 건가? 저런 놈이 예까지 들어오게 만들다니……. 놈을 제압하고 단단히 문책하겠다!"

수뇌인 듯한 자가 커다랗게 고함을 질렀다. 그리고 그걸로 독고향은 맨 먼저 죽일 자를 정했다.

스읏!

뇌격이형을 펼칠 것도 없었다. 그저 발을 한 번 구르는 걸로 독고향은 놈에게 바짝 접근했고, 수중의 오니기리마루가 부실한 어둠을 갈랐다.

스퍽!

비명 따위는 없었다. 그저 젖은 진흙을 두드린 듯한 소리가 들린 게 다였다.

어둠보다 더 짙은 피보라가 실내에 후욱 피어올랐다. 인간의 몸뚱어리 속에 어쩌면 이렇게도 많은 피가 들어 있을까 의심이 될 정도로 실내는 온통 피 범벅이 되고 말았다.

"억, 대주(隊主)!"

"허어억!"

겨우 진정되었던 놈들 사이로 다시 극심한 혼란이 퍼져 나갔다.

하지만 그보다는 동료의 죽음에 대한 분노가 더 컸는지 일제히 독고향에게 병기를 들이댔다.

독고향 역시 망설이지 않았다. 아직도 도신에 피를 흥건히 묻히고 있는 오니기리마루를 휘둘러 가장 가까이 있는 놈부터 베어 나가기 시작했다.

"큭!"

"으악!"

저항이라고 할 만한 것은 조금도 없었다. 지금까지 죽었던 놈들보다 나은 점이 있다면 맘껏 비명을 질렀다는 것뿐이었다.

그 역시 독고향이 의도했던 바였다. 모두 죽이기로 작정한 이상 철저한 공포심을 심어줄 작정이었다.

마치 뜨거운 김이 올라오는 것처럼 비명이 한꺼번에 터져 나왔다가 삽시간에 잦아들었다. 애당초 십여 명뿐이었던 실내라 죽음도 그리 많지 않았던 것이다.

"히아악! 사, 사람 살려!"

그 외중에도 누군가 살아남았던 모양이다. 필사적으로 비명을 지르며 문에 매달렸다. 밖으로 도망가려는 의도였다.

그러나 빗장을 벗기는 그의 손길보다 독고향의 칼이 더 빨랐다.

슈각!

오니기리마루가 놈의 등줄기를 훑었을 때, 빗장을 움켜쥔 그 손은 맥없이 축 늘어져 버렸다.

돌연 바깥이 훤하게 밝아졌다. 동시에 사람들의 외침과 호각 소리가 뒤를 이었다.

독고향은 서둘지 않았다. 지금 바깥이 소란스러운 건 카즈키가 계획대로 건물에 불을 질렀기 때문일 터였다.

놈이 미처 열지 못하고 죽어간 문을 열고 독고향은 밖으로 나섰다.

따악!

목이 채 밖으로 나서기도 전에 독고향은 뒷머리에 얼얼한 통증을 느껴야 했다.

쉿!

어떤 상황인지 파악하기도 전에 오니기리마루를 뒤로 찔러 넣은 건 순전히 본능적인 대응이었다. 몸은 그 뒤에나 돌려졌다.

'어째서 이런 일이?'

뒷머리를 공격당할 때까지 어떻게 모를 수 있었을까 하는 의문은 그 뒤에나 뇌리에 떠올랐다.

하지만 그 의문도 길게 유지할 수 없었다.

"안 돼!"

다급한 외침을 발하며 독고향은 황급히 오니기리마루에 가했던 힘을 뺐다. 그러나,

쓰벅!

칼은 너무도 쉽게 뒤에 서 있던 사람의 육신을 파고들었다.

그 순간 독고향의 뇌리는 새하얗게 비워져 버리고 말았다. 오니기리마루에 관통되어 최후의 숨을 몰아쉬고 있는 적의 모습, 이제 겨우 열네댓 살이나 됐을까 싶은 앳된 소년이었다.

소년의 손에는 세 키보다 큰 몽둥이가 들려 있었다. 그걸로 독고향의 뒷머리를 후려쳤으리라.

하지만 그건 지금 독고향이 신경 쓰고 있는 게 아니었다. 소년의 눈, 이제 곧 닥칠 죽음의 공포와는 또 다른 두려움에 질려 있었다.

아마도 소년은 안에서 자행된 살육을 봤을 것이다. 당연히 두려움을 느꼈을 터였고, 그러나 동료라는 일체감 때문에 문 뒤에 숨어 있다가 독고향의 머리를 쳤으리라.

소년의 눈에 실린 두려움은 바로 그것이었다. 흉신악살과도 같은 독고향에 대한 공포, 그리고 그 머리를 쳐야만 한다는 자신의 행위에 대한 공포…….

그에 비해 자신의 몸을 꿰뚫고 들어와 시시각각 생명을 갉아내는 칼에 대한 두려움은 전혀 찾아볼 수 없었다. 어쩌면 아직까지 실감하지 못하고 있는 건지도 몰랐다.

"왜, 왜 도망가지 않았느냐?"

아주 힘겹게 독고향은 입을 열었다. 지금 할 수 있는 말은 이게 다였다.

아무리 무림맹에 대한 적개심이 크더라도 적은 이런 어린아이가 아니었다. 이건 원한을 푸는 게 아니라 하나의 죄업을 더 쌓아 올린 것에 다름 아니다.

"헤에……."

'우, 웃어?'

어쩌면 독고향의 오해였는지도 모른다. 그러나 소년의 입에서 새어 나온 말과 눈은 분명 웃고 있는 것처럼 보였다.

"아, 아저씨들의 주, 죽음을 보, 보고, 그냥 갈 수 어, 없었어요."

소년은 힘겹게 말을 맺었다. 그사이에도 굵은 핏덩이를 입으로 마구 토해내고 있었다.

"조, 좋은 칼이네요. 하, 하나도 아, 안 아파요. 이, 이름이……."

"오니기리, 아, 아니, 귀절환(鬼切丸)!"

일본말로 대답하던 독고향은 황급히 중국말로 고쳤다. 그래야 소년이 알아들을 수 있을 테니까.

하지만 그땐 벌써 소년의 고개가 아래로 축 처져 버린 뒤였다. 채 감기지도 않은 눈이 자신의 생명을 거둬 버린 오니기리마루, 아니, 귀절환의 서늘한 날에 고정되어 있었다.

독고향은 재빨리 칼을 뽑으며 무너지는 소년의 육신을 받아 들었다. 지나치게 가벼운 그 무게감에 다시 한 번 가슴이 덜컥 내려앉았다.

떨리는 손으로 소년의 눈을 감겨준 독고향은 전신의 맥이 탁 풀려 버리는 걸 느꼈다.

철벅!

그대로 엉덩이를 깔고 앉은 바닥에는 소년의 몸에서 흘러나온 피가 질퍽거렸다.

불가피했다고, 해야만 될 일이 있다고 몸속 어디선가 자꾸 채근했지만 독고향은 꼼짝도 하기 싫었다. 물속에 들어앉은 것처럼 기이한 정적과 나른함만이 전신을 엄습해 왔다.

여전히 오니기리마루, 아니, 귀절환은 손에 들려 있지만 더 이상 살기의 지배를 받지는 않았다.

독고향은 자신의 무릎 위에 축 늘어져 있는 소년을 내려다보았다. 아직 채 봉우리지지도 못한 어린 나이, 자신의 손으로 꺾어버렸다고는 도저히 믿어지지가 않았다.

아직도 몽둥이를 꼭 쥐고 있는 소년의 손을 독고향은 슬며시 풀었다. 그 작은 손바닥 가득 박혀져 있는 굳은살이 애처롭기만 했다. 아마도 어른들에게 뒤지지 않게 열심히 몽둥이를 휘두르다 생긴 것일 터였다.

돌연 소음이 왈칵 밀려들었다. 물속처럼 고요하던 정적이 깨져 버린 것이다.

독고향의 미간이 일그러졌다. 이렇게 조용히 앉아 좀 더 소년의 죽음을 조상(弔喪)하고 싶었는데 그것마저 허락되지 않을 모양이다.

풀었던 몽둥이를 독고향은 다시 소년의 가슴 위에 걸쳐 주었다. 그리고 몸을 일으켰다.

한 무리의 사람들이 이쪽으로 몰려오는 게 보였다. 마치 쫓기는 개 떼 같은 형상들이었다.

독고향은 귀절환을 힘주어 잡았다. 살기와는 또 다른 분노가 가슴속에서 차곡차곡 쌓여갔다.

츄릿~

귀절환의 싸늘한 칼날이 달빛을 잘랐다.

피와 죽음이 조각난 달빛 사이를 메워 나갔다.

이 싸움에서 가장 특이하게 위력을 발휘한 사람은 임현이었다.

그는 지난번 이마카와의 해적들과 싸울 때처럼 암홍색 보자기를 무기로 사용했다. 그만큼 무공 역시 독특할 수밖에 없었다.

와아웅!

활짝 펼친 상태로 휘두르면 거센 파공음과 함께 그 예리한 단면에 상대하는 자들의 육신이 마구 잘려 나갔다.

보자기의 효용은 그것만이 아니었다. 때로는 말아서 봉처럼 사용하기도 했고, 암기처럼 던지기도 했다.

방패의 효용도 있는 것 같았다. 활짝 펴서 전면에 세우는 것만으로도 적의 창칼은 물론, 간혹 날아드는 화살까지 무용지물로 만들었다.

기묘한 그 광경에 독고향은 어느새 몰입되고 말았다. 보자기를 무기로 사용하는 것도 처음이었고, 그 막강한 위력에는 탄복을 금할 수 없었다.

적들 중에서 몇몇은 담을 넘어 도망치는 자들도 없지 않았다.

그러나 독고향은 전혀 신경 쓰지 않았다. 도망가는 자들은 밖에서 대기하고 있을 카즈키가 처리하기로 미리 정해져 있었기 때문이다.

'여긴 맡겨둬도 되겠군!'

어쩌면 이곳에 무림맹 금문 지부 소속 무사들 대부분이 몰려 있는지도 모른다. 하지만 그들은 갑작스런 기습과 불타는 건물 때문에 극심한 혼란에 휩싸인 상태라 임현 혼자서 상대해도 충분할 것 같았다.

다시 한 번 소년과 그 주변에 흩어져 있는 시신들을 둘러본 후 독고향은 걸음을 옮겼다. 가장 깊숙하고 은밀한 곳에 숨어 있을 이곳의 책임자를 찾기 위해서였다.

의외로 불길은 잦아들고 있었다. 준비없이 지른 불이라 더 이상 타오르게 할 수 없었는지도 모른다.

하긴 별 상관은 없다. 건물을 태우자는 게 목적이 아니라 그 안에 있는 사람들을 죽이는 게 목적이니까 말이다.

독고향은 무턱대고 안쪽으로 걸어 들어갔다. 으레 최고의 수뇌부인 지부장은 가장 안쪽에 있게 마련이기 때문이다.

"야압!"

"죽어랏!"

혼란 중 더러 독고향에게 병기를 디미는 자들도 있었다. 더 이상 갈 데 없는 곳까지 몰린 자들이 할 수 있는 최후의 반항이었다.

귀찮은 표정으로 독고향은 귀절환을 휘둘렀다. 모두 죽여야 한다는 목적의식과 더 이상의 살인은 하기 싫다는 극단적인 이중성이 깃들여 있는 칼질이었다.

차라리 밖으로 나가 버릴까 하는 생각도 해봤다. 그래서 다른 사람들이 일을 끝낼 때까지 모른 척 있고 싶었다.

하지만 그럴 수는 없는 노릇, 자신의 손을 더럽히기 싫다면 타인의 손은 더욱 존중해 줘야 한다. 스스로 일을 매듭 지을 수밖에 없다는 의미였다.

한눈에도 가장 크고 웅장해 보이는 건물 속으로 독고향은 망설임없이 들어섰다.

"큭!"

"우헉!"

실내의 복도에서도 비명은 끊이지 않고 들려왔다. 벌써 영강이 들어와 있었기 때문이다.

독고향을 발견한 영강은 묵묵히 길을 비켜주었고, 그의 뒤를 따르면서 곳곳에 은신해 있는 놈들을 처리했다.

은신해 있는 자들 중 한 명을 사로잡아 지부장이 어디 있는지 물으면 쉽고 정확하게 찾아낼지도 모른다는 생각을 독고향이나 영강 모두 하고 있었다.

하지만 그렇게 하지는 않았다. 다른 이유가 있어서가 아니었다. 뭔가를 묻고, 그 대답을 원한다면 그에 상응한 대가를 줘야 한다. 그게 살려주겠다는 약속이 될 게 뻔하고, 바로 그 점이 싫었던 것이다.

복도의 오른쪽으로 방향을 꺾자 전면에 화려한 치장을 한 방이 보였다. 아마 그 속에 무림맹 금문 지부장이 있을 터였다.

"큭!"

"으아악!"

그 순간에도 영강의 손은 멈추지 않았다. 은신해 있는 자들도 고르고 뽑힌 고수들이겠지만 한 사람에게 한 칼 이상씩은 쓰지 않았다.

"길을 열어줘라!"

돌연 방에서 커다란 외침이 터져 나오며 문이 벌컥 열렸다.

의외의 상황에 독고향은 걸음을 멈추고 방 안을 쳐다보았다. 정면에 보이는 의자에 한 늙은이가 앉아 있었다.

독고향은 방으로 걸음을 옮겼지만 영강은 여전히 그 자리에 남아 아직도 곳곳에 숨어 있는 놈들을 처치했다.

"난 무림맹 금문 지부를 맡고 있는 종남의 칠변검(七變劍) 상도(尙淘)일세. 그대는?"

갑작스런 기습에 당황했을 법도 하건만 상도는 침착하기 그지없었다. 어쩌면 이런 상황을 미리 예상하고 있었던 것처럼 보이기도 했다.

"받을 게 있는 사람!"

독고향의 대꾸는 간단했다. 이름을 말해서 뭐 하겠는가? 어차피 상도는 살아 나갈 수도 없을 터, 이 정도 얘기를 해준 건 최소한의 예의였다.

"그래, 언젠가는 올 줄 알았지. 조심하게. 우리 무림맹이 이 금문 지부처럼 호락호락하지만은 않네."

말과 함께 상도는 검가(劍架)에서 자신의 애검을 집어 들었다.

독고향의 눈에 이채가 어렸다. 물 흐르듯 잔잔하기만 한 상도의 태도, 또한 그의 말에서 무림맹이 자신들의 존재에 대해 알고 있다는 생각이 들었기 때문이다.

그러나 다음 순간 독고향은 그 사실을 무시해 버렸다. 알든 모르든 이제 와서 달라질 것은 아무것도 없다.

스르릉!

상도는 검을 뽑았다. 동시에 그저 늙은이로만 여겼던 그의 전신에서 엄청난 위압감이 폭출되었다.

"한 가지만 부탁하세. 여자와 아이들만은 살려주게."

자칫 패자의 구차한 애걸로 들릴 수도 있는 말이었다. 그러나 검을 뽑아 든 상도의 입을 통해 뱉어지자 그건 부탁이 아니라 마치 명령과도 같은 무게감을 지니고 있었다.

"저항하지만 않는다면!"

필요 이상으로 매몰차게 독고향은 대꾸했다. 혼자만 왔었다면 아무 조건 없이 상도의 말을 들어줬을 것이다.

그러나 이곳엔 일행들과 함께 왔다. 그들에게 덤비는 여자나 아이들까지 살려줄 자신은 없었다. 이제 곧 죽을 자에게 거짓말하고 싶지는 않았다.

"고맙군. 그 보답은 아니지만 한 가지 알려주지. 외호에서 알 수 있듯이 내 검엔 일곱 가지 변식이 있네. 그럴 리야 없겠지만 행여 실수할까 싶어 미리 말해 두는 것일세."

말이 끝났을 때 벌써 상도의 검은 허공에 너울거리는 꽃잎처럼 독고향의 목젖을 향해 쇄도해 왔다.

동시에 독고향도 움직였다. 이미 빼 들고 있던 귀절환이 아래에서 위로 단 한 차례 휘둘러졌다.

그리고 그걸로 끝이었다. 자랑하던 상도의 일곱 가지 변초는 미처 그 첫 번째 변화도 시작하기 전이었다.

"들었겠지? 될 수 있으면 여자와 애들은 살려줘라!"

아직도 검을 들고 서 있는 상도에게서 몸을 돌리며 독고향은 무겁게 한마디 남겼다. 그리고 곧장 밖으로 걸어나갔다.

퍽!

그때까지 멀쩡하게 서 있던 상도의 육신이 허리부터 가슴까지 비스듬히 쪼개져 바닥으로 무너져 내렸다.

서쪽으로 많이 기울긴 했지만 달은 그 모든 광경을 똑똑히 내려다보고 있었다.

3

　그야말로 소문은 삽시간에 퍼져 나갔다. 그리 크지도 않은 금문 지부의 괴멸. 만약 무림맹에서 마음만 먹었다면 없던 일로 할 수도 있을 터였다.

　하긴 이건 독고향 일행이 바랬던 일이었다. 몇 개의 지부를 괴멸시켜 무림맹을 극심한 혼란 속으로 빠뜨리면 지금은 초야에 묻혀 있지만 옛 남궁가의 부활을 꿈꾸는 자들을 결속시킬 수 있다.

　물론 사람 찾는 일도 간과할 수 없다. 이런 소문이 퍼지면 어디선가 맹묵과 개귀신도 들을 터이고, 그들은 틀림없이 접촉해 올 것이다. 살아 있다면 말이다.

　하더라도 그 전파 속도는 너무 빨랐다. 소문의 속성이 으레 그렇듯 과장에 과장을 거듭하며 대륙의 서북풍을 거슬러 올라 북으로 북으로 퍼져 나가 이윽고 장성(長城)을 넘어 광활한 만주 벌판을 달렸다.

이상한 일은, 이 소문이 장성을 넘어 북으로 퍼져 나간 일에 대해선 사람들이 전혀 알지 못한다는 것이었다.

"확실히 여자와 아이들을 살려준 건 잘한 일이야!"

자신들이 왜 중국까지 왔는지를 누구보다 잘 알고 있는 영강은 그 현상을 무척이나 반겼다. 그는 소문이 이처럼 빨리 퍼져 나간 게 금문 지부에 있던 여자와 아이들을 살려줬기 때문이라고 여겼다.

그럴 수도 있다. 그 살육의 밤에 살아남은 사람들의 의식 속에는 그 날의 상황이 더욱 과장되게 인식되었을 수도 있고, 생존 목격자라는 하나의 이유만으로도 많은 신빙성과 빠른 전파 속도를 지녔으리라.

"난 중국의 무술이 이렇게 약할 줄 몰랐어. 차라리 일본 쪽이 더 강한 것 같던데, 자넨 어땠나?"

처음 꺼냈던 자신의 말에 일행 중 누구도 동조하지 않자 영강은 슬그머니 화제를 돌리며 임현을 쳐다보았다. 여전히 술병을 입에 물고 있는 모습이었다.

"고수가 없었겠지!"

임현의 대꾸는 시큰둥했다. 실제로 금문 지부의 싸움은 너무 싱거웠었다.

"그보다 저 친군 왜 벙어리가 됐지?"

엄지손가락으로 독고향을 가리키며 물었지만 대답이 나오기도 전에 임현은 술병을 기울였다.

하지만 그 말은 확실히 효과가 있어 사람들의 시선이 일제히 독고향에게 쏠렸다.

아닌 게 아니라 독고향은 말이 없었다. 뭘 생각하는지 늘 시선은 허공 한군데 매달려 있을 따름이었다.

그 바람에 가장 애를 먹은 사람은 영강이었다. 서툰 중국말로 일행이 필요로 하는 것을 모두 준비해야 했고, 급기야 지금 타고 가는 마운사의 마차도 대여해야만 했다.

정상가보다 비싼 대가를 치른 것은 물론이다. 떠듬거리며 접근하니 장사치들은 웬 떡이냐 싶어 바가지를 흠뻑 씌웠던 것이다. 정작 본인이 그 사실을 모른다는 게 다행이라면 다행이랄까.

돌연 마차가 멈췄다. 동시에 어자석으로 통하는 작은 창이 열리며 마부의 얼굴이 비쳤다.

"손님들! 금문은 완전히 벗어났는데 어디로 모셔야 될지……?"

원래 이 마차를 임대할 때의 계약 조건은 금문부만 벗어나게 해달라는 거였다. 설혹 무림맹의 검문이 있더라도 마운사 소속의 마차에 대해선 그리 심하지 않을 거라고 독고향이 말해 줘서 안 사실이었다.

"이젠 어디로 가지?"

영강이 독고향에게 물었다. 떠듬거리는 중국말은 할 수 있어도 지리는 전혀 모른다. 마부의 질문에 대답할 수 있을 턱이 없다.

그러나 독고향은 못 들은 것 같았다. 어쩌면 들고서도 지금까지처럼 입을 다물고 있는 건지도 몰랐다.

"답답하군! 뭐, 어쨌든 금문을 벗어났다니 일단 내리자. 어이, 마부! 여기가 어디쯤인가?"

"아, 그러실 필요 없습니다. 가시는 곳까지 모셔다 드리겠습니다."

계약대로 금방이라도 마차에서 내릴 듯 몸을 일으키는 영강을 마부가 황급히 제지했다. 단순히 장삿속만은 아닌 것 같았다.

"묘한 일이로군. 계약은 분명 금문만 벗어날 때까지라고 했는데……."

"전 여러분들을 알고 있습니다!"

여전히 선 채로 얘기하는 영강의 말을 마부가 황급히 잘랐다.

"무림맹 금문 지부를 공격하셨던 분들이 맞지요? 정말 잘하셨습니다. 제 속이 다, 아니, 저만이 아니라 금문에 사는 사람이라면 누구나 다 속이 후련해진 일이었습니다!"

움찔!

마부의 말에 독고향의 어깨가 미세하게 진동했다. 하지만 그뿐, 별다른 변화는 보이지 않았다.

"그, 그게 무슨 말인가?"

다시 자리에 앉으며 영강이 당혹스럽게 물었다. 비단 그만이 아니었다. 말을 조금이라도 알아들을 수 있는 임현까지 술병에서 입을 떼고 마부를 노려보았다.

사실 이건 작은 일이 아니다. 일개 마부까지 자신들이 한 일을 알고 있을 정도라면 앞길이 너무 걱정스럽다.

이건 무림맹 금문 지부의 참변 소문과는 또 다른 문제다. 그 일이야 얼마든지 널리 퍼져도 좋지만 자신들의 정체만은 어디까지나 숨겨져야 한다.

"다른 뜻이 있어서 드린 말씀은 아닙니다. 원래 이 세가령의 영주이셨던 남궁가를 몰아내고 대신 들어앉은 무림맹 놈들의 횡포가 극심했기에……."

마부는 말꼬리를 흐렸다. 하지만 그동안 쌓인 무림맹에 대한 불만은 여실히 엿볼 수 있었다.

"아, 여긴 금문에서 이십여 리 떨어진 삼지로(三指路)입니다. 왼쪽의 고개를 넘으면 곧바로 장주부로 통하고, 오른쪽은 천주부성으로, 곧바로 가면……."

"연평부로 통하는 관도겠지. 가자, 연평부로!"

어색해진 분위기를 돌리려는 마부의 말을 자른 건 독고향이었다. 드디어 그의 입이 열린 것이다.

"연평부요? 예, 알겠습니다!"

마차를 계속 몰게 된 것에 신이 났던지 마부는 들뜬 동작으로 창을 닫고 이내 마차를 출발시켰다.

하지만 그 창은 독고향의 손길에 의해 재차 열렸다.

"마차를 계속 몰면서 대답하게. 연평부까지는 얼마나 걸리나?"

사실 이건 누구보다 독고향이 더 잘 알고 있었다. 마부의 긴장을 풀어주기 위해 던진 의미없는 질문일 뿐이었다.

"밤새 달린다면 내일 정오쯤이면 도착할 수 있습니다. 바쁘시다면 그렇게 하겠습니다."

"아니, 그럴 필요는 없네. 그보다 각 검문소의 검문은 어떤가?"

이번 질문은 나름대로 의미가 있었다. 검문의 강도로 무림맹의 기강을 알 수 있기 때문이다.

"에그, 말도 마십시오. 얼마나 엄격하게 검문을 하는지……. 하지만 그것도 다 겉보기일 뿐, 약간의 은자만 집어주면 예전보다 훨씬 쉽게 검문을 통과할 수 있습니다."

마부의 대꾸에는 비릿한 경멸이 묻어 나왔다.

"무림맹 사람들이 그토록 지독한가? 대부분 정파의 사람들이라 그리 가혹하게 하지는 않을 것 같은데……."

말을 하면서 독고향은 자칫 스스로를 비웃을 뻔했다. 자신들의 정체를 빤히 아는 마부에게 너무 속 보이는 질문을 던졌던 것이다.

"말도 마십시오. 정파라고 먹지 않아도 살 수 있답니까? 전에 남궁 가에서는 이득의 삼 할 이상은 공출하지 않았습니다. 하지만 무림맹 놈들은 어김없이 오 할을 떼갑니다. 그뿐이라면 어떻게든 살아갈 수는 있습니다. 하지만……."

문득 마부는 입을 닫았다. 자신의 말이 너무 지나친 것이 아니었나 생각했던 모양이었지만 이내 다시 말을 이었다.

"그보다 더 심한 게 바로 이 뇌물입니다. 소림의 땡중들이 오면 그 들에게, 무당의 말코도사들이 오면 또 그들에게도……. 그렇게 여기저 기 뜯기고 보면 영민들은 피죽도 끓여 먹기 힘들 정도가 되고 말지요."

"그래서 사람들은 예전의 남궁가를 그리워하나?"

"당연한 말씀이죠. 딱히 예전의 남궁가가 아니더라도 저 꼴 보기 싫 은 무림맹 놈들을 몰아내 줬으면 하는 게 모든 영민들의 바람입니다!"

불만을 토로하다 보니 흥분한 모양이었다. 마부의 입에선 침이 마구 튀었다.

"그런가? 얘기 잘 들었네. 자, 이걸 받게."

독고향은 작은 전낭을 마부에게 건네주었다.

"그게 뭡니까? 운임이라면 벌써 다 계산된 걸로 알고 있는데……."

"각 검문소에 낼 뇌물일세."

"아이쿠, 아닙니다! 그 정도는 소인이 충분히 감당할 수 있습니다. 우리의 응어리진 속을 후련하게 풀어준 의인(義人)들이신데 돈을 받았 다고 하면 동료들에게 제가 욕을 먹습니다. 거둬주십시오!"

펄쩍 뛰기라도 할 것처럼 마부는 손사래를 쳤다. 정말이지 돈을 받 으면 큰일이라도 난다는 표정이었다.

"괜찮으니 받아두게. 조금이라도 빨리, 그리고 편하게 연평부에 도착하고 싶어서 주는 걸세!"

마부가 손 내미는 걸 기다리지도 않고 독고향은 어자석에 전낭을 올려두었다.

"무슨 얘기를 했나?"

창을 닫고 돌아서는 독고향에게 영강이 성급하게 물었다. 아예 못 알아들으면 모르겠지만, 가닥가닥 아는 말이 섞여 있어 무척이나 궁금했던 모양이었다.

"별거없었어. 다만 우리의 행보가 좀 쉬워질 것 같더군."

자세한 것은 들려주지 않아도 좋았다. 얘기해 준다고 해서 이들이 세가령과 남궁세가, 그리고 무림맹에 얽힌 은원을 완전히 이해할 수도 없을 테니 말이다.

대신 독고향은 한쪽에 반쯤 누운 듯 기대고 앉은 히사노를 쳐다보았다.

"괜찮아?"

독고향의 어투는 사뭇 걱정스러웠다.

아닌 게 아니라 히사노는 그사이 핼쑥하게 여위어 보였다. 안색까지 창백하게 질린 그녀는 손으로 아랫배를 누르고 있었다.

"견딜 만해!"

짜증스럽게 내뱉으며 히사노는 독고향을 흘겨보았다. 물어뜯을 듯한 노기가 묻어나는 시선이었다.

히사노는 지독한 토사곽란(吐瀉癨亂)에 시달린 직후였다. 담백한 일본 음식만 먹다가 갑자기 기름기 많은 중국 음식을 먹었으니 당연한 반응인지도 모른다.

하지만 그녀는 당연하다고 생각지 않았다. 아무래도 여자의 몸으로 연신 측소로 달려가는 모습은 보이기 싫었던 것이다.

"다시 입이 터진 것 같아 반갑구먼. 벙어리가 된 것 같아 답답했었는데……."

임현이었다. 그동안 말이 없던 독고향을 은근히 비꼬고 있었다.

"생각할 게 있었다. 그보다 술 한 모금 마셨으면 좋겠군!"

그 말은 사실이었다. 그동안 독고향은 한 가지 생각에 매달려 말을 잊었었다.

단지 자신의 손으로 죽였던 소년에 대한 생각만 했던 건 아니었다. 그 가련한 죽음에 대해선 가슴 깊은 곳에서 우러난 애도를 바치는 걸로 잠시 묻어두기로 했다.

그보다 독고향은 어떻게 소년이 자신의 뒷머리를 칠 수 있었느냐는 점에 매달렸다. 아무리 실력없는 상대들이었더라도 분명 삶과 죽음이 교차하는 싸움판이었다. 누군가 공격을 해와도 느끼지 못할 정도로 긴장이 풀어졌다고는 생각할 수 없었다.

그렇다면 답은 그 소년에게서 찾을 수밖에 없다. 그리고 그때 소년은 분명 겁에 잔뜩 질려 있었다. 죽음에 대한 공포가 아니라 바로 독고향, 자신에 대한 것이었다.

거기에 부자연스러운 점은 전혀 없었다. 그 자리에 있었던 사람이 소년이 아니라 다른 누구라도 겁먹었을 것이기 때문이다.

하지만 답 또한 바로 거기에 있을 게 틀림없고, 그동안 독고향이 도출해 낼 수 있던 건 한 가지뿐이었다.

―살기가 없었다!

바로 이 점이었다.

물론 억지일 수도 있다. 무림맹 금문 지부로 돌입하기 직전 살기를 지우라던 도일의 말이 떠올랐었고, 그게 자연스레 소년의 행동과 연관되었을지도 모른다.

어쨌든 소년의 달랐던 점은 살기가 없었다는 게 분명했다. 만약 조금이라도 그런 기미를 느꼈다면 이성보다 본능이 먼저 감지하고 대처했을 터였다.

생각해 보면 참으로 공교로웠다. 싸우기 전에 도일이 했던 말을 떠올렸고, 살기가 전혀 없는 소년에게 뒷머리를 호되게 얻어맞았다. 마치 보이지 않는 누군가가 어떤 의미를 깨닫게 해주려고 교묘하게 꿰어 맞춘 것 같기도 했다.

"다음엔 어딜 습격할 건가?"

임현이 술병을 건네주며 물었다. 소동을 일으키고 다니는 목적 중 하나가 사람을 찾기 위해서라는 건 안다.

하지만 이번 금문 지부를 괴멸시킨 건 아무 효과가 없다. 그 자리에 머물러 있으면 모르겠지만, 이렇게 이동해 버리면 누가 찾아오겠는가 말이다.

물론 독고향도 임현의 질문 속에 담긴 의도는 충분히 알고 있다. 천천히 술을 한 모금 넘긴 후 입을 열었다.

"옮겨 다닌다고 찾아오지 못할 자들이라면 쓸모가 없겠지!"

좀 매몰차다 싶은 독고향의 대꾸였다.

"알겠지만 우리에겐 시간이 별로 없어."

그 말도 사실이었다. 될 수 있으면 한 달, 늦어도 두 달 이내엔 일본으로 다시 돌아가야만 한다. 임현은 그 점을 상기시킨 것이다.

"알고 있어. 그래도 서두르진 않겠다. 이번엔 사람을 못 찾아도 좋아. 우리의 존재를 세상에 알린 것만으로도 충분하니 너무 신경 쓰지 마라."

"자넨 좀 변한 것 같군."

독고향의 말이 끝나기 무섭게 영강이 한마디 하고 나섰다.

"뭐가?"

"자네의 말투나 행동… 단지 중국으로 돌아왔다고 해서 그렇게 될 것 같지는 않은데……."

영강은 말을 길게 끌었다. 하긴 화제로 삼기엔 조금 어색하기도 했다.

독고향의 표정이 살짝 굳어졌다. 아닌 게 아니라 스스로 생각해도 돌아온 후의 자신에겐 너무 여유가 없었던 것 같았다.

하지만 이내 영강의 말을 무시해 버렸다. 아직도 살기가 없던 소년에게 얻어맞았던 점을 더 생각해야 되기 때문이다.

덜컹!

돌연 마차가 멈췄다. 그리고 마부가 누군가와 얘기하는 소리가 들렸다.

그리고 잠시 후 어자석으로 통하는 창문이 열리며 마부가 재차 얼굴을 비쳤다.

"큰일 났습니다, 손님들! 금문 지부의 소문이 퍼져 요 앞에 있는 검문소의 검문이 여간 엄격하지 않은 모양입니다. 어떻게 하면 좋을까요?"

정말 어쩔 줄 모르겠다는 듯 마부의 얼굴은 곤혹으로 일그러졌다.

"동안(同安)이 가까워졌나 보군."

"예? 그걸 어떻게……?"

마부는 눈을 동그랗게 떴다. 아무리 봐도 낯선 이방인들인데 지리를 잘 알고 있으니 놀랄 만도 했다.

하긴 독고향이 누군가? 한때는 세가령에서 가장 마차를 빨리 모는 용차의 마부가 아니었던가. 구석구석의 지리는 환하게 꿰뚫고 있었다.

"다시 조금 돌아가세. 그러다 백사(白沙) 쪽으로 길을 잡게. 그쪽이라면 검문소도 별로 없고, 만약 그 길도 어려우면 보개산(寶蓋山)을 넘어 천주부성으로 들어가세."

"저, 전 그 길로는 한 번도 가보지 않았는데……."

"걱정 말게. 내가 그 길을 잘 알고 있다네. 그리고 천주부성에 당도하면 자넨 돌아가도 좋네."

차라리 이쯤에서 마차를 버리고 도보나 혹은 각자가 말을 타고 이동하는 게 훨씬 나을지도 모른다. 히사노의 몸만 정상이었다면 말이다.

"그럼 분부대로 하겠습니다."

아직도 곤혹의 표정을 완전히 지우지 못한 채 마부는 창을 닫고 다시 마차를 몰았다.

"답답한데 창이라도 좀 열지."

물론 어자석으로 통하는 창을 열라는 소리는 아니었다. 마차의 벽에 있는 창을 열라는 소리였다.

"그래, 나도 속이 메슥거려 못 견디겠어."

히사노도 찬동하고 나섰다. 아니, 누구보다 창을 열어서 덕을 볼 사람은 그녀인지도 모른다.

마부의 솜씨가 좋은 모양이었다. 창밖으로 내다보이는 풍경은 빠르게 스치고 지나갔지만 진동은 거의 느껴지지 않았다.

돌연 창밖의 풍경이 일변했다. 답답하던 관도를 벗어나 둑길로 접어들었기 때문이다.

"백사란 반대쪽을 가리키는 모양이군!"

창밖을 내다보던 영강이 약간은 감탄했단 어조로 물었다. 무변하(無變河)의 물줄기를 끼고 건너편에 펼쳐진 백사장의 절경을 본 탓이었다.

단지 백사장만이 아니었다. 비록 겨울의 끝자락이라 푸른 잎은 없었지만 버드나무 숲이 울창하게 들어차 마치 커다란 병풍을 둘러쳐 둔 것처럼 보여 사람들의 눈을 현혹하고 있었다.

고개를 끄덕이는 걸로 독고향은 대답을 대신했다. 영강과 말을 주고받기보다는 곧장 연평부로 가지 못했을 때의 경우를 생각해 둬야 한다.

물론 천주부성에서도 할 일이 아주 없는 건 아니다. 다만 자신들의 존재를 세상에 알린 이상 곧장 연평부로 가고 싶었을 뿐이다. 기다려 주는 사람은 없을지 몰라도, 어쨌든 살아온 삶의 흔적이 가장 극명하게 묻어 있는 곳인 것이다.

"이쯤에서 건너가자, 마부!"

둑길을 어느 정도 달린 후 독고향이 갑자기 소릴 질렀다.

"예, 여기서요? 얼음이 꺼져 마차가 빠지지 않을까요?"

"걱정 마라. 이 부분의 물 바닥은 돌로 되어 있어 빠지지 않는다. 물도 그리 깊지 않고."

"예, 분부대로 하겠습니다."

확신에 찬 독고향의 말에 마부는 흔쾌히 물 쪽으로 마차를 몰아 넣었다.

독고향의 말은 정확했다. 이월 말의 얼음은 여지없이 깨져 나갔지만 마차는 무사히 무변하를 건너 건너편 백사에 닿았다.

"이하아!"

무사히 무변하를 건넜다는 안도감에 마부는 자신도 모르게 소리를 질렀다. 그리고는 곧장 버드나무 숲으로 마차를 몰아 넣었다.

하지만 그게 마부의 실수였다. 말이 조금 힘들어하더라도 백사장을 좀 더 달렸어야 했다. 물론 앞으로 일어날 일을 누가 미리 알 수 있겠는가 마는······.

제11장

재회(再會)

와두둑!

말들이 갑자기 거꾸러진 건 버드나무 숲을 달린 지 얼마 지나지 않아서였다.

"어이쿠!"

비명과 더불어 마부가 튕겨져 나갔지만 그의 경우는 그나마 나았다. 그저 엉덩방아를 찧은 것에 불과했기 때문이다.

문제는 마차였다. 거꾸러진 말 위에 곧장 처박혀 산산조각이 나버렸다.

끼히히힝, 푸르륵!

요란한 말 울음소리 속에서 자욱한 피보라와 내장 조각들이 튀었다. 넘어진 위로 마차가 덮쳐 몇 마리 말들이 그 자리에서 어육처럼 짓이겨졌기 때문이었다.

바닥에 떨어진 채 마부는 한동안 넋을 잃었다. 그러다 황급히 마차의 잔해 쪽으로 기어갔다.

마차에 타고 있던 사람들을 불러야 한다고 생각했지만 마부의 입은 떨어지지 않았다. 저렇게 박살이 날 정도였으니 그 안에 탄 사람들이 어찌 됐을지는 불을 보듯 뻔한 일이었다.

하지만 마부는 마차의 잔해에는 이르지도 못했다. 섬뜩한 예기와 함께 목젖에 닿은 차디찬 날[刃] 때문이었다.

'흐헙!'

다급한 숨을 몰아쉬며 마부는 눈을 아래로 내리깔았다. 자신의 목을 위협하는 것의 정체가 뭔지 확인하기 위해서였다.

낫이었다. 예리하게 갈려진 그 낫은 농기구로 쓰일 때는 인간에게 유익한 이기(利器)였지만, 막상 그 대상을 인간으로 정하자 그 무엇보다 치명적인 흉기가 되고 말았다.

"대, 대체 뉘, 뉘시오?"

금방이라도 터질 듯한 방광의 압박 속에서도 마부는 힘겹게 물었다. 그 와중에도 눈은 마차의 잔해 쪽에 꽂혀 있었다.

아무런 움직임이 없다. 의인이라 생각해 최선을 다해 모시고 싶었는데, 여기서 이런 참변을 당하리라곤 전혀 생각지 못했었다.

목젖에 닿은 낫의 위협에도 불구하고 마부는 그 자리에 털썩 주저앉았다. 이 모든 게 자신의 잘못이라는 자책감이 왈칵 밀려들었다.

엄밀히 따지면 이건 마부의 책임이 아니다. 애당초 길을 바꾸자고 했던 것도, 무변하를 건너자고 했던 것도 독고향이니 책임은 전적으로 그에게 있다 해도 좋다.

물론 마부는 조금도 그렇게 생각지 않았고, 그건 곧장 분노로 연결되었다.

"대체 누구길래 이처럼 참혹한 짓을……."

"떠들지 마라. 우리 회천단(回天團)은 죄없는 마부에게는 볼일이 없다. 저 마차에 타고 있던 자들은 무림맹 놈들이 틀림없겠지?"

위협적이라기보다는 차라리 촌스럽다고 하는 게 정확한 목소리가 마부의 귀를 파고들었다.

"회천단이라고……?"

마부의 얼굴이 허탈하게 구겨졌다. 회천단이라면 익히 들어 알고 있다.

한마디로 회전단은 도둑 집단이다. 다른 점이 있다면 아무나 노리는 게 아니라 철저하게 무림맹 사람들만 대상으로 노략질을 한다는 점이었다.

회천단이 웃기는 점은 바로 이거였다. 출중한 무공이 있는 것도 아니고 그저 숫자만 믿고 무림맹을 노리니, 당연히 한 번씩 일을(?) 치를 때마다 그 희생은 막대했다.

하지만 그들은 매번 성공했다. 백 명이 가서 안 되면 이백 명이, 그것도 안 되면 더 많은 사람들이 몰려가 무림맹 지부나 그에 관련된 자들을 철저하게 괴멸시키곤 했다.

당연히 세가령 내의 빈민들에게 있어 회천단은 선망의 대상이었다. 지저분한 뒷골목에서 나무 꼬챙이를 들고 전쟁 놀이 하는 애들을 잡고 물어보면 십중팔구는 커서 회천단에 가입하는 게 꿈이라고 말할 정도였다.

바로 그 회천단이 어떤 오해를 했는지 의인들이 탄 마차를 습격했다. 이런 기막힌 일이 또 어디 있겠는가?

"이, 이 무슨 무참한 일이……."

"닥쳐! 어서 뒤져라. 아무 움직임이 없는 걸 보니 모두 뒈졌나 보지만 그래도 조심해라!"

뭔가를 말하려는 마부를 억누르며 낫을 쥔 자는 고함을 질렀다.

그와 동시에 사방에서 부산한 움직임이 일었다. 은신해 있던 회천단원들이 마차에 탄 사람들을 수색하기 시작했던 것이다.

"당신들, 대체 무슨 짓을 하고 있는지 알기나 해?"

돌연 마부가 버럭 고함을 질렀다. 아무리 생각해도 이런 기막힌 일이 없었다.

움찔!

목에 닿아 있던 낫이 살짝 움직였다. 그 바람에 마부의 목에 작은 상처가 생겼지만 그는 전혀 개의치 않고 소리쳤다.

"무림맹 금문 지부에 생긴 일을 당신들은 듣지도 못했나? 바로 저분들이다! 저분들이 금문 지부를 괴멸시킨 의인들이야!"

한마디씩 할 때마다 상처가 조금씩 깊어졌지만 마부는 멈추지 않았다.

"당신들 정말 회천단 맞아? 그렇게 자랑하던 정보망은 다 어디로 날려 버린 거야?"

실제로 회천단의 정보망은 대단했다. 단지 숫자가 많고, 또 빈민들의 호응을 얻었기 때문이라 하기엔 너무나 광범위하고, 정확했다.

마부는 그게 억울해 미칠 지경이었다. 평소에 갖고 있던 회천단에 대한 좋았던 감정이 한꺼번에 무너져 버렸다.

"뭐라고 했나?"

놀란 건 낫을 쥔 자도 마찬가지인 모양이었다. 딴에는 위압적으로 착 깔고 있던 목소리가 조금씩 떨렸다.

"무림맹 금문 지부를 궤멸시킨 사람들이 마차에 타고 계셨다고!"

"보이지 않습니다!"

"여기도 시신이라곤 찾아볼 수 없습니다!"

악에 받친 마부의 외침에 호응이라도 하듯 여기저기서 수색 결과를 보고하는 소리들이 들려왔다.

마부의 목젖을 위협하던 낫이 치워졌다. 대신 그의 눈앞에 구레나룻을 무성하게 기른 사십 대 장한의 얼굴이 불쑥 나타났다.

"다시 한 번 묻겠다. 마차에 타고 있는 놈들이 어쨌다고?"

이젠 당혹감까지 묻어나는 장한의 목소리라 촌스러움이 더욱 물씬 풍겨졌다.

"회천단이라고?"

마부가 대답하기도 전에 전혀 이질적인 목소리가 장한의 전신을 덮어씌울 듯 들려왔다.

"허억!"

화들짝 놀란 장한은 튕기듯 뒤로 나가 털버덕 주저앉았다.

"의, 의인!"

장한의 반응이야 어떻든 마부의 얼굴에 화색이 돌았다. 죽은 줄 알았던 독고향이 어느새 장내에 모습을 드러냈기 때문이었다.

"말해 보게. 회천단이 뭐 하는 곳인가?"

독고향 역시 장한에게는 신경도 쓰지 않았다. 그의 시선은 마부에게 고정되어 있었다.

"다행히 크게 다친 곳은 없는 것 같군!"

그사이에도 독고향은 마부의 상태를 살피고는 조금 안심한 표정이었다.

마부는 자신이 알고 있는 회천단에 대한 걸 모두 얘기해 주었다. 그래 봐야 무림맹만을 대상으로 도적질과 싸움을 일삼는다는 것밖에 없었지만.

"회천단의 총수는 누군가?"

마부의 얘기를 다 들은 후에야 독고향은 장한에게로 시선을 돌렸다.

"말씀드릴 수 없소!"

장한의 얼굴에 완고한 고집이 어렸다. 그게 촌스러움과 어우러져 죽어도 허물어지지 않을 것 같은 견고한 벽을 그 주변에 둘러친 것처럼 느껴졌다.

그사이 주변으로 사람들이 몰려들었다. 회천단원뿐만이 아니라 독고향 일행들도 주변에 서 있었다.

그들 사이에 긴장감이 어렸다. 하지만 그게 밖으로 표출되지는 않았다. 독고향과 장한 사이에 흐르는 묘한 분위기를 감지한 탓이었다.

"그렇게 말해도 모르겠소? 이분들은 회천단의 동료가 되면 됐지, 적이 될 분들은 절대 아니오! 그러니 묻는 대로 대답하시구려!"

장한의 고집이 답답했던지 마부가 버럭 고함을 지르며 앞으로 나섰다.

"그래도 말할 수 없는 건 없는 거다!"

팔짱을 끼면서 장한은 아예 옆으로 돌아앉아 버렸다. 어떤 말을 해도 대꾸하지 않겠단 의미였는지는 몰라도 눈만은 연신 독고향과 그 일행을 살피고 있었다.

"어떤 단체든 지켜야 할 비밀이 있겠지. 더 이상 묻지 않겠다. 단, 이 말은 꼭 들어줘야겠다!"

"뭐, 뭐요?"

돌아앉아 있던 장한의 얼굴에 긴장이 어렸다. 이미 독고향 일행이 적이 아니란 건 알고 있다.

그러자 이번엔 엉뚱한 사람을 노렸다는 죄책감과 그에 대한 책임감이 밀려들던 참이었다.

"마차를 한 대 구해다오. 팔두마차가 좋다!"

"그건 어렵소!"

장한은 단번에 거절해 버렸다.

"이미 들었다시피 우린 드러내 놓고 움직일 형편이 못 되오. 또, 어디로 가시려는지 몰라도 마차 타고 검문소를 통과할 수 있을 거란 생각은 아예 하지도 마시오!"

장한의 퉁명스런 대꾸에 독고향은 고개를 끄덕였다. 만약 여기가 세가령이 아니라면 팔두마차 한 대 구하는 건 그리 어려운 일이 아니다. 그러나 마운사의 이득을 보장해 주기 위해 큰 마차는 엄격하게 규제하고 있다.

그리고 검문소를 통과하기 어렵다는 말도 이해가 갔다. 금문 지부 일로 강화된 검문을 확인하고 이쪽으로 길을 돌렸다가 엉뚱한 봉변을 당하지 않았던가.

"알았다!"

알고서 더 이상 미련을 가질 이유는 없다. 독고향은 곧장 몸을 일으켰다.

"자, 이만하면 파손된 마차와 말 값은 될 걸세."

마부에게 또 하나의 전낭을 건네주는 것도 잊지 않았다.

"아닙니다, 의인! 조금 전에 주신 돈만으로도 충분합니다. 부디 거두

시길……."

"마운사의 일은 누구보다 잘 알고 있네. 그러니 아무 말 말고 넣어 두게!"

확실히 장한을 대할 때와는 태도나 말투가 다른 독고향이었다. 한때 자신도 같은 직업에 종사했다는 동질감이 그렇게 표출된 것이다.

"대체 어디로 가실 생각이오?"

장한 역시 몸을 일으키며 은근히 물었다. 이대로 독고향 일행을 보내기엔 뭔가 섭섭하다는 표정이었다.

"알 것 없어!"

여전히 장한을 대하는 독고향의 태도는 조금 매몰찼다. 비록 회천단에 대해 알았더라도 완전히 믿을 수 있는 정도까지는 아니었다.

"이분들은 연평부로 가시오."

마부가 대신 대답했다. 비록 자신은 더 이상 모시지 못해도 독고향 일행을 어떻게든 연평부까지 보내겠다는 열정이 가득한 눈빛이었다.

하지만 그땐 벌써 독고향은 몸을 돌리고 저만치 걸어가는 중이었다.

"이보시오, 괜찮다면 우리들만이 아는 비밀 통로로 연평부까지 안내해 드리겠소."

장한이 황급히 독고향을 제지했다. 그의 표정에도 어떻게든 자신들로 인해 발이 묶인 책임을 지고 싶다는 기색이 역력했다.

"어떻게 믿고?"

약간의 비꼼이 담겨져 있는 독고향의 어조였다.

"제가 보장하겠습니다. 저도 연평부까지 동행하겠습니다. 만약 이들이 불손한 의도를 품고 있다면 맨 먼저 제 목을 베십시오!"

열에 들뜬 어조로 마부가 언성을 높였다. 그의 눈에는 어떤 기대감이 일렁거렸다. 단지 독고향 일행을 연평부까지 모시고 싶다는 바람만은 아닌 것 같았다.

"내 말은 그게 아닐세. 저들이 과연 진짜 회천단인지 어떻게 알 수 있느냐는 거지!"

여전히 마부를 대하는 독고향의 태도는 부드러웠다.

"그 역시 제가……."

말을 하다가 마부는 문득 입을 닫았다. 조금 전엔 다급한 김에 말을 꺼냈지만, 조금 생각해 보니 자신이 보증할 수 있는 건 아무것도 없다는 걸 깨달은 탓이었다.

그 모습을 보며 독고향은 미소를 지었다. 그리고는 일행을 둘러보았다.

"어떤가? 난 회천단이라는 자들보다 이 마부의 말을 믿고 싶다만……."

의견을 묻는 말이었지만 어투엔 은근히 명령조가 배어 있었다.

일행은 말이 없었다. 어떤 얘기들이 오고 갔는지 정확하게 알지도 못했고, 설사 알았다 하더라도 선뜻 판단할 수 없는 문제였다.

"좋아, 회천단은 어떤 수단으로 우리를 연평부까지 안내할 건가?"

말없는 일행들의 반응을 동조로 간주한 독고향은 비로소 장한에게 물었다.

"도보요!"

더 생각할 필요도 없다는 듯 장한은 잘라 말했다. 하긴 무림맹에 대항하는 입장으로 대로상을 말이나 마차로 활보할 순 없었을 터였다.

"도보란 말이지."

장한의 말을 그대로 반복하며 독고향은 히사노를 바라보았다. 상태가 어떤지 묻는 눈빛이었다. 토사곽란에 시달리면서 걷는다는 건 상당한 무리가 따르는 일인 것이다.

"난 괜찮아. 신경 쓰지 마!"

신경질적인 히사노의 말이었다.

그녀의 말에 놀란 사람은 마부와 장한이었다. 생전 들어보지도 못한 말이기 때문이었다.

"좋아, 그럼 믿고 맡겨볼까."

독고향의 말이 들렸을 때에야 그들은 겨우 히사노에게서 눈을 뗄 수 있었다.

"잠시만 기다려 주시오. 부하들에게 차후의 일을 지시해 놓고 오겠소."

말을 끝내자마자 장한은 부하들에게 손짓해서 한곳으로 불러모았다.

"그동안 고생했네. 이만 돌아가 보게."

"아, 아닙니다!"

독고향의 말에 마부는 펄쩍 뛰었다. 눈에는 금방이라도 굴러 떨어질 것 같은 눈물까지 맺혀 있었다.

"제, 제발 소인을 데려가 주십시오. 소인도 의인들과 같이 무림맹 놈들을 쳐부수고 싶습니다!"

마부는 독고향 앞에 털썩 무릎을 꿇었다. 허락하지 않는다면 절대 물러서지 않겠다는 기세였다.

"무공을 익혔나?"

지금까지와는 달리 독고향의 어조가 조금 싸늘해졌다. 이건 단순한 호감으로 처리할 문제가 아니었다.

"지금부터라도 배우면……."

"헛소리 집어치워!"

버럭, 독고향은 언성을 높였다. 둘러서서 뭔가를 얘기하고 있던 회천단원들이 놀라서 돌아볼 지경이었다.

"우리가 어떤 일을 하고 다니는지 뻔히 알면서도 그런 소릴 하나? 괜한 짐만 된다. 빨리 꺼져!"

덮어씌울 듯한 독고향의 호통에도 마부는 꿈쩍도 하지 않았다.

"준비가 다 되었습니다만……."

부하들에게 지시를 마친 장한이 손바닥을 비비며 다가왔다. 독고향에게보다는 마부에게 미안하다는 표정이었다.

"좋아, 가자!"

독고향은 더 이상 마부에게 신경 쓰지 않았다. 지금부터는 촌각이라도 칼바람이 일지 않는 시각은 없을 터였다. 무공이 없는 자를 데리고 다닐 수는 없었다.

돌연 버드나무 숲에 매캐한 연기가 피어올랐다. 말의 시체와 마차를 불태우는 회천단원들이 지른 것이었다.

그 불은 사람들의 발길을 재촉했다. 이 연기는 어디서라도 보일 터, 더 이상 꾸물거릴 여유가 없었다.

얼마 걷지 않았을 때 영강이 독고향의 어깨를 가볍게 쳤다. 그리고 뒤를 가리켰다.

영강이 가리키는 곳을 본 독고향의 표정이 일그러졌다. 저만치서 마부가 따라오고 있는 게 보였기 때문이다.

무슨 말인가 할 듯했던 독고향은, 그러나 이내 몸을 돌려 일행들을 둘러보았다.

"급하다. 서두르자!"

말이 끝났을 때 벌써 독고향은 멀찍이 앞서 달리기 시작했다. 무공을 배운 자들이라면 누구나 알고 있는 경공을 펼친 것이다.

독고향은 뒤를 돌아보지 않았다. 이렇게 빨리 달리면 무공을 모르는 마부는 따라오지 못하고 처질 게 분명하다. 그 뒤엔 돌아갈 수밖에 없다는 판단이었다.

새하얀 빛깔의 백사장을 자랑하던 무변하는 피어오른 검은 연기로 뒤덮여 버렸다.

연평부는 을씨년스러웠다. 봄이 가까워져 바람이라도 불라치면 곳곳에서 흙 냄새가 물씬 풍겨왔지만, 그 위에 발을 딛고 살아가는 사람들의 삶은 한겨울의 삭풍 속에 드러나 있는 것 같았다.

그나마 나은 곳은 외성곽 쪽이었다. 여기서는 직접 싸움이 일어나지 않았기에 예전의 모습을 유지하고 있었다.

물론 그게 좋다는 건 아니었다. 예나 지금이나 외성곽 빈민들의 찌든 삶은 그리 달라지지 않았다.

독고향이 예전 자신이 집이 보이는 거리의 흰 켠에 모습을 드러낸 날은 바람이 유난히 불었다. 그 탓에 황사는 물론 온갖 쓰레기들이 함부로 날아다녔다.

'변한 게 없군!'

정면으로 바람을 맞으며 독고향은 살풋 미소를 배어 물었다. 하지만 그건 이내 씁쓸하게 굳어졌다.

생각처럼 이 거리에서 변한 건 그리 없다. 양지바른 곳에는 여전히 아이들이 철없이 뛰놀고, 그러나 언제나 그 속에 섞여 있던 맹묵의 모습은 어디에도 없었다.

그 점이 독고향은 못내 서운했다. 왜 그랬는지는 모르지만 여기로 오기만 하면 맹묵을 찾을 수 있을 것만 같았다. 언제나처럼 사람 좋은, 언뜻 바보스럽게 보이는 미소를 환하게 지으며 맞아주리라 생각했었다.

그게 막연한 희망사항일 뿐이라는 건 자신도 알고 있다. 그러나 이 바람엔 곧장 가슴속까지 불어닥칠 것 같은 차가운 실망감 또한 엄연히 존재했다.

깊숙이 눌러쓴 죽립(竹笠) 끈을 독고향은 새삼 고쳐 매었다. 아직까지는 노골적으로 정체를 드러내고 다닐 입장이 아닌 것이다.

천천히 예전에 살던 집 쪽으로 걸음을 옮기면서도 독고향의 눈길은 연신 뛰놀고 있는 아이들에게로 향했다. 당장에라도 불러 맹묵의 소재를 묻고 싶어서였다.

'어쩌면⋯⋯.'

아이들은 알고 있을지도 모른다. 어쩌면 요즘도 매일 맹묵은 여기서 저 아이들과 놀아줄지도 몰랐고, 자신은 어긋난 시간에 여길 찾았는지도 모른다.

어쩌면, 어쩌면 하면서 독고향은 예전에 살았던 집 앞을 그대로 지나쳐 갔다. 곧바로 안으로 들어간다는 건 너무 조심성없는 행동이다.

언뜻 지나쳤지만 그사이 독고향은 살펴볼 것을 하나도 놓치지 않았다. 이층으로 오르는 계단 입구에 무심히 걸쳐 놓은 나무 작대기, 그리고 그 계단 바닥에 뿌려놓은 작은 유리 조각들…….

모든 게 예전에 자신이 해뒀던 그대로였다. 그동안 침입자가 없었다는 의미였다.

하지만 이건 그저 겉으로 본 것일 뿐이다. 보다 정확히 알려면 안으로 들어가 봐야 한다.

한참을 걸어가던 독고향이 갑자기 걸음을 멈췄다. 그리고는 뭔가를 잊고 있었다는 동작을 취하며 몸을 돌려 왔던 길을 되짚어갔다.

이번 독고향의 시선은 아이들에게만 꽂혀 있지 않았다. 대신 사방을 예리하게 살폈다.

그렇게 독고향은 다시 집 앞을 스치고 지나갔다. 그리고 외성곽에서 그대로 모습을 감춰 버렸다.

"어딜 갔다 온 건가?"

방으로 들어서는 독고향의 코로 지독한 주향과 더불어 혀 꼬인 임현의 목소리가 밀려왔다.

독고향의 미간이 찌푸려졌다. 아직도 대낮이건만 임현은 지나치게 많은 술을 마시고 있었다.

"히사노의 상태가 이해가 돼. 술 없이는 도저히 이놈의 음식을 소화시킬 수가 없어!"

독고향의 불편한 심사를 실핀 임현의 핑계는 아니었다. 그는 다만 사실만을 말하고 있을 뿐이었다.

그 심정을 독고향은 이해했다. 다른 건 몰라도 음식이란 건 그리 쉽게 적응되지 않는 것이다. 술의 힘이라도 빌려 적응할 수 있다면 그나마 다행이다.

독고향은 임현의 맞은편에 앉아 탁자 위의 술병을 끌어당겼다. 그리고는 한 모금 마셨다.

'독하군!'

평범한 화주다. 예전엔 그토록 즐겼었고, 또 중국에 도착하자마자 마신 술이기도 했다.

그런데 오늘 새삼 독하다는 느낌이 든다. 확실히 중국 술은 조선이나 일본에 비해 독하다.

그 점을 떠올리자 이젠 임현의 건강이 걱정되는 독고향이었다. 술로 인해 몸을 망친 사람 하나를 기억에 떠올린 탓이었다.

'공야궐……'

그의 생사에 대해선 아는 바도 없고, 관심도 갖지 않았었다.

하지만 그가 가졌을 아픔은 절실할 정도로 잘 알 것 같았다. 생각이 다른 아버지와 등진 것이 못내 힘겨워 술에 의지해 살 수밖에 없었던 그 고통을 말이다.

임현이 왜 저렇게 술을 마시는지 그 이유는 알 수 없다. 하지만 그를 위해 해줄 일은 분명 있다.

'천삼을 구해야겠군!'

"이렇게 객방에 처박혀 있으려고 이틀간 그 고생을 하며 걸었나?"

사실 지난 이틀간이 고생스러웠다고는 할 수 없었다. 무인에게 있어 그 정도 걷는 일은 실상 아무것도 아니다.

하지만 독고향은 따지지 않기로 했다. 대신 그는 화제를 돌렸다.

"독특한 무기를 사용하더군."

"아, 이거? 만법포(萬法布)라고 하지!"

의외다 싶을 정도로 임현은 자신의 애병을 꺼내 선뜻 건네주었다.

"봐도 되나?"

"무슨 상관인가? 그냥 줘도 사용하지 못할 텐데……."

대수롭지 않게 대꾸하며 임현은 또 한 번 술병을 입으로 가져갔다.

"후후후후!"

독고향은 소리 내어 웃었다. 다른 이유 때문이 아니다. 자신의 독문 병기를 선뜻 내줄 정도로 임현의 신뢰를 받고 있다는 사실이 기뻤다.

말아 쥔 만법포는 손바닥 안에 쏙 들어올 정도였다. 하지만 활짝 펼친 넓이는 한 평 정도 될 것 같았다.

가만히 살펴보니 만법포는 일반 천이 아니었다. 머리카락보다 가는 철사를 엮어 만든 것이었다.

독고향은 감탄하지 않을 수 없었다. 세상에 신병이기(神兵異器)가 많다고는 하지만, 이 만법포 같은 건 둘도 없을 터였다. 철사를 엮어 짰다는 것도, 그러면서 비단보다 가볍고 촉감이 더 좋다는 점도 놀라웠다.

완전히 펼친 만법포의 단면은 예리한 날을 이루고 있었다. 이 정도라면 뭔가를 베거나, 혹은 봉처럼 말아서 두들기거나, 방패, 또는 뭉쳐서 암기 삼아 던지는 것도 전혀 무리가 없을 것 같았다.

"좋은 병기로군!"

한마디 칭찬과 함께 독고향은 만법포를 돌려주었다.

"그 좋은 병기가 울고 있어! 인제 시작힐 건가?"

팡!

만법포를 받자마자 임현은 활짝 펼쳐 허공에서 커다랗게 한 바퀴 돌렸다. 날은 예리했지만 대기를 가르는 파공성은 일절 들리지 않았다.

"답답한가?"

"적어도 객잔에 쭈그리고 있자고 타국에 있는 스승과 떨어져 여기 와 있는 건 아니야!"

아마 시비조로 얘기하고 싶었으리라. 하지만 취기로 인해 꼬인 혀 때문에 임현의 의도는 빗나가고 말았다.

"며칠만 기다려라. 오늘 밤 한 가지만 확인하고 나서……."

독고향의 말이 채 끝나기도 전에 문이 벌컥 열리며 회천단의 장한이 들어섰다.

"말씀대로 상관을 모시고 왔소. 지금 만나시겠소?"

웬일인지 장한은 독고향의 눈치를 살폈다. 어투는 첫 만남 때와 별로 달라지지 않았지만 오늘의 태도는 상당히 공손했다.

"모셔오너라!"

별 생각도 없이 독고향은 대꾸했다. 자신이 원했던 만남이다. 망설일 이유가 전혀 없었다.

"아니, 그게 아니라 여기까지 오시긴 곤란하다며 지금 모처에서 기다리고 계시오. 같이 가시겠소?"

"좋다, 앞장서라!"

독고향은 곧바로 몸을 일으켰다.

"같이 안 가도 되나?"

임현도 같이 몸을 일으키며 물었다. 아직까진 회천단을 절대적으로 신뢰할 수 없다. 만약의 경우를 대비해서라도 혼자 가는 건 위험하다.

"그럴 필요 없네. 웬만하면 동료들과 함께 있도록 하게."

밝은 미소를 지어 보이며 독고향은 장한에게 눈짓을 해 보였다. 안내하라는 의미였다.

두 사람은 곧장 밖으로 나왔다. 그리고 그들은 그리 먼 곳으로 가지 않았다.

중국의 객잔이 흔히 그렇듯 작은 정원을 끼고 객방이 있다. 그들은 그 정원 맞은편에 있는 방으로 들어갔다.

"확실히 내 예상이 맞았군. 역시 자네였어!"

방으로 들어서자마자 반색을 띤 목소리가 독고향을 맞았다.

독고향 역시 그 자리에 얼어붙었다. 방에 있는 두 사람, 너무도 반갑고, 또 의외의 인물이었기 때문이다.

"자웅… 쌍로?"

그렇다. 그들은 자웅쌍로였다. 세가령이 괴멸되기 직전 어디론가 모습을 감춰 버렸던 그들이 지금 독고향의 눈앞에 서 있다.

"처음 보고를 들었을 때 당장 자네라는 걸 알 수 있었네. 하지만 짐작만으로 섣불리 움직여도 좋을 때가 아닌지라 이렇게……."

웅로가 떨리는 어조로 입을 열었다. 그 역시 오늘 독고향을 만난 게 사뭇 벅차다는 듯 말을 맺지 못했다.

하지만 독고향의 입장에선 이들의 출현을 그저 반갑게만 받아들일 수 없었다.

"대체 어찌 된 일이오? 또, 주군의 조부께서는……?"

독고향은 그 자리에 선 채 물었다. 조금은 의도적으로 목소리를 싸늘하게 굴렸다.

"우선 앉도록 하게. 이제 조금 있으면 몰면개와 지네의 부하 중 한 명인 개귀신이란 자도 올 거네!"

"개귀신?"

그 말을 독고향은 자신도 모르게 따라했다. 개귀신이 살아 있으리라고는 생각했지만 이렇게 쉽게, 그리고 의외의 장소에서 만날 수 있게 되리라곤 생각지도 않았었다.

그는 천천히 걸어가 웅로가 권한 의자에 앉았다. 아마 그들도 이곳에 도착한 지 얼마 안 됐는지 탁자 위엔 차도 한 잔 놓여 있지 않았다.

"노주군께선 무사히 계시네. 그래, 그동안 어떻게 지냈나?"

반가움에 겨워 연신 말을 거는 웅로와 달리 자로는 지금까지 표정 한번 변하지 않은 채 꼿꼿한 자세로 앉아 있었다.

독고향은 개의치 않았다. 그게 자로를 진정으로 자로답게 만들고 있어 오히려 마음이 놓였다.

"그럼 회천단은 두 분이 만드신 거요?"

"그렇다고도 할 수 있지. 하지만 노주군의 지원이 없었으면 불가능했을 것이네."

'벌써 두 번째로군!'

독고향은 웅로의 입에서 벌써 두 번씩이나 남궁걸에 대한 얘기가 나왔음에 주목했다.

사실 그리 이상할 것도 없었다. 남궁장후가 죽은 지금 공식적으로 세가령을 대표할 수 있는 사람은 남궁걸이다. 우선적으로 그에 대한 얘기가 나오는 것도 어쩌면 당연한 일이다.

하지만 독고향은 그 점이 못내 이상스러웠다. 만약 자신이었다면 아무리 옛날의 동료라 하더라도 오랜만에 만나 쉽사리 윗사람에 대한 얘기는 입에 올리지 않았을 터였다. 그사이 변절하지 않았다고 장담할 수 없기 때문이다.

"듣자니 일본까지 갔었던 것 같은데, 주모는 편히 계시던가? 그리고 후사는?"

웅로의 질문이 이어졌을 때 독고향의 표정은 살짝 굳어졌다. 함부로 대답해선 안 된다는 경고음이 내부 깊숙한 곳에서 터져 나왔다.

독고향은 대꾸하지 않았다. 어차피 서로에 대해 궁금하긴 마찬가지, 이쪽에서 입을 다물고 있으면 저쪽에서 얘기할 수밖에 없을 터였다.

"만약 후사가 아드님이라면 곧 모셔올 방도를 취해보세. 어떻게든 세가령의 대가 끊겨서는 안 될 일 아닌가! 뭐, 필요한 게 있다면 노주 군께선 적극 도우실 걸세."

그 말에 독고향은 새삼스런 눈길로 웅로를 바라보았다. 그 말이 진심이라면 여태 자웅쌍로를 조금이라도 의심했던 자신이 너무 부끄럽다.

"주모와 아드님, 두 분 다 무사하시오!"

"오오, 그게 사실인가?"

이번엔 자로까지 탄성을 발했다. 매희와 그 아들의 안위가 이들에겐 초미의 관심사인 것만은 부정할 수 없단 태도였다.

"역시 아드님을 생산하셨는가! 반가운 일이군. 반가운 일이야. 회천단을 만들어 무림맹 놈들과 싸운 보람이 아주 없지는 않았군. 이봐, 자로. 들었지? 자네도 분명히 들었지?"

일말의 가식도 없이 자웅쌍로는 진정으로 기뻐했다. 독고향을 안내해 왔던 장한의 눈시울이 다 붉어질 정도였다.

"이제 걱정없네. 후사만 있다면 무림맹 놈들을 당당하게 내칠 수 있는 명분이 설 터, 내일이라도 당장 모시러 가세!"

"그보다는……."

자웅쌍로의 태도에 독고향도 가슴이 뜨거워졌다. 하지만 어디까지나 냉정해야 된다고 생각하며 금방이라도 일본으로 달려갈 듯한 기세인 웅로를 제지했다.

"여기서의 일을 자세히 듣고 싶소. 무림맹 놈들의 횡포가 심각하고, 회천단이 많은 활약을 한 걸로 들었소이다만……. 아니, 그보다 왜 갑자기 사라지신 거요?"

무엇보다 궁금한 점을 독고향은 정면으로 묻고 나섰다. 그 점만 명쾌하게 납득할 수 있다면 남궁걸이나 자웅쌍로에게 가졌던 흐릿한 의심의 막이 말끔히 지워져 버릴 수 있으리라.

"아, 그 일 말인가? 부끄럽지만 노주군의 분부셨네. 노주군께서는 그때 세가령의 패배를 미리 예상하셨네. 그래서 우리들에게 은밀히 뒷일을 준비하라고 하셨네."

"왜 미리 말하지 않으셨소?"

"말한다고 들으실 주군이셨던가? 어쩌면 뒷일을 준비하시려는 노주군까지 독려해 싸움에 가담하라고 하셨을지도 모르네. 그래서 모든 일을 은밀히 진행했네. 주군의 일은……."

웅로는 잠깐 말을 끊었다. 입술이 파르르 떨리는 게 마음속의 격동을 억누르고 있는 모양이었다.

"주군께서 설마 그토록 무모하게 행동하실 줄은 몰랐네. 우린 어떤 경우라도 주군만은 무사히 살아 계실 줄 알았네. 그렇게 생각하고 모든 준비를 해뒀는데……."

기어이 웅로는 굵은 눈물을 떨구고 말았다. 아무리 단단한 대비를 갖췄다 한들 남궁장후가 죽은 뒤에는 아무런 의미도 없는 것이다.

"그런데 후사가 계시니 이는 이 늙은이의 홍복… 아니, 세가령의 홍복이 아닐 수 없네. 이제 남궁세가는 만만세일세!"

마치 남궁장후의 아들이 앞에 있기라도 한 것처럼 웅로는 연신 포권을 하며 허리를 숙였다.

차마 그 모습을 볼 수 없어 독고향은 고개를 돌렸다. 하지만 거기에도 눈을 감은 채 눈물을 흘리고 있는 자로의 얼굴이 보였다.

'이게 이백 년을 이어온 남궁세가의 힘이다!'

이제 독고향은 남궁걸과 자웅쌍로에게 가졌던 의심의 찌꺼기를 말끔히 걷어버렸다. 만약 지금 눈앞의 행동이 자신을 속이기 위한 것이라면 이들은 진정 훌륭한 연기자라 하지 않을 수 없다.

'응?'

문득 독고향의 눈에 이채가 어렸다. 어깨 위로 미세한 먼지가 떨어져 내렸기 때문이었다.

'카즈키?'

이런 식의 접근은 처음이었지만 독고향은 금세 이게 카즈키가 보내는 신호임을 알 수 있었다.

문제는 뭘 의미하는 것인지 알 수 없단 점이다. 뭔가 경고를 하고 있는 건 분명한 것 같은데, 그 역시 확신할 수는 없었다.

그때 복도를 달려오는 부산한 발자국 소리가 들려왔다. 그리곤 곧장 문이 열렸다.

"누구냐? 무림맹 금문 지부를 괴멸시켰다는 자들이?"

숨을 헐떡이는 다급한 목소리가 들렸을 때, 독고향은 얼굴 가득 반색을 띠며 고개를 돌렸다.

"개귀신!"

들어선 사람은 확실히 개귀신이었고, 독고향은 그에게 두 팔을 활짝 벌려 보였다. 가슴이 터지도록 그를 안아보고 싶어서였다.

개귀신의 동작이 그대로 얼어붙었다. 독고향을 바라보는 그 눈은 꿈인지 생시인지 구별하지 못하겠다는 듯 연신 끔벅거렸다.

그리고 다음 순간,

"이 개새끼!"

한마디 매몰찬 욕설과 함께 개귀신은 곧장 독고향의 가슴을 향해 벌써부터 수중에 들고 있던 귀두도를 휘두르며 덮쳐 들었다.

"앗!"

"무슨 짓인가?"

자웅쌍로가 미처 말릴 틈도 없었다. 그 입에서 욕이 터져 나왔다 싶은 순간, 벌써 개귀신의 귀두도는 독고향의 정수리로 떨어져 내리고 있었다.

"진정해라, 개귀신!"

짜악!

일갈의 호통성과 함께 마치 파도가 바위를 두드리는 듯한 경쾌한 소리가 실내에 울려 퍼졌다. 동시에 입 가득히 피를 흘리며 개귀신이 방구석으로 나가떨어졌다.

"에익!"

바닥에 처박히자마자 개귀신은 튕기듯 몸을 일으켰다. 그리곤 곧장 다시 덤벼들었다.

"이 무슨 짓이냐? 이노옴! 그만두지 못하겠느냐?"

웅로가 재빨리 개귀신의 허리를 잡고 말렸다.

"놓으시오! 저놈은 주군이 돌아가실 때 제 한목숨이 아까워 어딘가로 달아났던 놈이오. 저런 놈을 어떻게 두고 보란 말씀이시오?"

"오해를 하고 있구나, 개귀신!"

비로소 개귀신이 왜 덤볐는지 알게 된 독고향은 엄하게 질책하며 한 걸음 앞으로 나섰다.

"오해? 오해라고? 네놈 입에서 그런 말이 잘도 나오는구나. 이거 놓으시오!"

그래도 개귀신은 진정되지 않았다. 웅로의 손에서 벗어나려는 발버둥만 더 심하게 칠 뿐이었다.

"일단 얘기를 들어라. 그 후에도 네 오해가 풀리지 않는다면 내 기꺼이 네 칼 아래 목을 내놓겠다!"

이 말은 조금 통한 모양이었다. 흉포하게 번들거리던 개귀신의 눈빛에서 힘이 조금 빠졌다.

"오냐, 내 일단 네놈의 말을 들어주겠다. 하지만 조금이라도 이상하다 싶으면 당장 요절을 내줄 테니 그리 알아라!"

독고향은 밝은 미소를 배어 물었다. 개귀신의 욕이야 듣기 거북할 정도로 심했지만, 이 또한 세가령을 위한 것이라 생각하자 기분이 그리 나쁘지 않았다.

얘기가 시작되었다. 언제, 어디서, 어떻게 닌자들에게 구출되었는지는 독고향 자신도 알지 못했으니 말할 수 없었지만, 일본에서의 일은 숨김없이 들려주었다. 개귀신은 물론 자웅쌍로에게도 더 이상 감출 필요가 없는 것이다.

얘기를 모두 들은 후 개귀신은 독고향 앞에 무릎을 꿇었다. 그리고는 꺼이꺼이 목놓아 울기 시작했다.

밤!

어둠에 묻힌 외성곽은 흡사 괴물처럼 흉물스러운 자태로 길게 누워 있었다.

몇 채 인가들도 있지만 불빛 따위는 보이지 않는다. 불 밝힐 기름을 사기보다는 한때의 공복을 채워줄 한 끼 식사가 이들 빈민들에겐 더 절박하기 때문이다.

그 점이 독고향에겐 편했다. 하현달이 뜰려면 아직도 먼 시각, 낮처럼 남의 눈치를 살필 필요도 없이 집에 들어가 볼 수 있게 된 것이다.

행여 있을지도 모를 미행에 대비하여 카즈키만 은밀하게 뒤따르도록 지시해 뒀다. 한사코 따라오겠다던 개귀신은 간신히 떼어놓았다.

히사노는 카즈키를 가리켜 온미츠[隱密]일 거라고 했다. 비록 대영주에게 고용된 건 아니지만 매희의 부친과의 계약을 아직도 지키고 있는 것 같으니 그리 불러도 이상할 게 없다고 했다. 물론 독고향으로서야 제대로 알아들을 수 없는 얘기였다.

히사노의 설명에 의하면 전닌[戰忍]과는 달리 온미츠는 싸움 자체는 약하다고 했다. 그러나 첩보 수집이나 미행, 혹은 잠입에는 아주 능숙하다고 했다.

당연히 뭔가를 지키는 능력도 뛰어났다. 그 자신의 능력을 반대로 활용하면 혹시 있을지도 모를 적들의 잠입이나 미행 정도는 쉽게 발견해 낼 수 있을 터였다.

실제로 객잔에서 자웅쌍로를 만날 때 독고향의 어깨에 미세한 먼지를 떨어뜨려 신호를 보내기도 했었다. 개귀신이 방으로 들어서기 전에 미리 수하들에게 그 주변을 포위하라고 시킨 후 카즈키는 그걸 알려줬던 것이다.

아주 마음을 놓은 것은 아니었지만 독고향은 큰 걸음으로 집을 향해 걸어갔다. 무심히 걸쳐 놓았던 나무 작대기를 치우고, 자신만 아는 곳을 디디며 계단을 올라갈 때는 짜릿한 전율이 온몸의 신경을 타고 흘렀다.

'돌아왔다!'

비로소 자신이 세가령의 땅을 밟고 있다는 게 절실히 실감되었다.

이 집의 유일한 방으로 들어섰을 때 독고향은 문득 걸음을 멈췄다. 그 어깨 위엔 선연한 긴장감까지 서렸다.

바깥보다 실내는 더 어두웠다. 말 그대로 손을 내밀어도 보이지 않을 정도였다.

하지만 알 수 있다. 이 어둠 속에 놓인 집기들이 비록 보이지는 않았지만 하나하나 느껴졌고, 또한 타인의 손길이 간 흔적을 알 수 있었다.

독고향은 조용히 숨을 멈췄다. 동시에 그의 전신은 온통 귀가 되었고, 또한 감각 기관이 되었다. 누군가 이 안에 있다면 절대 놓치지 않을 터였다.

'없군!'

사람뿐만 아니라 이 방에서 느낄 수 있는 생명체의 흔적은 전혀 없다. 심지어 그 흔한 쥐 한 마리 기어다니지 않았다.

거듭 그 사실을 확인한 다음에야 독고향은 침상으로 걸어갔다. 그리고 조용히 그 위에 몸을 뉘었다. 옆구리에 찬 귀절환이 거치척거렸지만 신경 쓰지 않았다.

그제야 독고향은 이 방에 어떤 변화가 있었는지 알게 되었다. 오래 비워뒀던 방이다. 다른 건 몰라도 먼지 정도는 있어야 한다.

하지만 지금 들이마시는 공기는 청결하기만 했다. 누군가 매일 정성 들여 청소를 했다는 의미였다.

누군지 궁금해지기도 전에 맹묵의 얼굴이 떠올랐다. 곳곳에 설치해 둔 경보 장치 때문에 매번 요란하게 등장했지만 그의 예민한 감각이라면 사실 이걸 피하는 건 일도 아니리라.

물론 이 생각이 틀렸을 수도 있다. 하지만 독고향은 실로 오랜만에 맘 편히 눈을 감고 생각에 잠길 수 있었다.

개귀신의 말에 의하면 세가령을 접수한 무림맹도 연평부에 그 주력을 두고 있다 했다. 겉으로는 소림과 무당, 양대거파가 모든 걸 주도하는 것처럼 보이지만 실제로는 내분이 극심하단 얘기이기도 했다.

그 내분의 내용이 재미있다. 무림맹을 대표한다는 소림과 무당의 경우 내부 분열이 극심했다. 익힌 무공과 힘을 바탕으로 강호의 일에 적극 개입해야 된다는 부류와 출가했던 원래의 뜻을 살려 오로지 개인적

수양에만 정진해야 된다는 부류가 첨예하게 맞서 두 파는 갈피를 못 잡고 있는 형편인 것 같았다.

양상은 조금씩 달라도 나머지 문파들도 비슷했다. 세가령을 넘어뜨리고 바야흐로 그 이익을 나누려는 순간에 소림과 무당이 휘청거렸다.

이 절호의 기회를 놓치지 않은 건 옛 무림맹주 공야찬이었다. 그는 세가령과의 싸움에서 상대적으로 많은 피해를 본 점창, 화산, 종남의 세 개 파를 달콤한 약속을 미끼로 완전히 장악했다. 그리고는 겉으로는 소림과 무당을 내세웠지만 무림맹의 실권을 좌지우지하고 있다 했다.

당연히 남은 문파의 반발이 클 수밖에 없다. 곤륜파를 필두로 청성과 공동, 아미파가 또 한 축을 형성하여 제 잇속 챙기기에 여념이 없었다.

어쩌면 여기까지는 누구나 예상할 수 있었을지도 모른다.

정작 흥미로운 것은 개방과 각지에 흩어져 있는 무림세가, 특히 사천당가의 태도였다.

몸집 불리기에 혈안이 되어 있는 무림맹 각 파벌들이 이들을 결코 그냥 두지 않았다. 연신 능력 이상의 대가를 담보로 한편으로 끌어들이려 상당한 노력을 기울이고 있는 듯했다.

그 점에 있어 개방은 아주 능란하게 대처한 듯하다. 어느 쪽에도 기울지 않고, 챙길 수 있는 잇속은 모조리 챙긴 것 같았으니 말이다.

그러면서 개방은 또 남궁걸과 손잡고 회천단의 활동에도 많은 도움을 주고 있는 것 같다. 비록 오늘 만나보지는 못했지만 몰면개가 자웅쌍로와 같이 행동하고 있다는 것만 봐도 어느 정도 유대가 형성되어 있는지 짐작할 만했다.

각 무림세기들은 요지부동이었다. 그들은 마치 약속이나 한 듯 이번 세가령 사태에 팔짱을 낀 채 외면하고 있다.

이 점이 독고향은 신경 쓰였다. 솔직히 구대문파는 이번에 세가령을 치지 않았어도 그들 살림을 꾸려 나가는 데는 아무런 지장이 없다. 대대로 하사받은 막대한 전답이 있고, 또 제자들도 공짜로는 받아들이지 않는다는 걸 감안하면 이번에 세가령을 친 일은 희생이 컸으면 컸지 득 되는 일만은 결코 아니다.

그에 비해 무림세가들은 입장이 조금 다르다. 물론 그들도 나름대로는 하사받은 땅이 있지만 구대문파에 비해서는 턱없이 작다.

또한 그들은 타성(他姓)의 제자를 들이기보다는 일족을 중심으로 모든 걸 꾸려가야 하기에 집안이 번성할수록 경제적 압박도 커질 수밖에 없다.

당연히 그들은 강호의 온갖 이권에 무턱대고 개입한다. 표국이나 전장을 운영하는 건 점잖은 일에 속했고, 형편이 극도로 어려운 세가는 다른 지방으로 노략질을 나서기도 하는 형편이다. 그런데 유독 이번 세가령 사태에만 그들은 모른 척하고 있다.

일견 다행이라 생각될지도 모르지만 독고향은 결코 안심하지 않았다. 언제 어떻게 변할지 모르니 그에 대한 대비도 충분히 해둬야 한다.

'사천당가……'

무림세가 중 유일하게 이번 세가령 사태에 주목하고, 또 직접 움직이고 있다 들었다.

하긴 그 움직임이라는 것도 아직은 미미하기만 하다. 직접 무림맹에 대놓고 요구하는 건 세가령에서 철수하라는 것뿐 실력 행사는 유보하고 있는 것 같았다. 다만 개방과는 긴밀히 연락을 취하고 있는 모양이었다.

독고향은 몸을 뒤척였다. 사천당가를 떠올리자 이신의 최후가 눈앞에 펼쳐진 듯했다. 자신의 손으로 직접 마감 지었으니 더욱 절실하게 생각났는지도 모른다.

문득 독고향은 품속을 뒤졌다. 이신이 죽어가면서 사천당가에 전해 달라고 했던 총의 도면, 그건 일본에서 최신식 총의 도면으로 교체되어 있었다.

잠시 꺼내 들었을 뿐 펼쳐 보지도 않고 독고향은 도면을 다시 품속에 집어넣었다. 지금은 먼 훗날의 일을 생각할 때가 아니다. 당면한 것부터 한 가지씩 처리해야만 한다.

'지금 무림맹 본대(本隊)를 친다?'

개귀신은 이미 만났다. 그리고 이 방에 들어선 순간 맹묵도 가까이 있다는 걸 절실히 느낄 수 있었다.

그렇다면 과연 희생을 감수하면서까지 싸울 필요가 있을까?

무림맹을 치는 가장 큰 이유는 사람을 찾기 위해서였다. 그 목적이 거의 달성된 지금 구태여 피를 흘릴 필요는 없을 것 같기도 했다.

그러나 모든 상황을 종합해 볼 때 지금이 무림맹을 칠 적기일 수도 있다. 내부적 분열과 외부적 불안 요소들을 적절히 자극해 주면 기대 이상의 효과를 얻을 수도 있을 터였다.

게다가 자신은 또 빠른 시간 안에 일본으로 돌아가야 한다. 그전에 통쾌하게 한바탕하고 싶다는 개인적 욕심도 없지 않았다.

아직 맹묵을 찾지 못했다는 이유도 작용했다. 개귀신 역시 모른다고 했다. 그가 모른다는 건 모두가 알지 못한다는 얘기와 같다. 찾기 위해서라도 한 번쯤의 공격은 감행해야만 한다.

이제 독고향은 냉철하게 자신의 힘을 계산하기 시작했다. 일본에서 같이 온 일행들과 자웅쌍로, 그리고 회천단이 다였다.

개방도 우호적이긴 하지만 같은 편으로 간주하기엔 무리가 많다. 차라리 과감하게 빼버리는 게 낫다. 어디까지나 이 편은 작게, 상대는 크게 봐줘야 최악의 경우를 면할 수 있는 것이다.

회천단은 그리 큰 힘이 될 것 같지는 않았다. 무림인들의 모임이 아니라 그야말로 민초들이 무림맹의 폭정에 못 이겨 궐기한 것 같은 형국이니 큰 기대를 하는 건 금물이다.

물론 아주 쓸모가 없는 건 아니다. 실제 싸움에 투입할 순 없겠지만 이쪽의 규모나 기세를 과장되게 과시해서 적들의 사기를 꺾는 수단으로는 훌륭하게 활용될 수도 있다.

어쨌든 정작 싸울 수 있는 사람은 채 열 명도 되지 않는다. 그 적은 숫자를 가장 유용하게 써야만 한다.

다행이라면 그들 모두가 어떤 싸움에 임해도 쉽게 죽지 않을 능력을 갖추고 있다는 점이었다. 사전에 계획을 잘 세워 기습을 감행한다면 충분히 승산이 있다는 말이다.

'이걸로 된 건가?'

생각에 잠겨 있던 독고향은 별안간 몸을 벌떡 일으켰다. 자칫 간과할 뻔했던 문제를 떠올렸기 때문이다.

다른 게 아니었다. 자신들의 기습이 자칫 내분에 시달리고 있는 무림맹의 결속을 가져올 수도 있다는 것이다.

애써 찾지 않더라도 그런 예는 얼마든지 있다. 자기들끼리 극심하게 싸우다가도 일단 외부의 침입을 받으면 단단히 결속하는 게 사람과 조직의 심리다. 일부러 그렇게 만들어줄 필요는 없다.

그렇다고 기습을 안 할 수도 없는 노릇이고 보면 치밀한 사전 작업이 필요하다. 다른 건 몰라도 공야찬 일파와 곤륜을 필두로 한 부류는 절대로 협력할 수 없게 만들어야 한다.

소림과 무당이야 그들 내부의 문제만 해도 머리가 아플 터이니 일단 신경을 꺼도 좋을 터였다.

'문제는 방법인데…….'

뾰족한 수가 떠오르지 않았다.

그러나 독고향은 별로 신경 쓰지 않고 벌렁 드러누웠다. 어차피 세가령에 돌아온 지 며칠 지나지도 않은 상태에서 무림맹의 사정을 속속들이 알 수가 없는 터, 차라리 터놓고 자웅쌍로와 의논하는 게 좋다.

나른한 졸음이 밀려들었다. 오랜만에 몸을 맡긴 자신의 침상이 그렇게 편할 수 없었다.

실제로 독고향은 나직하게 코를 골기 시작했다. 남궁장후의 친위대장이 된 이후로 누적된 피로가 한꺼번에 몰려와 기분 좋은 수면으로 빠져든 것이다.

평소라면 이런 방심 상태로 절대 잠들지 못했을 터였다. 그러나 집에 돌아왔다는 안도감과 무수한 경보 장치, 그리고 카즈키의 존재가 독고향으로 하여금 숙면을 취하게 만들었다.

코 고는 소리가 점차 높아졌다. 보다 깊은 잠에 빠져든 것 같았다. 하지만 실제로는 그 반대였다. 침상에 누운 독고향의 진신이 야릇한 긴장으로 떨리는가 싶더니 이윽고 그는 눈까지 떴다.

여전히 독고향은 코 고는 소리를 냈다. 하지만 눈만은 천장에 드리워진 어둠을 직시했다가 다시 방의 구석진 곳을 향했다.

'누군가 있다!'

바로 이게 독고향이 잠에서 깬 이유였다. 잠결 사이로 스며든 미세한 움직임, 이 방에 들어선 이래 최초로 감지한 생명체의 흔적이었다.

카즈키는 아니다. 극히 신중하고 은밀하단 점에서는 비슷했지만 그 느낌이 확연히 달랐다.

'맹묵?'

혹시 하는 생각에 독고향은 반색을 띠었다. 순간적으로 코 골던 소리가 끊어졌다.

하지만 이내 아니라는 판단을 내렸다. 맹묵은 듣지 못한다. 자연 이처럼 은밀한 움직임을 기대하긴 어렵다.

남은 결론은 하나다. 이건 적이다. 맹묵도 아니고 카즈키도 아니라면 자신의 집을 향해 이처럼 은밀히 접근해 올 자는 적밖에 없다.

전신에 흐르던 긴장의 농도가 짙어졌다.

그사이 손은 은밀히 움직여 옆구리에 매달려 있는 귀절환의 손잡이를 단단히 잡았다. 적이란 판단이 선 이상 살려 보내선 안 된다.

다소 산만하게 감지되던 기척이 한군데로 몰렸고, 독고향의 눈동자가 천천히 그쪽을 향했다.

'여긴?'

확실히 의외의 장소였다. 침상 바로 옆, 평소 독고향이 비상 대피구로 사용했던 벽 속에서 그 기척이 들려왔다.

거길 아는 사람은 자신과 맹묵뿐이다. 지금 들려오는 기척이 그의 것이 아니라는 게 거의 확실한 이상 선제공격으로 최대한 빨리 제압해야 한다.

생각은 곧장 행동으로 이어졌다.

스왁!

미리부터 쥐고 있던 귀절환이 칼집을 벗어나는 것과 동시에 벽을 그대로 자르고 지나갔다.

차앙!

귀절환이 뭔가에 의해 막혔을 때 독고향은 그대로 몸을 굴려 벽 속으로 뛰어들었다.

좁은 공간이다. 그 속에서 칼을 휘두른다는 건 어불성설. 그러나 무인의 생명과도 같은 병기를 버린다는 것 역시 있을 수 없는 일이다.

자연 움직일 수 있는 건 왼손뿐, 독고향은 자유스런 손으로 상대의 울대를 강하게 움켜쥐었다. 동시에,

'컥!'

독고향 역시 목을 조이는 상대의 강한 손길에 의해 숨이 콱 막히는 걸 느껴야 했다. 소리를 지르지 않은 것만도 다행이었다.

하지만 그 손길은 이내 느슨하게 풀어졌다. 또한 상대의 울대를 쥐고 있던 독고향의 손도 맥없이 미끄러져 버렸다.

아니, 독고향이 손길에서 힘을 뺐다는 게 정확한 표현이다. 상대의 목을 제압한 순간 그가 누군지 알아봤기 때문이다.

"맹묵!"

숨이 끊길 것 같았던 고통의 소리는 애써 참았지만 이렇게 터져 나오는 외침까지 독고향은 차마 자제할 수 없었다.

그렇다. 비밀 통로에 들어 있던 사람은 다름 아닌 맹묵이었던 것이다.

바로 코앞에 맹묵이 누워 있다. 그러나 선뜻 손을 내밀기 힘든 거부감이 그에게서 느껴졌다.

"맹묵, 나다. 독고향이야."

자신도 모르게 독고향은 목소리를 낮췄다. 그만큼 맹묵의 눈이나 전신에서 흐르는 거부감은 강했다.

"일단 나가자. 나가서 얘기하자."

서로의 얼굴이 딱 붙다시피 한 상태로는 얘기하기가 힘들다. 독고향이 먼저 좁은 벽 속에서 빠져나왔다.

아직 맹묵이 나오는 기척은 들리지 않았다. 그러나 독고향은 느긋하게 등잔에 불을 켰다. 움직임이 없다는 건 그 자리에 있다는 의미였고, 사라지지만 않으면 언젠가는 나올 거란 확신이 들었다.

하고픈 말이 많아 가슴이 터질 것만 같은 독고향이다. 맹묵이 제대로 들을 수만 있다면 벽 속에서 나오길 기다리지도 않고 마구 뱉어냈을지도 모른다. 그래 봐야 헛일이란 걸 뻔히 알기에 침상에 앉아 묵묵히 기다렸다.

한참이 지나서야 맹묵은 밖으로 나왔다. 그보다 먼저 침상 위에 뭔가를 툭 던졌다.

맹묵이 던진 물건을 본 독고향은 해연히 놀라 황급히 물었다.

"이게 뭔가? 도대체 왜 이런 해골(骸骨)을……!"

말하던 독고향은 돌연 입을 다물었다. 이 해골이 누구의 것인지 짐작이 갔기 때문이다.

"주군… 인가?"

자신도 모르게 독고향의 말을 떨려 나왔다. 그 속에는 아니라고 말해 달라는 여린 기대감이 묻어 있었다.

그러나 맹묵은 매섭게 고개를 끄덕였다. 그리고는 손을 맹렬하게 휘둘렀다.

"천주부성의 정문에 효수(梟首)되어 있던 걸 가져왔다? 육신은 어육처럼 저며져서 찾을 수 없었다고?"

그제야 독고향은 남궁장후의 최후가 어땠는지 짐작할 수 있었다. 맹묵의 말처럼 그의 목은 효수되고, 육신은 공을 탐하는 자들의 칼날 아래 산산이 해체되고 말았을 것이다.

맹묵은 그 죽음이 원통했으리라. 그래서 이처럼 남궁장후의 해골을 품고 다니는 것이리라.

그건 그렇다 쳐도 지금 맹묵의 태도는 너무 이상했다. 반가워 얼싸안지는 않더라도 이런 경계심은 너무도 의외였다.

그러다 문득 독고향은 소리 내어 웃었다.

"후후후, 너도 개귀신처럼 날 의심하는군. 오해하지 마. 내 다 이야기해 주……."

재차 손을 맹렬히 휘저어 맹묵은 독고향의 말을 막았다.

"그래, 자웅쌍로는 벌써 만났지. 여태 같이 있다가 왔어. 근데 그들이 왜?"

비로소 맹묵의 경계심이 예사롭지 않은 데 기인한다는 걸 깨달은 독고향은 표정을 굳힌 채 그의 손짓에 신경을 집중했다.

"자웅쌍로가 수상하다고? 개귀신은 속고 있다. 그들을 믿지 마라. 대체 무슨 소리야?"

맹묵의 수화를 해독하던 독고향은 갑자기 언성을 높였다. 얼핏 말도 안 되는 소리를 해대고 있는 것 같아서였다.

돌연 맹묵의 눈빛이 싸늘하게 식어갔다. 마치 적을 대하는 듯한 눈으로 잠시 독고향을 쳐다보더니 곧장 몸을 돌려 침상 위에 뒹굴고 있는 남궁장후의 해골을 챙겼다.

"잠깐만!"

독고향은 맹묵의 어깨를 가볍게 잡았다. 단지 부르는 것만으론 그의 주의를 끌 수 없었다.

하지만 독고향의 손길은 매몰차게 내쳐졌다. 맹묵이 강하게 떨쳐 버렸던 것이다.

그리고 맹묵은 잠시 동안 독고향을 바라보았다. 반가움이 있는가 하면 슬픔이, 가련하다고 느끼는 연민인가 싶었더니 다시 노기를 띤 눈이었다.

그러다 맹묵은 훌쩍 몸을 돌려 벽 속으로 사라져 버렸다.

독고향은 맹묵을 잡을 수 없었다. 마지막에 보여줬던 그 눈빛이 뭘 의미하는지를 생각하는 것만으로도 머리가 터질 것만 같았다.

털썩!

독고향은 맥없이 침상에 주저앉았다. 그렇게 그날 밤을 하얗게 지새우고 말았다.

다음날 새벽, 짙게 드리운 안개 속으로 걸어가는 독고향의 뇌리엔 한 가지 의문과 그것을 풀어야만 한다는 의지로 가득 찼다.

'자웅쌍로!'

그들에겐 분명 뭔가 있다. 지금까지 맹묵은 자신에게 단 한 번도 거짓말이나 잘못된 정보를 준 적이 없다.

예전에도 그랬지만 지금도 독고향은 맹묵을 신보다 더 신뢰하고 있었다.

제12장

도발(挑發)

그 아침, 독고향을 맞은 사람들은 하나같이 똑같은 질문을 던졌다.

"밤새 뭘 했길래……?"

그렇게 묻지 않을 수 없을 만큼 독고향의 얼굴은 핼쑥하게 여위어 있었던 것이다.

"개귀신! 어딨나?"

사람들의 질문을 싹 무시한 독고향은 큰 소리로 개귀신을 찾았다. 스무 개 남짓한 객방이 들썩거릴 정도로 큰 목소리였다.

"여, 여기 있소, 대장! 왜 그러시오?"

자다가 나온 탓에 흐트러진 옷매무새를 가다듬지도 못하고 개귀신이 뛰어나왔다. 독고향에 대한 오해를 푼 이후로는 다시 예전처럼 깍듯이 대장이라고 불렀다.

"따라왓!"

때려붙이듯 한마디 한 독고향은 곧장 객방과 연결된 주루로 들어갔다.

뭘 생각했는지 히죽 웃으며 개귀신이 그 뒤를 따랐다. 여전히 옷매무새를 고칠 생각은 없나 보다.

주루는 아직 청소도 되어 있지 않았다. 이제 막 점소이들이 눈꼽을 떼며 어슬렁 나오고 있는 참이었다.

당연히 점소이들은 당황했다.

"저, 손님, 아직 주루는 영업을 시작하지 않았습니다. 조금 있다가……."

"있는 거 대충 가져왓!"

버럭 고함을 지르며 독고향은 구석진 곳에 놓여진 탁자로 가 앉았다. 위에 놓여져 있던 그릇들은 그냥 손으로 쓸어버렸다.

"뭐가 그리 우습나?"

아직도 실실거리고 있는 개귀신에게 독고향은 짜증스럽게 내뱉었다.

"닮았소. 확실히 닮았어. <u>므흐흐흐흐흐</u>……."

"닮다니? 뭐가?"

아예 노골적으로 음흉한 웃음소리까지 흘리는 개귀신에게 독고향이 다그쳤다.

"돌아가신 주군을 닮았단 말이오. 지금 대장의 말투나 행동이."

"뭐?"

개귀신의 대꾸에 독고향은 멍한 표정으로 할 말을 잊었다.

"닮았다고? 내가 주군과……."

의식할 사이도 없이 개귀신의 말만 되풀이하다 독고향은 흠칫 몸을 떨었다. 듣고 보니 중국으로 돌아온 뒤의 자신에겐 분명 그런 점이 없지 않았다.

독고향의 안색이 어두워졌다. 일본에서 온 일행들은 순전히 자신을 돕기 위해 따라온 것이다. 남궁장후와 비슷한 언행으로 그들을 대했다면 반감도 없지 않을 터였다.

"그런 떫은 표정 짓지 마슈! 그게 어때서 그려슈? 난 죽은 주군이 살아 계시는 것 같아 든든하기만 한데……. 그대로 좋은 거유!"

마침 점소이가 가져온 술병을 낚아채며 개귀신이 너스레를 떨었다. 그리고 독고향에겐 권하지도 않고 제 잔부터 채워 냉큼 마셔 버렸다.

"근데 개귀신?"

"왜 그러슈?"

한껏 무거워진 어조로 부르는 독고향에게 개귀신은 귀찮다는 듯 대꾸했다.

"너, 많이 건방져졌다."

독고향의 어조에는 노골적인 야유가 묻어 있었다. 확실히 예전의 개귀신과는 많이 다른 태도다. 비천한 신분과 실력을 철저히 자각하고서 자신보다 조금이라도 높은 사람에겐 철저히 저자세를 취했던 것과 사뭇 다르다는 말이다.

"에이, 대장도 참! 이래 봬도 이 몸도 명색이 회천단주(回天團主)요. 대장의 눈에야 그저 빌빌거리는 졸(卒)로 보이겠지만, 그래도 만 사람들 있는 곳에선 대우를 좀…… 헤헤헤헤!"

헤픈 웃음을 날리며 개귀신은 독고향의 잔을 채웠다.

화를 내도 시원찮을 개귀신의 말이었지만 독고향은 애써 냉정을 유지하며 술잔을 입으로 가져갔다.

"크윽!"

고심으로 하얗게 밤을 지새운 후 마시는 술은 실제보다 더 독하게 내부를 후끈 달궈주었다.

독고향은 안주를 찾았다. 영업 시작하기 전이라 제대로 된 안주는 있을 턱이 없고, 무를 말려 간장에 절인 것이 고작이었다.

그 빈약한 안주를 입으로 가져가며 독고향은 개귀신의 말을 상기했다. 결코 틀린 말이 아니다. 세가령에 남아 무림맹과 치열한 싸움을 거듭했던 그에 비하면 일본에서의 자신은 오히려 편하게 지냈는지도 모른다. 합당한 대우를 해달라는 요구는 절대로 지나친 것이 아니다.

"들어보자. 회천단을 결성할 때 어려움은 없었나?"

독고향의 어조는 부드러웠다. 남궁장후를 닮았다는 말을 의식한 탓이었다.

탕!

돌연 개귀신이 탁자를 세차게 내려쳤다. 그리고는 독고향을 빤히 직시했다.

"내 말 못 들으셨수? 대장이 옛 주군과 닮은 게 좋단 말이오! 근데 왜 갑자기 말랑말랑해지셨수? 주군 흉내를 내려면 보다 철저히 내란 말이오!"

'이, 이놈이?'

독고향이 놀랄 수밖에 없는 개귀신의 태도였다. 순간적으로 단단히 혼을 내줘서 상하의 구분을 엄격히 가르쳐 놓고 싶었다.

"우리가 왜 주군을 위해 목숨을 바쳤소? 친위대원으로 뽑아줘서? 물론 그것도 있겠지만, 과연 대장은 그 이유만으로 지금까지 목숨 걸고 있는 거요?"

소나기처럼 마구 쏟아붙인 후 개귀신은 술병을 집어 들었다. 그리곤 곧장 비워 버렸다.

"여기 한 병 더!"

분주하게 청소하고 있는 점소이들에게 소리를 버럭 지른 후,

"우리 모두는 주군에게 반했었소. 그 거침없는 언행, 분방한 행동, 진정 반할 만한 사나이가 있다면 바로 이런 사람이라고 난 생각했었소. 대장은 어땠소? 설마 아니라고는 못하실 거요. 빨리 안 가져와?"

말을 하면서도 개귀신은 연신 점소이들을 채근했다. 이미 탁자에 술을 내려놓고 있는데도 말이다.

이번에도 개귀신은 화급하게 술병을 낚아챘다. 그러나 마시지는 못했다. 독고향이 제지했기 때문이었다.

"말을 계속해!"

여느 때보다 독고향의 어조는 무거웠다. 개귀신의 말 중에 들어둘 만한 것이 있다는 판단에서였다.

개귀신의 시선이 다시 건너왔다. 그의 눈빛에 기이한 열기가 일렁거렸다.

"다른 말이 아니오. 이젠 대장이 옛 주군을 대신해야 된다는 거요. 누가 있소? 노주군은 노쇠하셨고, 작은 주군은 아직도 일본 땅에 있소. 대장뿐이오. 대장이라도 옛 주군의 모습을 갖춰줘야 한다는 말이오. 아직도 옛 주군의 모습을 잊지 못하는 사람들이 세가령에는 많이 있소."

의외로 개귀신의 목소리는 나직했다. 상관에게 너무 불손했다는 걸 자각한 것인지도 몰랐다.

그 말에 독고향은 띵한 현기증을 느꼈다. 아직까지 남궁장후를 잊지

못하고 있다는 많은 사람들, 그들 대부분은 아마 회천단에 소속되어 있을 터였다. 개귀신은 그들을 포섭하라 말하고 있다.

"어떻게 하면 되겠나?"

독고향은 솔직하게 물었다. 인심을 수습하는 방법이야 그동안 세가령을 떠나지 않고 있었던 개귀신이 훨씬 더 잘 알고 있을 터였다.

"강해지시오! 설사 속은 썩어 문드러지더라도 절대 겉으로 표 내지 마시오. 옛 주군은 그렇게 하셨소. 끝없는 강함으로 부하든 적이든 숨결 하나로 삼켜 버리셨소. 대장도 그리되시오. 앞으로 모시고 올 작은 주군의 교육에도 그게 좋을 것이오."

'이놈이……'

말을 끝내고 다시 술병을 입으로 가져가는 개귀신을 바라보며 독고향은 마른침을 삼켰다. 좌충우돌, 마구 성질을 부리며 부딪치던 예전의 그가 아니었다. 어느새 불쑥 커져 버린 것이다.

독고향은 의자에 한껏 몸을 기대고 앉았다. 그리고는 버럭 언성을 높였다.

"좋아, 개귀신! 이제 본론을 얘기해라. 회천단은 어떻게 만들어졌나?"

씨이익, 개귀신의 입가에 선연한 미소가 떠올랐다. 충분히 만족하고 있는 미소였다.

"대장이 주신 돈으로 무사들을 모았소. 물론 고수들을 초빙하기엔 턱없이 부족했고, 설사 많은 돈을 주더라도 나 같은 놈의 지휘를 받기 싫어하니 모여든 자들이라고 해봐야 오합지졸들뿐이었소."

독고향은 고개를 끄덕였다. 그 상황을 충분히 이해할 수 있었다.

"그때 몰면개를 만났소. 그분 역시 개방을 이끌고 사력을 다해 무림맹의 후방을 교란시키고 있었지만 역부족이었소. 하지만 그분의 도움으로 개방의 인원이 상당수 회천단으로 유입되었소. 물론 이 경우도 남의 시선을 의식해 얼굴이 알려진 고수들은 없었지만……."

"그래, 몰면개가 도왔단 말이지."

"노주군께서도 많은 힘을 쓰셨소. 어디서 구하는지 몰라도 막대한 재물을 조금도 아끼지 않으시고 회천단을 위해 마구 쓰셨소. 주군께서 돌아가셨다는 말을 듣고 비통해하시던 그 모습이란……."

말꼬리를 흐리며 개귀신은 술병을 잡아갔다. 눈자위가 벌겋게 상기된 것은 결코 술기운 탓만은 아니리라.

"크으! 따지고 보면 옛 주군은 겁생이였던 거 같소. 마음껏 설치다 죽기보다는 힘들더라도 뒷날을 위해 살아가는 게 더 큰 용기가 필요하다는 걸 모르는 겁쟁이……."

"닥쳐랏, 개귀신!"

독고향은 개귀신의 말을 잘라 버렸다. 얼굴 가득 노기를 띤 모습이었다.

그러나 개귀신은 웃었다. 자신의 말을 들어준 독고향이 고맙기까지 했다.

"지금 몰면개는 어디 있나?"

질문을 던졌지만 대답이 나오기도 전에 독고향은 몸을 일으켰다.

"뭐 하나? 빨리 앞장섯!"

"갑니다, 가요!"

말라비틀어진 무 조각도 안주라고, 개귀신은 그걸 입에 틀어 먹으며 달리기 시작했다.

몰면개는 확실히 거지임에 틀림없는 모양이다. 회천단과의 유대를 생각하면 어디 객잔에라도 들어가 있을 법하건만, 그는 다 쓰러져 가는 관제묘(關帝廟)에 몇 명의 거지들과 같이 뒹굴고 있었다.

"왔는가?"

덤덤한 표정으로 몰면개는 독고향을 맞았다. 하지만 겉으로 드러난 것만이 전부는 아니었다. 벌겋게 충혈된 그의 노안(老眼)이 가슴속의 격동을 대변해 주었다.

"상의할 게 있소."

관제묘 입구에 딱 버티고 선 채 독고향은 몰면개를 향해 눈을 부라렸다. 마치 빚을 받으러 온 채권자 같은 태도였다.

의외의 태도에 몰면개는 옆에 서 있는 개귀신을 바라보았다. 그저 실실 웃기만 할 뿐 아무 말도 하지 않았다.

"흐음, 마침 아침 햇살이 좋으니 밖으로 나가세."

몰면개의 말대로였다. 어느새 안개는 말끔히 걷혀 버렸고, 대신 밝은 햇살이 관제묘의 퇴락한 앞마당에 가득 퍼져 있었다.

몰면개의 뒤를 깨끗한 청삼을 입은 중년인이 따르고 있었다.

"물러가랏! 그대의 윗사람과 할 얘기가 있다."

독고향은 중년인을 향해 호통 쳤다. 아마 남궁장후였더라도 똑같은 말을 했을 터였다.

중년인의 시선이 힐끔 독고향을 훑었다. 상당히 불쾌하단 눈빛이었지만 응대는 어디까지나 공손했다.

"이 몸은 청죽개 조항이라 하오. 태상장로께서 가시는 곳이라면 어디든 따라갈 것이오."

이쯤 되면 독고향도 더 이상 할 말이 없다.

"연평부에 있는 무림맹의 본대를 치고 싶소."

단도직입적으로 몰면개에게 쏘아붙였다.

"허허허, 무슨 힘으로?"

싱거운 표정으로 몰면개는 웃어넘겼다. 비록 극심한 내분에 휘말려 있다고는 해도 아직은 무림맹을 칠 힘이 없는 것도 사실이다.

"개방이 도와주서야겠소!"

"우리가 뭐 아쉬워서?"

독고향은 말문이 막혔다. 솔직히 개방이 막대한 희생을 감수하면서 무림맹을 칠 이유는 없다. 지금처럼 이쪽저쪽 줄다리기만 잘해도 상당한 이익을 얻을 수 있기 때문이다.

"개방이 아쉬운 게 없다고? 정 그렇게 나온다면 우리 회천단에서 무림맹 쪽으로 정보를 흘리는 수도 있소. 회천단의 배후에 개방이 있었다고. 그럼 상당히 재미있을 것 같은데……."

개귀신이었다. 독고향이 밀리자 그가 대신 나서 개방의 가장 아픈 약점을 찌르고 나섰다.

"그 말을 무림맹에서 믿겠는가? 설사 믿는다 하더라도 선뜻 우리 개방을 적으로 돌리진 못할 걸세. 모두가 우리의 협력을 얻기 위해 혈안이 되어 있으니, 잘하면 지금까지의 일도 없었던 걸로 해줄지도 모르지!"

몰면개의 태도는 어디까지나 느긋했다. 자신의 말에 대한 확신이 기득한 태도였다.

"지금 회천단에 배속되어 있는 개방 사람들을 고스란히 무림맹에 넘길 수도 있소!"

개귀신의 협박은 계속되었다. 어차피 막말까지 해버린 상태다. 개방과의 손이 끊어지면 당장 곤란해질 판이니 가는 데까지 가보는 수밖에 없다.

"그렇게 되면 회천단은 유력한 조력자를 잃는 건 물론이요, 강력한 적을 하나 갖게 되겠지. 허허허허허!"

"끝까지 해보자는 거야, 영감?"

기어이 개귀신은 성질을 폭발시켰다.

처음 만난 자리에서 싸워 몰면개를 짓이기고 난 이후로 그를 약간은 만만하게 보고 있는 개귀신이었다. 다시 싸워도 이길 자신이 있었다.

그러나 개귀신의 상대는 몰면개가 아니었다. 금방이라도 달려들듯 설치는 그의 앞을 막고 나선 사람은 청죽개였다.

"어? 넌 뭐야?"

물어뜯을 듯 청죽개에게 으르렁거리는 개귀신을 독고향은 조용히 제지했다.

"협력하지 않겠다면 적이 될 뿐! 다음에 만날 곳은 싸움터겠군."

나직이, 그러나 충분한 무게감을 가진 한마디를 던진 후 독고향은 몸을 돌렸다.

"가자, 개귀신!"

"하, 하지만……."

당혹스러운 건 개귀신이었다. 아무리 남궁장후를 닮으라고 했기로서니 이처럼 강하고 무식하게 대처하리라곤 예상치 못했었다.

"저, 대, 대장……."

황급히 잡으려 했을 때 독고향은 벌써 저만치 걸어가고 있었다.

"우리가 할 일은 뭔가?"

독고향이 관제묘 앞마당을 벗어나기 직전 몰면개의 입이 열렸다.

독고향의 걸음이 딱 멈춰졌다. 그리고 천천히 몸을 돌렸다.

"협력하겠다고? 내가 그 말을 어떻게 믿겠소? 방금까지 적의를 드러냈……."

"대장!"

전혀 엉뚱한 독고향의 말을 개귀신이 고함을 질러 제지했다. 그리고는 황급히 그에게로 달려갔다.

"미쳤소? 간신히 마음을 돌린 것 같은데 일부러 걷어찰 건 뭐 있소?"

제 딴에는 한껏 목소리를 낮췄지만 사람들 귀에는 생생하게 들렸다.

독고향은 개귀신을 무시했다. 대신 이글거리는 눈빛을 몰면개의 미간에 딱 고정시켰다.

몰면개는 가볍게 고개를 저었다.

"믿지 못하겠다면 어쩔 수 없는 노릇. 불신받고서야 도울 수도 없네."

"곤륜파를 주축으로 하는 무리들과 손을 잡으시오!"

몰면개의 말이 끝나자마자 독고향은 빠르게 그 끝을 잡아챘다.

"그것뿐인가?"

"공야찬을 치는 건 우리들이 하겠소. 그때 다른 무리들이 돕지 못하도록 단단히 묶어주시오!"

완전히 명령조로 말하는 독고향이었다. 그 점이 전혀 어색히게 보이지 않는 게 이상할 정도였다.

"우리에게 돌아올 대가는?"

"명분과 명예!"

듣기엔 그럴듯한 독고향의 말이었다. 그러나 기실 아무것도 주지 않겠다는 얘기와 같았다.

몰면개는 묵묵히 독고향을 노려보았다. 말도 되지 않는 소리에 대한 노여움은 전혀 보이지 않았다. 그보다는 방금 한 약속이 진짜인가 확인하는 표정이 역력했다.

"한 가지만 묻겠네. 자네가 말한 '우리들' 속에 남궁걸과 자웅쌍로도 포함되는가?"

너무도 의외인 몰면개의 질문이었다. 아니, 어쩌면 당연한 걸 확인하고 있는 건지도 몰랐다.

독고향은 마치 기다렸다는 듯 쉽게 고개를 저었다.

"그들은 이 일에서 빠질 것이오!"

허물쩍, 몰면개의 얼굴이 허물어졌다. 기대하고 있던 선물을 잔뜩받은 듯한 표정이었다.

"그 말을 듣고 싶었네. 이제야 세가령이 다시 서겠구먼!"

그 말을 끝으로 몰면개는 몸을 돌렸다. 곧장 청죽개에게 명이 떨어졌다.

"들었나? 지금 즉시 곤륜파를 찾아가게! 정예들 이삼십 명을 데려가는 게 좋아."

어슬렁 걸어가던 몰면개는 양지바른 곳에 털썩 주저앉았다. 그리고는 이라도 잡으려는 듯 옷자락을 들쑤시기 시작했다.

2

아직도 석양이 붉게 달궈진 제 몸을 감당하지 못해 뒤척이고 있을 때 독고향은 객잔을 나섰다. 몰면개를 만난 뒤 사흘이 지난 뒤였다.

"정말 우리끼리 괜찮은 거유? 노주군께서 아시면……."

"영감의 쭈그렁 모가지를 걱정해서 우리끼리 해치웠다고 하면 돼!"

뒤따르는 개귀신의 우려를 독고향은 한소리 호통으로 불식시켜 버렸다.

부지런히 뒤를 따르면서 개귀신은 연신 고개를 가로저었다. 아무리 제 입으로 남궁장후를 닮아가라고 했기로서니, 지난 며칠간 보여줬던 독고향의 행동은 한마디로 폭주였다.

몰면개의 협력을 얻어낸 것만 봐도 그랬다. 그렇게 무지막지하게 대하고서도 개방의 협력을 이끌어냈다는 건 순전히 운이라고 할 수밖에 없었다.

몰면개는 아주 성공적으로 곤륜파를 주축으로 한 무림맹 세력을 장주부로 유인했다. 회천단의 본거지가 거기 있다는 거짓 정보를 제공함으로써 가능한 일이었다.

그들이 그처럼 쉽게 걸려든 것은 의외였다. 아마 공야찬 일파보다 우위를 점하려면 공을 세워야 한다는 생각에 개방의 함정에 빠졌을 터였다.

남궁걸과 자웅쌍로도 오늘의 습격에서 배제시켰다. 남궁장후의 아들을 데려오기 위해선 많은 돈이 필요하다는 이유를 내세워 낙빈원에 비축되어 있는 재물 중 일부를 천주부의 작은 항구 중 한 군데로 옮기게끔 해두었다.

바로 이 점이 개귀신은 마음에 걸렸다. 남궁걸은 몰라도 자웅쌍로는 오늘 밤의 습격에 참가시켰으면 했다. 일본에서 데려온 넷과 독고향, 자신, 이렇게 여섯 명으로 무림맹을 친다는 건 아무래도 무리한 일인 것이다.

물론 독고향은 전면전이 아니라 야음을 틈탄 기습이니 인원 수는 상관없다고 했다.

하더라도 이건 너무 불안하다. 어떤 능력을 가지고 있는지는 모르지만 상대는 일이백 명이 아니다. 기습이 성공한다는 보장은 어디에도 없다.

'그러면서 부지런히 쫓아가고 있는 나는 또 뭔가?'

개귀신은 제 스스로도 우스웠다. 만에 하나의 가능성도 보이지 않는 일이지만 왠지 자신부터 열정에 들떠 서두르고 있었다. 또한 이 모순적인 감정이 싫지만은 않았다.

돌연 빠르게 걷던 독고향의 걸음이 늦춰졌다. 그러더니 방향을 바꿔 옆 골목으로 들어섰다.

개귀신은 고개를 갸웃거렸다.

'저 길로 가면 한참을 돌게 되는데…….'

개귀신이 의아해할 만했다. 지금 독고향은 지름길을 두고 두 배 이상의 시간이 걸리는 길을 택했기 때문이었다.

하지만 개귀신은 금방 그 의도를 알아챘다. 이제 막 어둠이 스멀거리며 거리 곳곳에서 피어나고 있었다. 기습을 감행하기까지는 많은 시간이 남아 있다는 의미였다.

실제로 독고향은 너무 일찍 도착해서 멍청하게 기다리기는 싫었다. 이렇게 걸으면서 오늘 밤 계획에 대한 걸 재고해 보고 싶었다.

벌써 각자가 해야 될 일에 대한 지시는 끝낸 상태였다. 카즈키가 우선 은밀히 잠입해서 자시(子時)를 기해 불을 지른다. 그때부터 한 시진 간 공격을 계속하고 빠진다는 게 오늘 밤의 계획이었다.

카즈키가 지른 불을 신호로 사람들이 움직이기 시작한다. 솔직히 말이 좋아 기습이지 정면 공격이나 다름없게 세워진 계획이다.

무림맹 본대는 옛날 남궁세가의 본가가 있던 자리에 세워졌다. 폐허가 된 양무각을 치워 버리고 따로 거대한 전각을 하나 세웠던 것이다.

그 정면을 독고향과 개귀신이 치고 들어간다. 나머지 인원도 각처에서 공격을 감행하는, 기본적으로는 무림맹 금문 지부를 괴멸시켰던 것과 별반 다르지 않았다.

처음부터 그처럼 무식(?)한 방법이 제시된 것은 아니었다. 은밀히 잠입해서 되도록 많은 사람을 암살하자는 것이 맨 먼저 카즈키의 입에서 나왔었다.

닌자로서 가장 쉽고 당연한 방법에 임현이 찬성하고 나섰다. 쉽게 할 수 있는 일에 괜한 힘을 낭비할 필요가 없다는 게 이유였다.

하지만 그 이유는 히사노와 영강의 강력한 반대에 부딪쳤다. 무인의 도리에 어긋나는 암살 따위나 하자고 무공을 배우지는 않았다는 게 그들의 주장이었다.

당연히 그들은 독고향의 결정을 기다렸고, 결국 채택된 방법은 정면으로 치고 들어가자는 것이었다.

이유는 간단했다. 단순히 공포심만 조성하자면 암살도 하나의 방법이다. 그러나 이쪽의 힘까지 과시하려면 정면으로 치고 들어가야 효과가 크다.

문제는 그 후의 일이다. 무림맹의 본대가 기습을 당했다면 차후 그들이 대대적인 수색을 감행할 것은 뻔한 일이다. 일본서 온 일행이야 다시 돌아가면 그만이지만 남아 있는 회천단은 걱정되지 않을 수 없다.

지금 독고향도 그 생각에 몰두하고 있었다. 가장 먼저 떠오른 생각은 오늘 이후로 회천단을 세가령에서 모두 철수시킨다는 계획이었다. 대외적으로 개방의 방도들이라고 가장시키면 크게 문제될 것은 없으리라. 아무리 무림맹이 강해도 세가령 밖에서까지 개방과 부딪치려고는 하지 않을 터였다. 그 내부의 알력이 계속되는 한 말이다.

두 번째는 회천단을 더욱 강하게 무장시키는 것이었다. 지금 바다 위에는 이마카와 요시마사의 배에 천 정의 총이 고스란히 실려 있다. 그거라면 활용하기에 따라 일 년 이상은 무림맹과 항전할 수도 있을 것이다.

물론 충분히 훈련시킬 시간이 절대적으로 부족한 것도 사실이다. 하지만 이마카와의 수하들 중엔 총을 잘 다루는 자들이 많으니 우선 그들을 최일선에 배치시킨다면 어느 정도의 시간을 벌 수 있다는 계산이

나왔다.

　'그만한 대가를 치러줄 수 있다면…….'

　당장은 이 문제에 대해서 대책이 없다. 이마카와는 어디까지나 배로 물건을 옮겨다 주기만 한다고 했었다. 부하들을 동원해 싸움에 가담시킨다면 그에 따른 대가를 요구할 게 뻔하다.

　하찌로우 역시 마찬가지다. 그는 장사꾼, 어디까지 교역이 목적이지 싸움에 말린다면 어떤 태도를 취할지 알 수 없다. 이 역시 두말하지 못할 재화를 안겨줘야 한다.

　"젠장, 저것들이 아직도 버티고 서 있는 걸 보면 배알이 꼴려서… 퉤엣!"

　갑자기 들려온 개귀신의 말에 독고향은 번쩍 고개를 쳐들었다. 어느새 무림맹 본대가 있다는 옛 양무각으로 접어드는 향일대로의 입구에 들어서고 있었다.

　처음에 독고향은 개귀신이 왜 짜증을 내는지 언뜻 이해되지 않았다. 그러다 아직도 옛 양무각 자리의 바깥쪽에 우뚝 서 있는 자검림과 요지평의 울창한 건물숲을 보고서야 알게 되었다.

　두말할 것도 없이 자검림은 옛 설가의 연평부 지가(支家)이고, 요지평은 여가의 근거지다. 이 두 개 가문의 건물군들은 아예 형체가 없어져 버린 궁가의 연공지와 달리 아직도 위용을 과시하고 있었다.

　그 사실을 떠올린 독고향이 눈빛이 씨늘하게 굳어졌다. 이선 미처 계산에 넣지 못한 부분이었다. 주가(主家)를 배신했던 설가와 여가가 아직도 세가령 내에, 그것도 무림맹 본대를 호위하듯 서 있을 줄은 진정으로 예상치 못했었다.

　'실수다!'

느긋하게 여기까지 왔던 독고향은 스스로 혀를 깨물 수밖에 없었다. 조금 더 일찍 도착했더라면 오늘 밤의 기습을 취소할 여유가 있었을는 지도 모른다.

아니, 그 습격 대상을 설가의 자검림이나 여가의 요지평으로 바꿨을 수도 있다. 무림맹보다는 배신자들인 그들에 대한 증오가 더욱 사무치 기 때문이다.

그러나 지금은 시간이 없다. 독고향 자신도 일행이 어디에 은신해 있는지 모르는 상태에서 그들을 일일이 찾아다니며 오늘의 계획을 취 소시킬 수는 없는 노릇이다.

그대로 감행하는 것도 위험하다. 막상 당하는 무림맹이야 혼란에 휩 싸일지 몰라도 자검림과 요지평에 있는 자들은 또 다른 문제다. 그들 에게 배후를 찔려 당하는 건 자신들이 될 것이다.

실제로 지금 자검림과 요지평의 건물들에선 적잖이 불이 켜져 있다. 아직까지 깨어 있는 사람들이 많다는 의미였다.

'방법을 찾아야, 읍!'

미처 생각을 짜낼 사이도 없었다. 벌써 무림맹 본대의 한 귀퉁이에 선 하늘을 찌를 듯한 불길이 치솟았다.

"시작됐소, 대장!"

미처 말릴 사이도 없이 개귀신이 먼저 투박한 귀두도를 휘두르며 무 림맹 정문을 향해 짓쳐들었다.

"엇! 웬 놈이냐?"

"괴한이다. 막아라!'

정문에 서 있던 수문위사들이 개귀신을 발견하고는 곧장 경계 태세 를 취했다. 그들은 미처 안쪽에서 피어오른 불길을 발견하지 못했는지 비교적 침착한 태도였다.

하지만 그것도 잠깐뿐이었다.

"앗, 불이다!"

"저, 적이다! 크헉!"

갑자기 안쪽에서 고함과 비명성이 들려오자 그들도 허둥거렸다.

그 속으로 개귀신은 뛰어들었다. 한눈에도 그사이 무공에 상당한 진보가 있었던 것 같았고, 또한 적들은 우왕좌왕하던 참이었다. 수문위사 다섯을 베는 데에는 그저 순간이라고 할 수밖에 없었다.

콰앙!

수문위사를 벤 기세 그대로 개귀신은 정문에 부딪쳤지만 그건 애당초 무리였다. 그의 힘으로 부서질 만큼 약하게 만들어지지 않았기에 저만치 나가떨어진 건 오히려 그 자신이었다.

'어쩔 수 없다!'

그 모습을 보면서 독고향은 어금니를 지그시 깨물었다. 이런 상황에서 다른 계획을 세우거나 망설이는 건 오히려 사태를 악화시킬 뿐이다. 처음의 생각대로 최선을 다하는 수밖에 없다.

스팟!

독고향의 발이 바닥을 박찼을 때 벌써 그의 신형은 무림맹의 담장을 넘고 있었다.

착지할 때 주변을 경계했지만 그건 필요없는 것이었다. 적들은 모두 불붙은 건물 주변으로 몰려갔는지 정문의 안쪽은 조용하기만 했다.

그러나 이 상태가 오래 지속되지는 않을 터, 독고향은 재빨리 정문의 빗장을 잘라 버렸다. 족히 어른의 허벅지 굵기만했지만 귀절환의 칼날 아래에서는 무용지물에 불과했다.

"우와아아아앗!"

거친 기합성과 더불어 개귀신이 다시 한 번 정문에 부딪쳤고, 이번엔 무림맹 안쪽으로 맥없이 굴러 들어왔다. 빗장이 잘린 걸 미처 알지 못하고 사력을 다해 부딪쳤으니 그럴 만도 했다.

"개귀신, 조금이라도 강해 보인다 싶은 적은 무조건 피해라. 네가 죽일 놈들은 차고 넘칠 정도로 많으니."

"무슨 말씀이오!"

"죽지 말란 말이다! 명심해라, 한 시진이다. 그 후엔 무조건 철수다. 알았나?"

한마디 주의를 준 후 독고향은 적들이 많이 몰려 있을 것 같은 곳으로 몸을 날렸다.

"젠장, 같이 갑시다. 대장! 대장!"

적이라곤 코빼기도 찾아볼 수 없는 곳에서 살벌한 귀두도를 들고 서 있는 것도 멋쩍어져 개귀신은 황급히 독고향의 뒤를 따랐다.

불길이 치솟았을 때 히사노는 바로 그 옆 건물의 지붕에 편안히 앉아 있었다.

진작부터 칼은 빼 든 상태였다. 불빛을 반사하는 칼날은 흡사 스스로 생명을 가진 듯 묘한 빛을 일렁거렸다.

언제부턴가 히사노는 그 칼날 빛에 흠뻑 취해 버렸다. 처음 뽑았을 땐 차디찬 별빛이 어루만졌었고, 이젠 선연하게 붉은 불빛이 그 날(刃)에 생명력을 불어넣고 있는 듯했다.

그냥 이대로 한 시진이 흘렀으면 좋겠다 싶은 마음도 들었다. 오늘 밤은 왠지 피를 보기 싫었다.

그저 이렇게 앉아서 새벽을 맞고 싶었다. 그 싸한 대기를 한껏 들이마시며 숙소로 돌아간다면 아마 편안한 숙면을 취할 수도 있으리라.

기실 중국에 도착한 이후로 히사노는 지독한 불면에 시달렸었다. 단순히 음식 탓만은 아니었다. 모든 것이 바뀌었고, 마음까지 변한 것 같았다.

그런 건가 보다. 조국을 떠난다는 건 단순히 거리의 이동만을 의미하는 건 아닌 것 같았다. 마음 자체도 두 조각으로 갈라져 그 한쪽은 건너온 바다보다 훨씬 먼 곳으로 떨어져 가는 것 같았다.

'잠이라도 잘 수 있으면……'

조규은 공허한 심정을 채울 수 있을 것 같았다. 그래서 오늘 밤만은 비릿한 피 냄새 대신 상큼한 대기만을 마음껏 호흡하고 싶었다.

그러나 세상 모든 게 그렇듯 히사노의 이 작은 바람도 이루어지지 않았다. 제대로 알아듣기는 힘든 외침과 함께 몇몇이 지붕 위로 올라왔기 때문이다.

따앙!

손톱으로 칼끝을 강하게 튕기며 히사노는 몸을 일으켰다. 맑은 공명음과 함께 지금까지의 상념도 날아가 버렸다.

싸우고 싶은 건 아니었다. 그러나 걸어오는 싸움을 피할 만큼 히사노는 너그럽지 않았다. 자신의 작은 바람을 깨뜨린 자들에게는 더 더욱!

빠르게 다가왔지만 놈들은 한순간 흠칫 망설였다. 비로소 히사노가 여자임을 알아본 탓이었다.

그때는 벌써 히사노가 놈들에게 짓쳐들고 있었다.

파싹!

맨 처음 힘을 실은 기와는 맥없이 깨져 버렸지만 그 다음부턴 흡사 미끄러지는 것처럼 조용하고 경쾌하게 움직였다.

"으핫!"

"마, 막아랏!"

놈들에게서 다급한 외침이 터져 나왔다. 히사노가 알아들을 수 있는 말은 이게 전부였다는 게 정확한 표현이었다.

아무튼 놈들은 느려도 한참 느렸다. 가볍고 빠르기를 위주로 하는 히사노의 도법은 외침이 끝나기도 전에 이미 그들의 육신을 가르고 지나갔다.

썩, 슈카!

살과 뼈 잘리는 소리가 섬뜩하게 울려 퍼졌지만 사람의 입으로 지른 비명은 전혀 들리지 않았다. 분노한 히사노의 칼날은 그 어느 때보다 훨씬 날카로워진 모양이었다.

놈들에게서 또 발악적인 외침이 터져 나왔지만 히사노는 전혀 신경 쓰지 않았다. 알아들을 수가 없으니 집중력을 분산시킬 필요도 전혀 없었다.

히사노는 멈추지 않았다. 휘두르는 칼날이 허공에 번뜩일 때마다 거기에 비치는 불빛도 너울거렸다.

그때마다 피보라가 일었다. 달도 없는 캄캄한 밤중에 본 그 피는 기이하게 검었지만, 어쨌든 비릿한 혈향은 히사노의 비위를 역겹게 했다.

꿀꺽!

히사노는 입 가득 고인 신 침을 삼켰다. 만약 평소처럼 식사를 했었다면 침이 고이는 걸로 끝나지 않고 구역질을 했을지도 모른다.

그게 다행이라고는 생각지 않았다. 어쨌든 사람을 죽인다는 건 힘겨운 일이다. 몇 차례의 칼질만으로도 벌써 다리가 휘청거릴 것만 같았다.

물론 그걸 겉으로 드러낼 만큼 히사노는 어리석지 않다. 칼날에 묻은 피를 떨어낼 생각도 않고 놈들을 지그시 응시했다.

그사이에도 놈들은 꾸역꾸역 지붕 위로 몰려왔다. 벌써 열 명 가까운 동료들이 죽었음에도 상대가 여자라는 점에 조금은 만만히 본 모양이었다.

히사노는 하늘을 올려다보았다. 고개를 약간 쳐든 것만으로도 코끝을 맴돌던 피비린내는 상당히 가셔졌다.

하지만 그것도 잠시, 히사노는 또 한 장의 기왓장을 깨뜨리며 몸을 움직였다.

쉬잇!

칼날이 허공을 갈랐다. 그러나 그보다 먼저 묻어 있던 핏방울들이 허공 가득 비산해 갔다.

약속처럼 또 몇 개인가의 생명이 그 칼날 아래 꺼져 버렸다.

"너울너울……."

문득 아주 어렸을 때 불렀던 노랫가락이 히사노의 입에서 조그맣게 새어져 나왔다. 도무지 그 뒷부분은 기억나지 않았다. 그저 너울너울이라는 반복되는 단어만이 떠올랐을 뿐이었다.

그래도 히사노는 실망하지 않았다. 단순한 그 단어가 지금의 상황에선 멋들어지게 어울린다고 생각했기 때문이다.

"너울너울……."

정말 그렇게 자신의 칼 아래 죽어간 자들의 영혼이 허공을 메우며 날아가고 있는 것 같았다.

쓰각, 싸악, 가각!

단순한 단어가 히사노의 입에서 반복될 때마다 칼날은 또 제 역할을 충실히 수행해 갔다.

그리고 어느 순간,

털썩!

휘청거리던 다리를 더 이상 지탱하지 못한 히사노는 그 자리에 주저앉고 말았다.

하지만 그땐 이미 지붕 위에 서 있는 자들은 아무도 없었다.

툭, 투둑, 툭툭!

흡사 비 온 뒤의 낙숫물 소리와도 같은 음향이 주저앉은 히사노의 귀를 간지럽게 했다.

얼핏 한가로운 생각에 잠길 수도 있는 그 소리는, 그러나 지붕 위 죽은 자들의 몸에서 흘러내린 피가 바닥에 부딪치는 소리였다.

히사노는 재차 고개를 들어 하늘을 올려다보았다. 빽빽이 들어차 있어 바늘 하나 꽂을 틈이 없을 것 같은 별들이 요염하게 반짝이고 있었다.

문득 히사노는 손바닥으로 뺨을 문질렀다. 죽은 자들의 피가 지붕만 적신 것은 아니었다. 그녀의 머리카락에서도 피는 낙숫물처럼 흘러내리고 있었다.

"너울너울······."

또 한 번 노랫말을 반복하며 히사노는 몸을 일으켰다. 그리고는 곧장 지붕 아래로 뛰어내렸다.

생각과 무엇보다 절실했던 바람과 달리 오늘 밤에는 평소보다 훨씬 많은 피를 봐야만 할 것 같았다.

오늘 밤의 임현은 독문병기인 만법포 대신 한 자루 칼을 사용했다.

하긴 그의 스승인 도일의 장기가 칼이니 임현도 다를 바 없을지도 모른다.

그래도 그의 몸놀림은 상당히 독특했다. 줄곧 앉은 자세로만 싸우고 있었던 것이다.

가끔 일어서기는 했다. 그때는 주변의 적들을 모두 물리치고 또 다른 적을 찾아 움직일 때뿐이었다.

'일곱!'

다시 짓쳐드는 적들의 숫자를 임현은 재빨리 간파했다. 그리고 조용히 기다렸다.

"하앗, 받아랏!"

"죽엇!"

놈들은 달려들던 기세 그대로 수중의 병기들을 휘둘렀다. 그중에선 지금까지 상대해 보지 못했었던 중병(重兵)인 추(鎚)나 낭아봉(狼牙棒) 따위도 보였다.

한순간 임현은 그 자리에 푹 꿇어앉았다. 그러나 무릎이 바닥에 닿는 순간 튕기듯 왼쪽 발을 앞으로 내밀며 칼을 뽑았다.

쉬잇!

임현은 왼쪽에서 오른쪽으로 크게 칼을 수평으로 휘두르며 그대로 반 바퀴 몸을 회전시켰다. 동시에 바닥에 닿은 무릎을 바꾸며 앞으로 반 족장 정도 전진했다.

그사이에도 칼은 쉬지 않았다. 좌에서 우로 휘두르던 걸 이번엔 위에서 아래로 수직으로 그어 내렸다.

뜨거운 선혈이 비처럼 임현의 전신으로 쏟아졌지만 그는 전혀 개의치 않았다. 몸을 절반쯤 세운다 싶더니 이번엔 우에서 좌로 수평 베기를 한 번 더 시전하며 몸의 위치를 처음 상태로 돌렸다. 어느새 왼 무릎은 바닥에 닿았고, 오른발이 크게 앞으로 내밀어진 상태였다.

거기서 멈춘 게 아니었다. 처음 몸을 반대로 틀었을 때와 똑같이 다시 반 족장 더 전진하며 수직 베기가 또 한 차례 반복하였다.

내밀어 세운 오른쪽 무릎 근처에서 칼을 멈춘 채 임현은 잠시 그 상태를 유지했다. 지금 그의 가슴속으로 아릿하게 밀려오는 건 이상한 허탈감이었다.

'시시하다!'

지금까지 벤 자들은 모두가 너무 약했다. 이래서는 싸움이라고 할 수도 없다. 일방적인 도살일 뿐이다.

잊고 있다가 갑자기 생각났다는 듯 임현은 칼을 옆으로 빠르게 움직여 칼날에 묻은 피를 떨었다. 그리고 조용히 칼집에 꽂아 넣었다.

쓰으윽!

내밀었던 오른쪽 발이 바닥과 가벼운 마찰을 일으키며 몸 쪽으로 당겨졌다. 상체의 움직임은 전혀 없는, 흡사 임현의 신체와는 전혀 무관한 것처럼, 또는 무슨 의식을 치르는 것처럼 조용하고 극도로 절제된 동작이었다.

그 후에야 임현은 몸을 완전히 일으켜 세웠다. 이미 주변에서 적의 모습은 찾아볼 수 없었다.

그러나 아직도 적은 많다. 여기저기 들려오는 비명과 소음만 들어봐도 그 정도는 알 수 있다.

지금까지와 달리 임현은 천천히 움직였다. 싸움이 아닌 도살이라면 그리 서두를 일이 없는 것이다.

문득 임현은 걸음을 세웠다. 자신이 베었던 자들의 입에서 아직도 신음 소리가 새어 나오고 있었기 때문이다.

임현은 천천히 주위를 둘러보았다. 대부분 이미 시신이 되어버렸지만 그중 몇몇은 꿈틀거리고 있는 게 보였다.

'아마 스승님이라면······.'

아직까지 살아 있는 자들의 숨결을 완전히 거둬줬으리라.

하지만 임현은 스승인 도일과는 달랐다. 자비심이 없어서가 아니었다. 그저 도살에는 그런 자비심이 필요없다고 생각했을 뿐이다. 상대의 목숨을 거둬주는 것도 서로가 비슷한 실력일 때 보여야 하는 성의라는 게 평소의 지론이었다.

"우와왓!"

"무, 무너진다!"

돌연 전방에서 커다란 함성이 들려왔다. 지금까지 불타고 있던 건물이 무너지고 있는 모양이었다.

임현은 천천히 그쪽으로 걸음을 옮겼다. 아직도 뒤에서 들리는 신음 소리가 그의 발길을 무겁게 했지만 아무렇지 않은 얼굴로 무시해 버렸다.

약속된 한 시진이 되기까진 아직도 많은 시간이 남아 있다.

이 밤엔 또 얼마나 많은 허탈감을 느껴야 할지 고민하면서 임현은 점차 걸음을 빨리했다.

다행인 것은 어느 순간부터 더 이상 신음 소리가 들려오지 않게 되었다는 점이다.

그제야 임현은 칼과 함께 옆구리에 차고 있던 술병을 꺼내 메마른 입술을 적셨다.

"카악, 퉤!"

진득한 가래를 내뱉은 것은 안주 대신이었다.

영강은 임현과는 다른 생각으로 싸움에 임하고 있었다. 자신의 칼끝에 스러지는 생명 하나하나에 지독한 연민을 느끼고 있었던 것이다.

슬픔과는 다른 감정이다. 분노도 허탈도 아닌, 어쩌면 환멸에 가까운 느낌이었다.

그 대상은 모호했다. 죽으면서도 덤벼드는 적들인지, 가슴앓이 비슷한 아릿함을 가지고서 끊임없이 베고 있는 자신인지, 아니면 그 어느 쪽도 아닌 오늘 밤의 이런 상황을 만들어낸 보이지 않는 어떤 힘에 대한 것인지도 몰랐다.

'살기 위해 벤다?'

그 논리는 적어도 오늘 밤엔 적용될 것 같지 않다.

휘이웅!

지금까지와는 달리 제법 세찬 파공성과 함께 한 자루 창대가 영강의 정수리를 향해 떨어져 내렸다.

순간 영강의 눈에선 반짝 이채가 돌았다. 비로소 적의 살기가 섬뜩하게 와 닿으며 피부에 오들한 소름이 돋는 게 느껴졌기 때문이었다.

왼발을 뒤로 슬쩍 물리며 영강은 칼을 비스듬히 머리 위로 들어 올렸다. 일단의 적의 창대를 막아내자는 의도였다.

티잉!

나무와 쇠가 부딪친 소리는 의외로 둔탁했다. 그리고 창대는 어이없다 싶을 정도로 맥없이 영강의 왼쪽으로 흘러내렸다.

동시에 영강은 오른발을 비스듬히 내디디며 적의 휑히 빈 옆구리에 칼을 찍어 넣었다. 뒤처져 있던 왼발도 바짝 당겨졌다.

그 상태로 두 사람의 동작이 굳어졌다.

영강의 칼이 옆구리에 깊숙이 박힌 자는 쓰러지지도 못했다. 간신히 눈동자만 돌리고 입만 벙긋거렸다. 뭔가를 호소하는 것 같았다.

잠시 이채가 돌았던 영강의 눈이 다시 암울하게 가라앉았다. 섬뜩하게 뿌렸던 살기와 달리 이자의 생명도 너무 맥없이 스러져 간다.

왼발을 뒤쪽으로 한껏 내밀며 영강은 적의 몸에 박힌 칼을 강하게 끌어당겼다.

쓰걱!

적의 몸통 절반 정도가 잘려 나가며 그제야 놈은 무너져 내렸다.

하지만 영강의 칼질은 거기서 끝나지 않았다. 앞에 있던 오른발을 왼발 뒤편으로 끌어당김과 동시에 왼편 어깨 위로 쳐든 칼등에 왼손을 엎었다.

다음엔 무너지는 적의 목을 향해 강하게 내리그었다.

털썩!

두 조각으로 갈라져 바닥에 허물어진 적을 보면서 영강은 오른쪽 허리 아래까지 내리그은 칼을 천천히 들어 올렸다.

손잡이가 거의 입 주위에 올라올 때까지 영강은 바닥의 적에게서 눈을 떼지 않았다. 이러고도 아직까지 살아 있는 놈이 있다면 마지막 숨통을 끊어줄 작정이었다. 그게 스승에게서 배운 자비였다.

다행히 적은 마지막 칼질로 인해 즉사한 모양이었다.

그걸 확인한 후에야 영강은 칼날에 묻은 피를 떨었다. 앞에 있던 왼발을 뒤로 당기며 손목을 축으로 칼을 두어 바퀴 회전시킨 후 칼집에 꽂아 넣었다.

톡, 토독!

바싹 마른 겨울 대지 위로 핏방울 떨어지는 소리를 들으며 영강은 그 자리에 천천히 무릎을 꿇고 앉았다. 진득한 핏물이 바지를 통해 스며드는 걸 느꼈지만 그는 전혀 개의치 않았다.

지금 영강의 뇌리에 떠오르는 건 일본에 있을 스승 도일의 얼굴이었다. 자신을 중국으로 보낸 게 조금은 미워지는 순간이었다.

일본에서 싸울 때는 적어도 이런 감정은 들지 않았었다. 그땐 베지 않으면 죽는다는 절박감이 있었다. 아니, 적어도 배운다는, 이게 수업이라는 생각을 가졌었다. 비슷한 칼에, 비슷한 도법, 그러면서도 조금씩 차이가 났기에 한순간의 방심이나 실수가 곧바로 돌이킬 수 없는 지경을 초래할 수도 있기 때문이었다.

그러나 중국은 달랐다. 이들이 사용하는 무술은 실전적이라고 하기엔 너무나 화려해 차라리 하품이 날 정도였다.

중국으로 가길 거부했을 때 스승은 분명히 말했었다. 중국의 무술을 접하는 것도 큰 수업이 될 거라고, 어쩌면 일본에서보다 훨씬 많은 걸 배울 수 있을지도 모른다며 등을 떠다미셨다.

그런데 아니었다. 비록 싸워본 건 두 번뿐이었지만 그때마다 느낀 건 배운다기보다는 오히려 자신의 내부에 있던 뭔가가 하나씩 허물어진다는 기분뿐이었다.

단순히 진정한 고수를 만나지 못했다는 게 아니었다. 싸움 자체에 살기가 적었고, 그래서 맥이 풀렸다.

일본에서는 이렇지 않았다. 한 칼 한 칼, 한 발 한 발이 모두 생사의 갈림길 같았고, 입 안이 바짝 마르는 긴장감을 느껴야 했다.

'돌아가고 싶, 응?'

망연한 생각에 잠겨 있던 영강의 눈에 다시 한 번 이채가 어렸다. 사방에서 접근해 오는 은밀한 움직임이 감지되었기 때문이다.

'이건 대체?'

영강은 의문에 사로잡혔다. 언젠가 숲에서 고우 가 닌자들과 치열한 사투를 벌인 적이 있었다. 그때 그들의 움직임은 지독히 은밀하고 괴기스러웠다.

하지만 지금 느껴진 기척은 그때와는 또 달랐다. 괴기스러움은 없었지만, 은밀함은 고우 가 닌자들보다 더하면 더했지 결코 뒤지지 않을 것 같았다.

'웃어야 하나?'

영강의 심사가 복잡하게 엉클어졌다. 방금 전까진 무의미한 싸움 때문에 고뇌했는데, 지금은 온몸이 팽팽하게 당겨진 긴장감 속으로 빠져

들어 있다. 짧은 시간 동안에 교차된 이 지독한 역설을 어떻게 해석해야 될지 몰랐다.

그러나 당장은 움직여야 한다. 더 이상 지체했다가는 살기를 느끼기도 전에 당할 것 같았다.

팟!

움직여야겠다고 생각한 순간 벌써 적은 공격을 시작했다. 바로 코앞에서 흙더미가 비산하며 예리한 경기(勁氣)가 영강의 아랫배를 노리고 쏘아져 들어왔다.

'찹!'

다급한 기합성을 속으로 삼키며 영강은 꿇고 있던 무릎을 세움과 동시에 오른발을 앞으로 내밀며 칼을 뽑아 곧장 전방을 내려쳤다.

틱!

적의 경기가 헛되이 스쳐 갔듯 적의 목에 닿은 영강의 칼도 상대에게 그리 깊은 상처를 입히지는 못했다.

하지만 영강의 움직임은 거기서 끝나지 않았다. 목에 칼을 맞은 자가 곧장 앞으로 밀고 들어왔기 때문이다.

내밀었던 오른발을 빠르게 뒤로 물리며 동시에 영강은 잔뜩 힘을 줘 칼을 강하게 누르며 당겼다. 그리고는 곧장 칼등에 왼손을 얹고 재차 전방으로 찔러 넣었다.

"읍!"

하는 기합성은,

쓰걱, 푸욱!

하는 신체가 절단되고 꿰뚫리는 소리와 동시에 터져 나왔다. 밀고 들어오던 적의 기세가 그제야 맥없이 늘어졌다.

적은 그자만이 아니었다.

재빨리 칼을 뽑은 영강은 오른쪽으로 반 바퀴 회전하며 몸을 낮췄다.

왼쪽 무릎이 땅에 닿는 것과 동시에 영강의 칼이 위에서 아래로 수직으로 떨어져 내렸고, 그 칼끝에 뒤에서 덤벼들던 또 다른 적의 육신이 잘려져 나갔다.

하지만 영강은 그자의 죽음을 미처 확인할 여유가 없었다. 재차 몸을 왼쪽으로 반 바퀴 회전시키며 아까와 똑같은 행동을 반복했다. 이번엔 오른쪽 무릎이 바닥에 닿았다는 게 다를 뿐이었다.

그렇게 영강은 계속 전진했다. 물론 무릎걸음이었다. 양쪽의 무릎이 교대로 땅에 닿을 때마다 그의 몸은 조금씩 앞으로 나아갔고, 그때마다 칼은 연신 위에서 아래로 크게, 강하게 베며 지나갔다.

애꿎은 허공을 벤 건 결코 아니다. 한 번의 칼질이 행해질 때마다 정확하게 한 구씩의 시신이 영강의 주변에 나뒹굴었다.

돌연 영강이 다시 몸을 회전시켰다. 여태 그랬던 것처럼 이번에도 교차된 오른쪽 무릎이 바닥에 닿았고, 그러나 그의 칼은 반대로 오른쪽 아래에서 왼쪽 위로 비스듬히 그어 올려졌다.

쓰걱!

묵직한 절육감(切肉感)이 칼을 통해 전해진 걸 보면 적은 분명 허리가 양단되었으리라.

그래도 영강은 무릎을 꿇은 채 반 족장 정도 전진했다. 올려 베었던 칼이 그 궤적을 따라 고스란히 다시 내려졌다.

그리고 다시 반 바퀴 회전, 이번엔 커다란 수평 베기에 이은 수직 베기였다.

그러나 이미 그곳엔 더 이상 베어야 할 대상이 존재하지 않았다.

임현이 그랬던 것처럼 영강 역시 바닥에 닿은 무릎 근처에 칼을 멈춘 채 잠시 주변을 살폈다. 행여라도 살아 있는 자가 있을까 확인하는 것이기도 했고, 한편으론 비로소 제대로 된 싸움을 했고 살아남았다는 희열이 소용돌이치는 가슴을 달래는 일이기도 했다.

"후우욱!"

긴 한숨이 토해진 것은 약간의 시간이 지난 뒤였다. 그 후에 영강은 임현과 똑같은 과정을 거쳐 납도(納刀)를 끝마쳤다. 같은 스승 아래 배운 동문사형제 간이라는 게 극명하게 드러나는 순간이었다.

휘청!

몸을 일으키던 영강은 아주 위태롭게 비칠거렸다. 깨닫고 보니 오른쪽 허벅지와 오른쪽 어깨, 그리고 왼쪽 옆구리에 가볍지 않은 상처를 입고 있었던 것이다.

"후후후!"

영강의 입에서 나직한 웃음소리가 새어 나왔다. 이 정도 상처를 입고도 느끼지 못하고 있었다면 꽤나 긴장된 상태에서 싸웠나 보다.

'이제 서서히……'

고수들이 등장하고 있다는 게 느껴졌다. 그렇다면 중국까지 온 보람도 결코 없진 않을 터였다.

천천히 영강의 고개가 돌려졌다. 가장 커다란 외침과 소동이 벌어지고 있는 곳이었다.

그쪽을 향해 영강은 걸음을 옮겼다. 싸움에 임한 자들의 심리는 어딘지 공통점이 있는 모양이다.

하지만 영강은 목적했던 곳까지 이르지 못했다. 그전에 귓전으로 날카롭게 파고든 것이다.

"철수하랏!"

바로 이 말이었다. 이 엄청난 소음 속에서 그 소리만이 유독 또렷하게 들린 건 바로 일본말이었기 때문이다.

무심코 영강은 하늘을 올려다보며 시간을 가늠했다. 약속된 한 시진까지는 아직도 시간이 꽤 남아 있었다.

그러나 목소리는 분명 독고향의 것이었고, 그 말이 의미하는 건 아주 분명했다.

불현듯 영강은 약간의 짜증이 치미는 걸 느꼈다. 이제야 비로소 제대로 된 싸움을 하게 됐나 싶었는데 시간도 되기 전에 철수하라니……

씁쓸한 미소를 떠올렸지만 영강은 발길을 돌릴 수밖에 없었다. 불만이 있더라도 개인 행동은 금물이다. 그건 자칫 전체를 위태롭게 할 수도 있다.

잔뜩 무거워진 영강의 발길이 지나간 뒤에는 미지근하게 식은 선혈만이 잔뜩 얼어붙은 대지 위에서 여린 김을 뿜어 올리고 있었다.

일행들이 모여드는 게 보였지만 독고향의 표정은 결코 밝아지지 않았다. 주변을 둘러싸고 있는 한 무리의 사람들이 그 이유였다.

미리 예측하지 못한 바는 아니었다. 다만 설가와 여가의 반응이 너무 빨랐을 뿐이었다.

하긴 바로 그 점이 독고향은 가장 걱정되었다. 의외로 약했던 무림맹의 저항, 그리고 예상보다 빠른 설가와 여가의 반응……

이건 단 한 가지만을 의미한다.

'함정!'

그 외에 다른 생각은 전혀 떠오르지도 않았다.

독고향은 천천히 주변을 둘러보았다. 어느새 모여든 일행들 모두는 말이 없었다. 그들도 상황을 짐작했을 터이니 별로 이상할 것도 없었다.

"어떻게 할 거요, 대장?"

개귀신 역시 약간은 긴장된 모양이었다. 목소리가 가늘게 떨리고 있었다.

"정면 돌파!"

무심한 어조로 독고향은 내뱉었다. 그리고 지금의 상황에서 별다른 방법도 없었다.

"카악, 퉤!"

임현의 입에서 진득한 가래침이 튀어나와 발치 아래 떨어졌다. 그리고는 천천히 만법포를 꺼내 들었다.

하지만 그보다 더 빠른 자가 있었다.

"우와아아아앗!"

기합만큼은 우렁차게 토해내며 개귀신이 귀두도를 휘두르며 둘러싼 적들을 향해 달려들었다.

독고향을 둘러싼 나머지 일행들도 한 덩어리가 되어 그 뒤를 따랐다.

제13장

괴물(怪物)

멈칫!

달리던 걸음을 독고향은 갑자기 세웠다. 그건 다른 사람들도 마찬가지였다.

"대, 대장……."

선두에서 용감하게 달려들었던 개귀신은 거의 사색이 되다시피 해서 독고향에게 매달렸다.

다른 이유가 있어서가 아니었다. 모여 있던 적들이 쫙 갈라지며 새롭게 모습을 보인 백여 명, 그들의 손에 하나같이 총이 들려져 있었기 때문이다.

이 역시 독고향의 정보에는 없던 것이었다. 표정으로 미루어 그동안 무림맹과 치열하게 싸웠던 개귀신도 모르고 있는 것 같았다.

하지만 몰랐다고 해서 그냥 납득할 수 있는 부분이 아니었다.

'여빙운······.'

그가 일본에 온 이유는 총을 구입하기 위해서였다. 그때 미리 이런 사태를 예측했어야 했다.

아니, 설사 여빙운을 일본에서 만나지 못했다 하더라도 버리고 갔던 총은 염두에 뒀어야 했다. 그것들을 무림맹이 고스란히 입수했을 것이고, 바보가 아닌 이상 써먹을 건 뻔했다.

'빌어먹을!'

자신의 머리통을 세차게 쥐어박고 싶은 독고향이었다. 혼자만의 기분에 잠겨 성급하게 도발을 감행했고, 그 결과가 일행 모두를 치명적인 위기 속으로 몰아넣고 말았다.

이 난국을 타개할 방법을 모색하던 독고향은 이내 머리 속을 비워 버렸다. 오늘 밤의 일도 자신의 생각이나 계획대로 되는 게 하나도 없다. 어쭙잖은 생각이 더 큰 위기를 초래할지도 모른다.

"무조건 뛰어라. 어떻게든 살아남아!"

묵직하게 한마디 내뱉은 후 독고향은 앞으로 쓰윽 나섰다. 세 개 조로 나뉜 무림맹 사수들 중 일 대가 일제히 거총하는 게 보였다.

"대, 대장······."

엉거주춤하게 개귀신이 뒤를 따랐다.

"물러섯! 잘 들어. 가, 개귀신. 여기서 빠져나가면 맹묵을 찾아. 앞으로 그와 같이 움직여. 뭐든 시키는 대로 따르란 말이다. 알았나?"

"싫소, 대장이 가는 곳이 바로 내가 갈 곳이오!"

독고향의 의도를 알아차린 개귀신은 완강하게 버텼다.

"가려면 대장이나 가시오. 여긴 내가 맡겠소. 저따위 조무래기들쯤이야······."

"이게 뭐 하는 짓들이지?"

갑자기 들려온 일본말이 독고향과 개귀신의 작은 다툼을 제지했다. 히사노였다. 뺨에 착 달라붙은 피에 젖은 머리칼을 쓸어 올리며 그녀는 매서운 눈매로 두 사람을 노려보았다.

"글쎄, 내가 보기엔 저 둘이 총알받이가 되겠다는 것 같은데… 카악, 퉤!"

임현이 진득한 가래침을 뱉으며 대꾸했다. 지독한 빈정거림이 섞인 어조였다.

"어때? 저 둘을 남겨두고 우린 튈까?"

여전히 비릿한 조소를 매단 입으로 임현이 영강에게 물었다.

"무슨 소리! 이제야 겨우 제대로 한 수 배우게 생겼는데 물러날 수 없어."

너무도 여유로운 그들의 태도에 독고향은 기가 막히기도 했고, 한편으론 든든해지기도 했다.

그렇다고 고맙다 하면서 받아들일 수도 없는 노릇,

"이건 어디까지 내 탓이다. 너희들은 돌아가라. 만약 무슨 일이라도 생긴다면 일본에 계신 너희 스승님께 면목이 없다."

"웃기는군!"

여전히 임현은 세차게 비꼬았다.

"면목? 그럼 돌아가라고 맥없이 끄덕거리고 돌아가면 우리들의 면목은? 스승님 칼에 죽지 않으면 다행이다!"

말끝에 또 한 번 가래를 뱉으며 임현은 수중의 만법포를 재차 힘주어 잡았다.

"여긴 내가 맡겠다. 총알도 이건 뚫진 못해."

파라랑!

만법포를 활짝 펼치며 임현은 미소 지었다. 자신의 병기에 대한 자부심과 이 일을 충분히 감당할 수 있다는 자신감이 엿보이는 웃음이었다.

"좋겠지. 여긴 우리 둘이서 처리하자."

영강도 옆구리의 칼을 툭 치면서 임현 옆으로 다가섰다. 두 사람의 키 차이가 너무 나서 무심한 실소를 자아내게 했다.

임현은 아무 말이 없었다. 영강이 뭘 추구하고 있는지 누구보다 잘 아는 까닭에서였다.

"이봐, 이봐!"

히사노도 가만히 있지 않았다.

"다들 뭔가 할 일이 있고, 기다리는 사람들이 있으니 여길 맡을 사람은 나밖에 없잖아? 나야 누가 기다리는 것도 아니고, 딱히 할 일도 없으니."

"그 후들거리는 다리로? 대체 뭔가를 먹은 게 언제야? 또 어젯밤엔 얼마나 잤어?"

히사노의 말이 끝나기도 전에 임현이 그녀의 말을 자르고 나섰다. 영강은 몰라도 그녀까지 남는 건 허용할 수 없다는 태도였다.

당장 반박할 말이 없는 히사노였다. 아닌 게 아니라 그녀는 지금 격심한 피로감에 시달리고 있었기 때문이다.

'난 복받은 놈이군!'

그 모습들을 보면서 독고향은 가슴이 훈훈해지는 걸 느꼈다. 세가령에 있을 때도, 또 일본에 머물렀던 짧은 기간에도 좋은 친구를 가졌다는 생각에서였다.

그렇기에 더 더욱 저들을 개죽음시켜서는 안 된다. 설혹 자신의 육신이 산산조각나더라도 저들만은 무사히 이 자리를 벗어나게 해줘야 한다.

독고향은 다시금 예리한 눈으로 적들을 살폈다. 그리고는 미미하게 표정이 굳어졌다.

'없다!'

적들의 선두에 선 자들, 분명 지휘관으로 보이는 자들 중에 설가와 여가의 핵심 인물들은 보이지 않았다.

그렇다면 지금 적들을 지휘하고 있는 무림맹의 수뇌들도 마찬가지리라. 애당초 장문인(掌門人)들이 앞장설 것이라고는 생각지 않았지만 아무래도 이건 이쪽을 너무 경시한 처사다. 일행을 무사하게 빼내야 하는 또 하나의 이유가 생긴 것이다.

독고향은 이제 적들과의 거리를 가늠했다. 다른 건 별문제가 되지 않는다. 오직 사수들과의 정확한 거리만 측정하면 된다.

'십오 장!'

물론 이건 첫 번째 대열과의 거리였다. 한 방을 쏘고 나면 그들은 뒤로 물러설 것이고, 두 번째 사수들과는 약 일 장 정도의 거리가 다시 생길 게 뻔했다.

다시 생각을 자신에게로 돌려 뇌격이형의 이동 거리를 따져 보았다. 사력을 다해 펼친다면 한 번에 오 장 정도는 이동할 수 있다. 아마 적들의 총도 자신을 맞히지는 못하리라.

'그 다음엔?'

그게 문제였다. 연속적으로 뇌격이형을 펼치면 상당한 무리가 따른다. 그 후에 적 속으로 뛰어들어도 과연 얼마나 버틸 수 있을까?

문득 독고향은 세차게 머리를 가로저었다. 목적은 어디까지나 일행의 무사함이지 적의 섬멸이 아니다. 자신이 얼마를 버티든 약간의 시간만 벌어주면 될 터였다.

아직도 실랑이를 벌이고 있는 임현과 히사노를 뒤로하고 독고향은 앞으로 한 걸음 나섰다. 슷, 엄지손가락이 귀절환의 악(鍔 : 코등이)을 슬쩍 밀었다.

동시에 적의 수뇌가 한 손을 번쩍 쳐들었다. 독고향의 움직임을 감지하고 수하들에게 경각심을 일깨운 것이었다.

동시에 적들의 움직임이 분주해졌다. 부사수들은 점화봉을 들고 사수 옆에 쭈그리고 앉았고, 나머지는 일제히 병기를 뽑아 들었다.

그뿐만이 아니었다. 주위의 담장 위에도 적들이 모습을 드러냈다. 그들 대부분은 활을 들고 있었다.

"갈수록 태산이군!"

또 한 번의 가래를 뱉으며 임현이 한마디 했다. 조선말이라 제대로 알아들을 수는 없지만 그 속에 담긴 낭패감만은 충분히 느낄 수 있었다.

"그런데 뭔가 이상하오, 대장!"

여태 말이 없던 개귀신이 고개를 갸우뚱거리며 입을 열었다.

"지금까지 놈들은 단 한 번도 항복을 권하지 않고 있잖소. 이건 좀 이해하기 어려운데……."

한꺼번에 자신에게 집중된 사람들의 시선이 부담스럽다는 듯 개귀신은 뒷머리를 긁적였다.

모두들 그 말에 수긍했다. 통상 압도적인 우위를 점하고 있는 싸움이라면 상대방에게 항복을 권한다. 이 편의 희생을 없게 하자는 의도에서다.

그러나 눈앞의 적들이 항복을 요구할 기미는 전혀 보이지 않았다. 심지어 이쪽의 정체를 물어오는 말 한마디 하지 않았다. 그 많은 사람이 둘러싸고 있건만 오히려 주변엔 괴괴한 정적만이 감돌았다.

'미리 파놓은 함정에 말조차 없다?'

깊게 생각해 보지 않아도 답은 뻔했다. 적들은 이미 이쪽의 정체를 알고 있었고, 생포하기보다는 아예 죽여 버리기로 작정을 했던 것이다.

이제 한 몸을 희생시켜 일행들의 안전을 도모하겠단 달콤한 생각을 독고향은 더 이상 하지 않았다. 철저하게 이 편을 말살하기 위해 마련된 함정, 그러면서 중요 인물들은 하나도 보이지 않는다. 제이, 제삼의 위기가 중첩되어 있다는 의미였다.

"이렇게 된 마당에 우리끼리 투닥거릴 필요는 없겠지. 모두 죽을 각오는 되어 있나?"

느긋하게 일행들을 둘러보며 독고향은 엄격한 어조로 물었다.

그러나 이내 피식 웃고 말았다. 죽을 각오가 되어 있느냐니, 이 얼마나 웃긴 질문이었던가. 애당초 그럴 생각이 없었다면 서로 남겠다고 우기지도 않았을 테고, 그전에 이 기습 공격에 가담하지 않았을 터였다.

아주 효과가 없는 건 아니었다. 말 자체는 유치했지만 이상한 비장감을 모두들의 가슴속에 심어준 것 같았다. 일행들의 눈빛부터가 싹 달라졌다.

"그런데……."

갑자기 임현이 목소리를 극도로 낮췄다.

"카즈키는 어디 갔지?"

그제야 일행들은 카즈키의 모습이 보이지 않는다는 걸 인식했다. 불을 지른 이후로 그녀를 본 사람은 아무도 없었다.

"불을 지른 걸로 제 할 일은 충분히 했어! 이 마당에 닌자 따위는 찾아서 뭐 해?"

"닌자가 어때서?"

히사노의 말끝을 임현이 물어뜯을 듯 잡아챘다. 그녀의 어조에 담긴 닌자에 대한 경멸감을 예민하게 느낀 탓이었다.

사실 임현은 닌자에 대한 히사노의 평소 감정이 어땠는지 알지 못했다. 하더라도 지금의 반응은 조금 지나친 것도 사실이었다.

"그만두게. 우리끼리 이러고 있을 때가 아닐세."

영강의 제지를 받고서야 임현의 기세가 조금 누그러졌다. 그러나 한마디 하는 것은 잊지 않았다.

"언젠가 한번 따져 보자구! 어째서 그 입에서 닌자 따위란 말이 나왔는지."

"그때까지 살아 있을까?"

"뭐라고?"

여전히 비아냥거리는 히사노의 말투에 임현의 노기가 폭발했다. 금방이라도 뽑을 것처럼 칼자루를 잡으며 자세를 웅크렸다. 누가 말려도 듣지 않을 기세였다.

그 모습을 보며 독고향은 바닥을 박차고 달렸다. 임현이나 히사노의 성격상 말로 말려봐야 헛일이다. 행동으로 그들의 주의를 돌리는 수밖에 없다.

"앗!"

"부사수, 점화!"

개귀신의 외침과 적의 수뇌가 내리는 명령이 거의 동시에 울려 퍼졌다.

물론 그게 독고향의 발길을 세우진 못했다. 다만 곧바로 총의 사수들을 향해 달려간 게 아니라 목표를 담장으로 잡았을 뿐이었다.

담장의 활들은 물론 총구도 일제히 자신에게 향하는 걸 본 독고향은 회심의 미소를 지었다. 바로 이걸 노리고 뛰었던 것이다.

"쏴랏!"

당장 쏠 수 있는 건 확실히 활이 빨랐다. 그들의 지휘자가 명령을 내림과 동시에 독고향은 방향을 틀었다. 그리고는 전력을 다해 뇌격이형을 펼쳤다.

퓨퓨피육!

화살들은 애꿎은 대지에 꽂혔고, 독고향은 더욱 빠르게 달리기 위해 이를 악물었다.

'한 번만 더!'

세 번째 뇌격이형을 펼치기 직전 독고향은 총의 심지를 확인했다. 거의 발사 직전이었다.

팟!

타타타탕!

다시 한 번 독고향의 발이 바닥을 박차는 것과 동시에 총이 발사되었다.

왈칵, 짙은 초연이 피어올랐지만 총탄들은 독고향에게 아무런 영향도 미칠 수 없었다.

그리고 마침내 독고향은 한 발을 쏘고 뒤로 물러나는 사수들의 덜미를 잡아챌 수 있었다.

"우왁!"

"마, 막아랏!"

삽시간에 적들은 혼란에 휩싸였다. 이토록 빠르게 독고향이 덮치리 라고 생각지 못한 탓이었다.

물론 독고향은 의도했던 바였고, 충분히 기대하고 있던 참이었다.

쓰와왁!

적들 속으로 뛰어들자마자 독고향의 신형은 맹렬하게 회전하기 시 작했다. 환허삼절의 제이절, 환류연참을 펼친 것이다.

투두둑!

비명보다 먼저 독고향을 찾아든 것은 전신으로 떨어져 내리는 핏방 울들이었다. 이 한 번의 환류연참에 의해 총을 쏘고 물러서던 사수들 대부분의 육신이 잘려 나갔다.

"쳐라!"

"에잇, 받아랏!"

나머지 사수들은 황급히 철수하는 가운데 다른 적들이 독고향의 앞 을 막아섰다. 각양각색의 병기가 허공을 빽빽하게 채우며 짓쳐들었다.

그러나 독고향은 철저하게 사수들만 노렸다. 떨어져 내리는 병기들 을 무시하고 또 한 번의 뇌격이형을 펼쳤을 땐 벌써 그는 한 덩어리로 모여 있는 사수들의 한가운데 서 있었다.

"우아압!"

자신도 모르게 우렁찬 기합성을 토하며 독고향의 신형은 또 한 번 맹렬하게 회전하기 시작했다.

쓱, 싸각, 쓰읏!

귀절환에게 인간의 육신은 너무도 허무로운 존재였다. 그저 스쳤다 싶을 정도의 가벼운 진동인데도 그 대상은 어김없이 양단되어 질퍽하 게 고이기 시작한 핏물 위를 뒹굴었다.

"물러서라! 놈에게서 떨어져!"

무림맹의 지휘자는 독고향에게 달려드는 부하들을 떼어놓느라 여념이 없었다. 총은 이미 무력해졌지만 활이라도 쏘자면 공간이 필요했기 때문이었다.

그 의도를 모를 독고향이 아니었다. 그러나 별로 신경 쓰지 않았다. 비록 당장의 위협은 되지 못했지만 총은 철저히 무력화시켜야 한다. 그래야 다음이 편하다. 그 다음이 있다는 가정 하의 얘기지만 말이다.

자연 독고향은 바빠졌다. 지금까지는 한군데 모여 있었던 사수들이 사방으로 마구 흩어졌기 때문이다.

어쩌면 그게 도움이 됐는지도 모른다. 본능적으로 사수들은 동료들이 모여 있는 곳으로 몸을 피했고, 그 뒤를 따르다 보니 무림맹 지휘자가 그토록 의도했던 활을 쏠 만한 거리가 확보되지 못했던 것이다.

재차 몸을 날리려던 독고향은, 그러나 오히려 그 자리에 푹 주저앉고 말았다. 연속으로 펼쳤던 뇌격이형으로 벌써 무리가 왔고, 몸 여기저기에도 크고 작은 상처를 입고 있었기 때문이다.

하지만 묘하게도 의식만은 더욱 또렷해졌다. 몸을 일으켜 사방을 한 바퀴 쓰윽 둘러본 것만으로도 장내의 상황이 한눈에 파악되었다.

'역시 가지 않았나.'

저만치서 한 덩어리가 되어 맹렬하게 싸우고 있는 일행을 바라보는 독고향의 표정은 결코 밝은 것만은 아니었다.

완전히 사라지기 직전의 하현달이 희뿌연 빛을 뿌리며 서편 하늘에 그 모습을 드러냈다.

2

상황은 최악이었다. 부상을 당한 영강, 탈진한 히사노, 비록 표를 내지는 않았지만 개귀신의 사정도 별반 나을 게 없을 터였다.

그리고 비처럼 쏟아지는 화살들…….

총은 이미 독고향에 의해 무력화되었으니 더 이상 신경 쓰지 않아도 좋았지만 이 화살들은 그냥 무시해도 좋을 정도가 아니었다.

게다가 독고향이 적들에게 덮쳐 간 것 자체가 돌발적이라 일행 중 누구도 적의 화살에 대한 대비가 없었다.

바로 이때 만법포는 유감없이 위력을 발휘했다. 임현이 그것으로 일행들을 모두 둘러싼 것이었다.

총탄도 뚫지 못할 것이라던 임현의 장담은 결코 과장이 아니었다. 만법포에 닿은 화살들은 아주 미세한 진동만 남기고 맥없이 떨어져 버렸다.

"언제까지나 이러고 있을 수는 없어!"

당장의 위기를 해소한 후 임현은 빠른 어조로 일행들에게 말했다.

당연한 말이다. 이대로 있으면 화살로부터는 안전할 수 있을지 몰라도 적들이 포위망을 좁혀오면 오히려 움직이는 것보다 더 위험해진다. 이동을 하면 적어도 이쪽이 선택한 곳에서 싸울 수 있다.

"어디로?"

"대장을 따라가야지!"

이동할 방향을 묻는 영강에게 개귀신이 당연하다는 듯 버럭 언성을 높였다.

그건 묘한 효력을 발휘했다. 만약 개귀신이 고함을 지르지 않았다면 각기 개성과 자신감이 강한 그들끼리 약간의 설전을 벌이느라 소중한 시간을 갉아먹을지도 모르는 일이었다.

개개인이 개귀신의 말을 들어야 할 이유는 조금도 없었지만 그 말로 인해 그들의 방향은 곧바로 결정되었다.

"가자!"

정해진 이상 망설이거나 움츠러들 사람은 일행 중 아무도 없었다.

파라랑!

허공 높이 쳐든 왼손의 만법포를 맹렬하게 휘두르며 임현이 선두에 섰고, 그 뒤를 사람들이 일제히 따라붙었다.

후미 따위엔 신경 쓸 겨를이 없었다. 일단 독고향이 돌파해 놓은 적진 한가운데로 뛰어들기만 하면 뒤따르는 적이나 화살 따위는 새삼스런 위협이 되지 못한다.

그 바람에 가장 힘든 사람은 임현이었다. 일행이야 그 뒤를 따라 달리기만 하면 됐지만 그는 만법포를 휘둘러 화살의 비를 막아야 했고,

오른손에 쥔 칼로는 더러 얼쩡거리는 적들을 베어넘겨야 했다.

이제 얼마 남지 않은 거리다. 비로소 독고향을 에워싸고 있던 적들이 그들을 눈치 챈 것 같았지만 너무 늦은 뒤였다.

"앗, 여기도 있다!"

"어, 언제⋯⋯?"

놀란 적들이 마구 고함을 지르며 경계 태세를 갖췄을 때 돌연 깃발처럼 휘날리던 만법포가 철판처럼 딱딱해졌다.

쉬스앙, 쉬잇!

소리 자체도 예리한 파공성으로 변했다.

왼손 중지(中指)만으로 만법포를 돌리던 임현은 돌연 전방을 향해 세차게 던져 버렸다. 동시에 빈 왼손도 가세해 칼 손잡이를 단단히 움켜쥐고 그 뒤를 따랐다.

싸가가각!

만법포가 휩쓸고 지나간 자리에는 섬뜩한 절단음이 피어올랐고, 어김없이 핏물과 인간의 사지, 내장 등이 마구 튀었다.

가령 사람이었다면 이처럼 무자비한 살육을 감행하진 못했을 터였다. 아무리 피에 미친 살인마라 할지라도 가슴속에 한 올의 인간적인 감정이 있다면 만법포가 만들어놓은 참상에 차라리 눈을 감았으리라.

하지만 만법포는 차디찬 병기일 뿐이었다. 한 차례 휩쓸고 지나간 그 뒤에는 길이 새로 생겼다고 표현할 정도의 공간이 아가리를 쩍 벌렸다. 불과 조금 전까지만 해도 사람들로 가득 메워져 있던 곳이었다.

가공할 만법포의 위력은 여기서 끝나지 않았다. 힘이 떨어져 멈칫거리며 떨어질 듯하더니 궤도만 약간 바꿔 다시 임현이 있는 쪽으로 돌아가기 시작했던 것이다. 물론 사면에 자리한 그 예리한 날에 걸린 인간들의 육신을 마구 도륙하며 말이다.

"시간없다, 영강!"

만법포가 뚫어놓은 공간 속으로 뛰어들며 임현은 소리를 질렀다. 영강의 자비심을 잘 아는 까닭에서였다. 이렇게라도 말하지 않으면 그는 치명적인 부상을 당해 쓰러져 있는 자들을 일일이 죽이며 올 터였다. 그럴 여유는 없다.

적들을 베기보다 먼저 임현은 되돌아오는 만법포를 조종해야 했다. 여전히 중지로 가볍게 받아 서너 바퀴 더 회전시킨 후 다시 맹렬하게 던져 버렸다.

쉬아앙!

적들도 이미 만법포의 위력을 단단히 인식한 뒤였다. 처음과도 같은 무의미한 죽음은 당하지 않았다. 그 섬뜩한 파공음이 들려올 때마다 각기 재주껏 몸을 피했다.

하더라도 임현을 비롯한 다른 사람들의 칼까지 피할 수는 없었다.

또 한 차례 피보라와 비명이 잦아들고 난 뒤 그들 주변에 텅 빈 공간이 생겼다.

"뛰엇!"

난데없는 독고향의 고함 소리가 들린 건 거의 동시였다. 그의 모습은 아직 보이지 않았다.

"어디로?"

라는 의문이 생길 법도 했지만 일행 중 누구도 묻지 않았다. 주변에 공간이 생기기 무섭게 잠시 그쳤던 화살의 비가 다시 쏟아졌기 때문이다.

누가 먼저랄 것도 없이 그들은 적 속으로 뛰어들었다. 그러나 방향까지 미리 결정할 수 없어 뿔뿔이 흩어지고 말았다.

오히려 그 편이 당장은 효과가 좋았다. 활을 쏘던 사수들은 물론 독고향에게 몰려 있던 적들도 극심한 혼란에 휩쓸려 들었다.

하지만 그것도 얼마 가지 않았다. 넷이 모여 있을 때에는 서로를 보완해 줄 수 있었지만 흩어져 버린 그들 개개인은 임현을 제외하곤 모두 상처 입고 지쳐 버렸기에 처음처럼 적들을 압도하지 못했다.

그중에서 가장 심각한 것은 개귀신이었다. 무공이 조금 발전했다고는 하지만 여전히 일행 중 가장 약했고, 그나마 묵직한 대도를 사용했기에 동작이 민첩하지 못했다.

그럼에도 불구하고 지금까지 버틴 건 무공의 발전보다 훨씬 더 강해진 것 같은 그의 독기 때문이었다. 일신의 안위 따위는 조금도 신경 쓰지 않고 마구 설치니 적들도 그 앞에선 움찔거렸다.

그리고 어느 순간,

"개귀신, 숙여!"

어디서 들려왔는지는 몰랐다. 마구 적들을 몰아붙이던 개귀신의 귀에 독고향의 목소리가 또렷하게 꽂혀들었다. 주변의 엄청난 소음을 감안해 보면 신기하기까지 한 일이었다.

물론 그 신기함을 지금 풀려는 의도는 개귀신에게 조금도 없었다. 우선 말에 따라 허리를 숙이는 게 급했다.

스왕!

한 자루 대도가 둔탁하게 바람을 가르며 뒷덜미를 스치고 지나갔고, 개귀신은 곧장 몸을 회전시키며 수중의 귀두도를 휘둘렀다.

그 결과를 확인하지는 않았다. 그보다는 눈앞의 적들을 베어넘기는 게 급했고, 독고향의 행방을 찾느라 더욱 분주했다.

하체를 휩쓸어오는 적의 병기를 피해 허공 높이 솟구쳤을 때 비로소 개귀신은 독고향의 위치를 볼 수 있었다.

'뭐 하는 거지?'

순간적으로 이런 의문이 들 정도로 독고향의 태도는 묘했다. 칼을 들고 서 있을 뿐, 주변의 적이나 싸움과는 무관한 것처럼 움직이지 않고 있었던 것이다.

그 역시 개귀신에게는 당면한 문제가 아니었다. 밑에서 자신이 떨어지길 기다리는 적들을 처리하지 못한다면 그 신기함을 풀 기회조차 없게 되고 만다.

"끼야압!"

찢어질 듯한 기합성을 토하며 개귀신은 허공에서 신형을 뒤집었다. 그렇게 머리를 아래로 향한 채 맹렬하게 귀두도를 휘둘렀다.

허공에 뜬 상태라 그리 많은 힘이 실리지는 못했다. 하지만 귀두도가 갖는 자체의 무게만으로도 아래에 버티고 있는 적들의 병기를 튕겨내기엔 충분했다.

그러다 다시 몸을 회전시키기엔 시간이 너무 없었다.

쿠웅!

둔탁한 소리와 함께 개귀신은 어깨부터 처박히듯 바닥에 착지했다.

그걸로 충격을 입은 건 아니었다. 어깨가 닿는 순간 몸을 동그랗게 말아 앞으로 굴렀기 때문이었다. 그 방향은 독고향이 있는 곳이었다.

서너 바퀴 구르던 개귀신은 돌연 왼쪽 무릎을 바닥에 댄 채 그걸 축으로 맹렬하게 한 바퀴 회전했다. 그가 그리는 회전의 끝에는 귀두도의 날이 번쩍이고 있음은 물론이었다.

이건 상당한 효과를 발휘했다. 주위에 있던 적들의 하체를 마구 휩쓸어 독고향과의 거리가 단번에 가까워졌다.

"뛰어, 개귀신!"

또렷한 그의 목소리에 개귀신은 앞뒤 가릴 것 없이 허공으로 몸을 뽑아 올렸다.

타다다닥!

그 자리에 여러 자루의 병기가 떨어져 자욱한 먼지를 일으켰다.

또 한 차례 힘을 써서 그들을 물리쳤을 때 개귀신은 독고향과 등을 맞대고 설 수 있었다.

'이상하다!'

대장과 함께할 수 있다는 안도감보다는 조금 전의 신기함에 더해진 의아함이었다. 뛰라고 했을 때의 독고향은 분명 자신과 등을 지고 있었다. 그 상태로 어떻게 자신의 위기를 보고 말을 해줬을까?

개귀신의 의문은 그게 다가 아니었다. 지금 등을 붙이고 서 있는 독고향이 움직이는 기척은 조금도 느껴지지 않는다. 그러나 접근하는 적들은 어김없이 죽어 나갔다. 그가 있는 쪽은 물론 자신이 있는 쪽의 적들까지도.

문득 개귀신은 그 자리에 스르르 주저앉았다. 비로소 전신의 근육을 한 올 한 올 풀어헤치는 듯한 피로감을 느낀 탓이었다.

사고의 기능도 점차 마비되어 조금 전에 느꼈던 의문 따위는 이미 새하얗게 망각되고 말았다. 그저 독고향이 쳐놓은 보이지 않는 안전망 속에서 방심 상태로 편안한 휴식을 취할 수 있다는 게 다행으로 생각되었다.

'이, 이건 도대체……?'

개귀신 다음으로 의문에 휩싸인 사람은 임현이었다. 그도 독고향의 목소리를 들었던 것이다.

사실 독고향을 제외하고 일행 중 가장 상태가 나은 사람은 임현이었다. 만법포라는 특이한 병기와 부상도, 피로도 상대적으로 적었기에 이 싸움에서 두드러진 활약을 보이고 있었다.

그 참에 독고향의 목소리가 들렸다.

"오른쪽, 영강!"

짤막한 말이었지만 그걸로 상황은 충분히 알 것 같았다.

반사적으로 허공에 몸을 띄워 오른쪽을 봤을 때 과연 위태롭게 버티고 있는 영강을 발견할 수 있었다.

이 역시 의문을 푸는 것은 나중의 일이었다. 먼저 만법포를 날려 영강을 둘러싼 적들을 휩쓸어 버린 다음 임현도 그쪽으로 향했다.

"괜찮아?"

"왜 왔나? 난 멀쩡해!"

바짝 다가서며 걱정스럽게 묻는 임현에게 영강은 오히려 짜증을 부렸다. 자신의 약한 모습을 보이기 싫었기 때문이다.

임현은 들은 척도 하지 않았다. 만약 이대로 뒀다면 얼마 지나지 않아 영강은 목숨이 위태로워졌을 터였다.

그가 약하거나 부상을 당해서가 아니었다. 적의 숨통을 철저히 끊어 줘야 된다는 그의 자비심이 원인이었다. 안 해도 되는 그 한 번의 칼질로 인해 영강의 생명은 한 치씩 깎여져 나갈 테니 말이다.

임현이 가담하자 상황은 일변했다. 금방이라도 영강을 죽일 듯 덤비던 자들이 주춤거리며 물러서기 시작했다.

그게 좋게 작용한 것만은 아니었다. 적들이 물러섬으로써 여유는 생졌지만 그 사이를 꿰뚫고 다시 화살이 쏟아지기 시작했던 것이다.

이제 만법포는 더 이상 살상용으로 쓸 수 없었다. 한쪽 끝을 움켜쥔 임현은 머리 위에서 맹렬하게 휘저어 화살을 막아야 했다.

"움직이자!"

어떻게든 적과 바짝 붙어서 싸워야 할 판이다. 영강과 함께라 더디긴 했지만 두 사람은 꾸준히 움직였다.

"뒤쪽의 히사노!"

재차 독고향의 목소리가 들렸고, 임현은 황급히 몸을 띄워 뒤를 돌아보았다. 조금 전에도 마찬가지였지만 이번에도 의식할 사이도 없는 반사적인 행동이었다. 따르지 않고는 안 될 것 같은 묘한 압도감이 그 언성엔 실려 있었다.

과연 히사노도 위급한 상황에 처해 있었다. 그녀의 장기인 가볍고 빠른 칼은 찾아볼 수 없었고, 그저 순간순간의 위기를 넘기기에 급급했다.

"그녀에게 가봐!"

키가 훨씬 큰 영강은 벌써 그녀의 위기를 보고 있었나 보다. 임현이 지면에 내려서기 무섭게 손을 휘저으며 말했다.

"같이 간다!"

임현으로선 당연한 대꾸였다. 하나를 구하기 위해 하나를 희생시켜야 한다면 그 희생자는 히사노이지 영강이 아니다.

그리고 임현에겐 아직 두 사람 모두를 구할 자신과 힘이 남아 있었다. 우선 수중의 만법포를 히사노 주변의 적들에게 날린 후 한사코 거부하려는 영강을 잡아끌었다.

"이럴수록 더 힘들다. 움직여!"

영강의 허리띠를 잡아끌며 임현은 수중의 칼을 휘둘렀다.

스와웅!

던졌던 만법포가 다시 돌아왔지만 임현은 받지 않았다. 그대로 흘려보내 뒤쪽의 적들을 쓸어버리려는 의도에서였다.

그 대가는 물론 치러야 했다. 바로 그 자리에서 움직이지 못한다는 점이었다. 처음 던졌을 때 만법포에 실렸던 힘은 이제 모두 고갈되어 조금만 더 전진한다면 임현이 있는 곳까지 돌아오지 못할 터였다.

다행히 영강은 더 이상 버티지 않았다. 오히려 임현이 만법포를 기다리는 동안 스스로 앞장서서 길을 열었다.

문제는 그걸 오래 지속할 체력이 영강에겐 없다는 점이었다. 무엇보다 크고 작은 상처에서 흘러내린 실혈(失血)이 너무 많았다.

그걸 잘 알기에 임현은 만법포를 받아 들자마자,

"앉아라, 영강!"

한소리 크게 지르고는 곧장 다시 던졌다. 딱히 피아를 구분하지 않은, 영강이 피하지 못하면 그대로 적들과 같이 당하고 말 지경이었다.

하지만 임현이 이처럼 위험한 시도를 한 데에는 그만한 이유가 있었다. 영강과 함께했던 오랜 시간 동안의 신뢰로 둘 사이에 보이지 않는 끈이 연결되어 있다고 믿기 때문이었다.

그리고 그 신뢰는 헛되지 않았다. 임현의 외침이 끝남과 동시에 영강이 그 자리에 왼 무릎을 대고 앉았던 것이다.

울컥!

앉는 순간 영강은 속에서 치밀어 오르는 비릿한 선혈을 힘겹게 삼켰다. 육신에 입은 상처만 심각한 게 아니었다. 몇 차례 허용했던 중병기에 의해 내장까지 조금 상한 모양이었다.

눈앞이 캄캄해지며 비잉 도는 현기증이 몰려왔지만 영강은 발작적으로 몸을 일으켰다. 이런 모습을 보여서는 임현에게 더 많은 부담을 줄 뿐이다.

영강은 심하게 휘청거렸다. 하지만 지금까지 그가 보여줬던 무위에 질린 무림맹 무사들은 선뜻 덤비려 하지 않았다.

영강은 그들에게 달려들었다. 어금니를 깨물고 사력을 다해 수중의 칼을 마구 휘둘렀다.

휘적, 휘적!

그건 몸부림이었을 뿐이다. 흡사 대기 속을 헤엄치고 있는 것처럼 그의 몸이나 칼에는 한 올의 힘도 실려 있지 않았다.

지금 영강의 의식은 절반쯤 꺼져 든 상태였다. 생사가 나뉘는 싸움터란 생각도 없었고, 전신을 해체할 것처럼 흉악한 기세로 밀려드는 적의 병장기들도 인지하지 못했다.

그에게 남은 건 본능뿐이었다. 서 있으니 발을 움직이고, 손에 칼이 들려져 있으니 벤다라는, 의지가 아니라 그저 육신의 움직임뿐이었다.

묘한 건 영강의 표정이었다. 분명 극한 상황이고, 엄청난 고통을 느끼고 있음이 분명한데 그 입가에는 황홀경에 빠진 듯한 미소까지 맺힌 상태였다.

실제로 지금 영강이 인식하는 주변은 눈부신 빛무리였다. 조국 조선에서 봄이면 피어나는 민들레 홀씨와도 같은 빛의 결정들이 둥둥, 혹은 쏜살같은 빠르기로 선회하고 있었다.

영강은 그 빛줄기 하나하나를 쪼개 나갔다. 그때마다 폭멸하는 눈부신 섬광, 짜릿한 전율이 온몸을 훑고 지나가곤 했다.

그렇게 영강은 혼자만의 황홀경 속에서 허우적거렸다.

그 바람에 미칠 지경에 빠진 사람은 임현이었다. 아직도 히사노와의 거리는 실제보다 훨씬 멀게만 느껴지는데 영강은 오히려 적에게 다가가고 있다. 옆에서 보기엔 죽여달라고 하는 사람의 행동에 다름 아니었다.

더 이상 임현은 허공을 휘젓고 있는 만법포에는 신경 쓰지 않았다. 그보다는 영강의 안위가 훨씬 급했다.

"우아아아압!"

지금까지 단 한 번도 지르지 않았던 기합성이 임현의 입에서 터져 나왔다. 그 작은 체구 어디에서 그토록 큰 소리 지를 신체 기관이 있었는지, 단지 그것만으로도 주위의 모든 적들이 주춤거렸다.

그 틈을 놓칠 임현이 결코 아니었다. 돌아오는 만법포는 본 척도 하지 않고 곧장 영강을 낚아채고는 몸을 날렸다. 물론 히사노를 향해서였다.

히사노의 반응도 영강과 똑같았다.

"왜 왔어?"

지친 육신과 달리 목소리에는 아직도 시퍼란 날이 서 있었다.

"나도 오기 싫었다! 그 빌어먹을 목소리만 아니었으면."

타앙!

다시 한 발의 총소리가 울린 건 바로 그때였다. 뒤이어 마치 콩을 볶는 듯한 요란한 일제 사격의 굉음이 주변의 소음을 집어삼켰다.

"같은 편이 있다. 멈춰, 크악!"

"이런 개 같은 자식들! 한편을 쏘다, 커헉!"

주변은 말 그대로 아비규환이었다. 피아의 구분도 없이 총탄은 마구 사람들을 집어삼켰고, 이제 임현이 있는 주변은 방패로 쓸 수 있는 적들의 장벽도 사라져 버렸다.

"카악, 퉤!"

임현의 입에서 진득한 가래가 뱉어졌다. 이럴 때 유용하게 써먹을 수 있는 만법포는 저만치 떨어져 있고, 총탄은 찰나의 틈도 허용치 않겠다는 듯 날아들고 있다.

우르르, 숫자는 미약했지만 살아남은 적들이 사방으로 달아나는 게 보였다. 임현 등이 적나라하게 적의 총구 앞에 노출되는 순간이었다.

"카악, 퉤!"

타타타타타탕!

다시 한 번 임현의 가래가 뱉어졌을 때 적의 총구에서 또 한 차례 불을 뿜는 소리가 주변 건물들을 들썩이게 했다.

3

정작 독고향 본인은 자신의 능력에 대해 그리 놀라지 않았다. 등을 붙이고 선 개귀신과는 판이한 태도였다.

'두 번째!'

그랬다. 지금과 같은 일은 벌써 전에도 한 번 경험했었다. 사카이의 백사장에서 또 하나의 자신인 무흔을 죽였을 때였다.

그때 독고향은 주변의 사물을 지나칠 정도로 세밀하게 봤었다. 봐야 겠다고 해서 보여진 것이 결코 아니었다. 그땐 단지 '벤다'라는, 실체 없는 개념을 형상화하고자 했을 뿐이었다.

오늘은 그때와는 또 다른 상황이다. 생각도 전혀 달랐다.

'아니, 어쩌면……?'

똑같은 상황, 똑같은 심정일지도 모를 일이다. 그땐 '베기'에 온 심혈을 기울였었다면 지금은 동료들의 안위에 모든 신경이 쏠리고 있다.

한 가지 지극한 염원이란 점에선 공통점이 있을 것도 같다.

하긴 그게 문제가 되지는 않는다. 지금 독고향은 싸움판 전체의 상황이 일목요연하게 보였고, 그 외에 또 다른 위협이 있다면 그것까지 느낄 수 있을 것만 같았다.

그렇게 개귀신을 불러 지금 등을 붙이고 서 있고, 영강과 히사노의 위기도 제거해 주려고 노력 중이었다.

얼핏 보기엔 그 자리에 우두커니 서 있는 것처럼 보였지만 기실 독고향은 끊임없이 움직였다. 그래서 개귀신도 보다 쉽게 합류할 수 있었고, 지금은 임현과 영강, 히사노가 있는 쪽으로 이동하는 중이었다.

어디까지나 느긋한 태도였다. 비록 위태롭긴 했지만 영강과 히사노가 금방 쓰러질 것 같지는 않았고, 임현의 능력이라면 그들의 안위를 충분히 확보할 수 있을 터였다.

독고향은 지금의 상황을 낙관했다. 처음 싸움을 시작했을 때만 해도 일행의 안전이 가장 우선이었는데, 그게 어떻게 하면 좀 더 심각한 타격을 무림맹에게 안겨줄 수 있을까로 바뀌었다.

단 몇 차례의 뇌격이형이면 합류할 수 있음에도 느리게 접근해 가는 이유가 바로 그 때문이었다.

오늘 밤의 일은 분명 자신의 실수였다고 독고향은 스스로를 질책했다. 하지만 그 점에 있어선 무림맹도 분명 과오를 범하고 있다. 고수급들을 내보내지 않은 게 바로 그것이었다.

'내 입장에선 감사해야겠지만……'

분명 그랬다. 지금 적들 가운데서 고수들은 보이지 않았고, 모든 상황을 한눈에 꿰뚫어 볼 수 있게 된 지금이 탈출하기에 가장 적기로 판단되었다.

이제 조금만 더 가면 임현 등이 있는 곳이다. 합류한다면 어떻게든 길을 열어 이곳을 벗어날 자신이 독고향에겐 충분히 있었다.

다시 일행들과의 거리를 좁히던 독고향은 문득 미간을 찌푸렸다. 가슴 밑바닥에서부터 치밀어 오른 까닭 모를 불쾌감 때문이었다.

싸움 도중에 이런 기분을 느낀 건 처음이었다. 칼날 위를 걷는 듯한 위기감보다 한층 더 살벌하게 내부를 진동시키는 경고음.

'좋지 않다!'

아직 그 실체가 뚜렷이 감지된 건 아니었지만 무언가 치명적인 위협이 근처에 똬리를 틀고 있는 것만은 분명하다.

그리고 그건 주변 담장 위에 있던 궁노수(弓弩手)들이 싹 철수했을 때 더욱 강해졌다.

'이건……?'

짧은 의혹을 풀 여유조차 없었다. 뒤에 선 개귀신의 허리띠를 낚아챈 독고향은 곧장 뇌격이형을 시전했다. 딱히 어떤 위기인지 모습을 드러내진 않았지만 지금이 아니면 늦다는 느낌은 따끔하게 뇌리를 자극했다.

궁노수가 철수한 자리에 시커먼 총신(銃身)이 기분 나쁜 모습을 드러낸 것은 불과 찰나의 일이었다.

타타타탕!

모습을 드러내자마자 총들은 불을 뿜었다. 피아의 구분도 없이 담장 안에 있는 자들은 모두가 그 표적이었다.

한순간 독고향은 얼어붙었다. 어떻게 이런 일이 일어날 수 있는지 퍼뜩 이해가 되지 않았다.

그 다음에는 분노였다. 만약 사수들의 포화가 자신들에게 집중되었다면 이렇게까지 노하지는 않았으리라. 적을 죽이기 위해 같은 편도 함께 학살하는 적들의 행위는 도저히 참을 수 없었다.

또 한 번 뇌격이형을 펼친 독고향의 신형이 길게 쭈욱 늘어졌다. 아무래도 개귀신과 같이 움직이다 보니 조금은 느려져 그의 형체가 흡사 탄력있는 줄처럼 보였다.

하지만 지금 독고향의 눈은 그 어느 때보다 빨랐다. 사람들 하나하나의 움직임은 물론 날아드는 총탄까지도 볼 수 있었다.

분명 이상한 일이다. 그러나 독고향은 당연한 것처럼 받아들였다. 오히려 보이지 않았다면 한 단계 높아진 자신의 능력을 의심했을 터였다.

입술이 바짝 타 들어갈 정도로 독고향은 조급했다. 아직은 총탄이 일행들에게 위협을 줄 정도로 정확하게 날아들지는 않았지만 언제 당할지 알 수 없다.

다시 한 번 뇌격이형을 펼치는 것과 동시에 독고향은 수중의 귀절환을 맹렬하게 휘둘렀다. 일정한 형식이 없는 마구잡이 칼질이었다.

디디딕!

귀절환의 궤적을 따라 묘한 음향이 울려 퍼졌다. 뭔가가 잘려 나가고 있는 건 분명한데 그게 뭔지는 눈에 보이지 않았다.

허리춤을 잡힌 채 끌려가는 개귀신도 그 소리의 정체가 궁금했다. 그에게도 주변의 참경은 똑똑히 보인다. 피아를 구분하지 않고 날아드는 총탄들, 그때마다 무더기로 쓰러지는 사람들······.

'이건 혹시?'

한순간 뇌리를 스친 생각에 개귀신의 얼굴에서 핼쑥하니 핏기가 가셨다. 지금 들려오는 소리의 정체를 알 것 같아서였다.

'대장은 지금 총탄을 베고 있다!'

터무니없다면 이처럼 말도 안 되는 생각도 없다. 도대체가 눈에 보이지도 않는 총탄을 벤다니, 삼척동자라도 코웃음 칠 일이다.

하지만 그 외에 달리 이 소리를 설명할 길이 없다. 숨 돌릴 사이도 없이 총탄이 날아들고 있는 건 분명하고, 또 등 뒤에선 독고향이 격렬하게 움직이고 있다. 딱히 베어야 할 적이 없음에도 말이다.

자신의 생각을 확인하기 위해 개귀신은 안력을 돋우었다. 물론 날아드는 총탄이 보일 턱이 없다.

그래도 개귀신은 자신의 생각을 확신했다. 총탄이나 독고향이 휘두르는 칼날의 궤적은 보이지 않았지만 허공에서 순간적으로 폭멸하는 불꽃을 본 탓이었다. 그 다음에는 어김없이 예리한 절단음이 뒤따랐다.

하체에서 힘이 빠져나가는 걸 개귀신은 느껴야 했다. 눈으로 보고, 이성으로 확신하면서도 도무지 현실 같지 않은 상황을 만나니 그 자리에 주저앉고 싶었다.

"허허허……."

자신도 모르게 개귀신은 허탈한 웃음을 터뜨렸다. 총탄과 칼날, 쇠와 쇠끼리 부딪치며 작렬하는 작은 불꽃들이 현란한 폭죽 놀이처럼 보였다.

돌연 개귀신은 수중의 귀두도를 번쩍 치켜들었다. 눈에서도 기괴한 광채가 번뜩이는 게 지쳐서 흐느적거리던 지금까지의 모습과는 전혀 딴판이었다.

솔직히 지금 개귀신은 자신의 심정을 스스로도 이해할 수 없었다. 엉망으로 지쳐 그저 주저앉아 쉬고만 싶었고, 독고향이 날아드는 총탄을 베고 있다는 걸 알았을 때도 믿어지지 않는 현실에 허탈해지기까지 했었는데…….

그러나 지금은 생각이 달라졌다. 지금까지 자신을 개귀신으로 살아 있게 해줬던 특유의 독기가 세차게 고개를 쳐들고 솟구쳐 올랐던 것이다.

"퉤!"

이미 땀에 젖어 칼 손잡이를 쥔 손이 미끈거렸지만 개귀신은 한 차례 침을 뱉었다. 가슴속에서 요동 치고 있는 의지의 재확인이었다.

지금 독고향은 인간의 능력 이상을 보여주고 있다. 그게 모두 일행의 안전을 생각한 뒤에 나온 무리라고 개귀신은 생각했다.

이대로 있을 순 없다. 이 힘겨운 싸움의 무게를 대장의 두 어깨 위에만 실어놓을 순 없다. 그만큼은 못할지라도 그를 짓누르고 있을 중압감을 조금이라도 덜어줘야 한다.

생각해 보면 웃기는 일이다. 저 독고향이란 사람을 만나 능력 이상의 싸움을 벌인 게 벌써 몇 번인가?

감당할 수 없다는 걸 뻔히 알면서도 이상하게 그와 함께 있으면 안전할 수 있다는 생각을 갖게 해주는 힘이 독고향에겐 있었다.

오늘도 마찬가지다. 서 있기조차 힘들 정도로 형편없이 지쳤으면서도 다시 적들에게 덤벼들 생각을 갖게 해준다. 이성으로는 결코 이해되지 않는 일이다.

물론 어쭙잖은 충성심이 없는 것도 아니다. 독고향 혼자서 고군분투하고 그 바람에 적의 총탄이 집중되고 있으니, 자기라도 나서면 조금은 분산될 거라고 개귀신은 생각했다. 대장과 부하의 관계라면 적어도 그 정도는 되어야 한다.

'어떤 놈이 좋을까?'

자신이 어떤 상태인지 누구보다 잘 아는 개귀신이다. 마음 같아서야 적들을 모두 베어버릴 수 있을 것 같지만 육신은 그 반대다. 많아봐야 셋, 그러나 적어도 한 놈은 저승길의 동반자로 데려가고 싶었다.

그리고 개귀신은 곧장 결정했다. 감정적으로야 적의 지휘자 중 한 놈에게 달려들고 싶었지만 그건 너무 무모하다. 대신 그는 가장 가까운 담장에 위치한 사수를 노려보았다.

전신에 남은 힘을 모두 끌어 모으며 개귀신은,

'이게 마지막이다!'

또 한 번 마음을 다잡았다.

다시 생각해 보면 지금까지의 삶도 여분의 것이었다. 천주부가 함락되었을 때 자신도 거기서 죽었어야 했다. 동료들이 모두 죽어갈 때 독고향이 쥐어준 한아름의 재물을 안고 떠났었다. 만약 주어진 임무가 없었다면 자신도 남았을 터이지만······.

그래도 후회는 하지 않았다. 동료들이 모두 가고 난 후 독고향의 생사조차 묘연했을 때 자신은 회천단을 이끌고 무림맹과 싸웠었다. 친위대라는 이름으로 함께했던 동료들이 아니었다면 뒷골목의 삼류건달에 불과했던 자신이 어떻게 이처럼 화려한 싸움을 할 수 있었겠는가.

이젠 끝낼 때가 되었다. 그러니만치 한 올의 유감도 남겨서는 안 된다.

'간다!'

마음속으로만의 외침이었지만 개귀신은 어느 때보다 훨씬 강한 고함을 지르며 바닥을 박찼다.

그러나 개귀신의 몸은 의도했던 곳과는 반대 방향으로 날았다. 그의 허리띠를 쥐고 있던 독고향이 다시 한 번 뇌격이형을 펼친 탓이었다.

"만법포를!"

얼핏 알아듣기 힘든 독고향의 말을 들었을 때 개귀신은 바닥에 주저앉아 있는 자신을 발견했다. 만법포가 떨어져 있는 바로 옆이었다.

그제야 독고향의 말뜻을 깨달은 개귀신은 황급히 만법포를 주워 들고 달렸다. 임현 등이 있는 곳이었다.

싸우고 싶다는 의지가 무뎌진 것은 결코 아니었다. 적에게 직접 칼을 휘두르는 것만이 싸우는 것이 아니라는 걸 순간적으로 깨달았을 뿐이었다.

'살아남는다!'

지난번 천주부의 함락 때도 독고향은 자신을 빼줬었다. 비록 임무를 줬었지만 그건 하나의 핑계, 어쩌면 그는 자신이 그 길로 어디엔가 숨어서 살길 바랬을지도 모른다고 개귀신은 생각했다.

그렇다면 이 싸움의 진정한 승리가 어디 있는지는 확실해진다. 일행 모두가 살아남는 것, 그것만 이루어지면 독고향은 확실히 승자가 되는 것이다.

"우와아악!"

조금 전에 미처 지르지 못한 고함을 맘껏 지르며 개귀신은 만법포로 임현 등을 덮어씌웠다. 그게 최선이라 판단했기 때문이다.

"치워!"

돌연 임현이 고함을 질렀다. 서툴기 그지없는 중국말이었지만 뜻만은 확실히 알 수 있었다.

개귀신은 그 말을 따르지 않았다. 독고향의 의중을 파악한 이상 일행의 안전에 조금이라도 방해가 된다 싶은 행동은 받아들일 수 없다.

"가자! 이대로 뚫고 나가야 돼!"

개귀신 역시 고함을 질렀다. 마치 독고향이 자신 속으로 들어와 외치고 있는 것 같았다.

"바보 같은 놈! 그는 지금 죽으려 하고 있어. 모르겠나?"

한 손으론 시야를 가리고 있는 만법포를 젖히며 다른 손으론 개귀신의 멱살을 잡아챈 임현은 여전히 목에 핏대를 세웠다.

"알아! 나도 안다고!"

"알면서 혼자 죽게 내버려 두자는 건가? 네놈의 대장이 아닌가?"

"이게 그분의 뜻이다!"

발악적으로 외치는 개귀신의 말에 임현은 잠시 말을 잊었다. 물론 말을 완벽하게 알아들은 건 아니다. 하지만 그 뜻만은 아주 확실히 알 수 있었다.

임현은 개귀신을 바라보았다. 피로에 찌든 얼굴과 달리 눈빛만은 활화산처럼 이글거렸다.

"부탁한다. 저들을 데리고 가라. 길은 너희 대장과 내가 뚫겠다."

"안 돼!"

"그 혼자만 죽게 할 수는 없어!"

조금 낮아졌다 싶었던 임현의 언성이 또다시 높아졌다. 고집을 조금도 꺾지 않는 개귀신에게 짜증이 치밀었다.

"길을 뚫는다지만 여기서 벗어나는 것도 쉬운 일은 아니다. 어쩌면 그게 가장 어려울지도 몰라! 그 일을 네게 부탁하는 거다. 난 도망치는 것보다 싸우는 게 훨씬 쉽기에 남겠다는 거고, 또……."

문득 임현은 말을 맺었다. 젖힌 만법포 사이로 독고향의 모습이 어른거리다 사라졌기 때문이었다.

"조선의 무사들은 결코 동료를 혼자 죽게 내버려 두지 않는다!"

조선말과 중국말, 그리고 손짓 발짓까지 동원된 임현의 말이었다. 알아듣든 말든 그건 개귀신의 몫, 몸을 일으킨 그는 만법포의 보호막 밖으로 나섰다.

"아!"

돌연 임현의 입에서 짧은 경탄성이 터졌다. 날아드는 총탄을 하나하나 자르며 담장으로 돌진하는 독고향을 본 탓이었다.

"이 미친!"

임현으로선 그 말밖에 할 수 없었다. 담장을 향해 저돌적으로 짓쳐 드는 독고향이 미친 건지, 아니면 자신이 미친 건지는 확실치 않았지만 말이다.

확실히 지금 임현은 자신의 정신 상태를 의심했다. 눈앞에 보이는 광경이 모두 환각이라 여겨진 탓이었다. 도대체 사람이 날아드는 총탄을 자르다니……?

눈으로 빤히 보면서도 믿어지지 않았고, 혹 어디 가서 얘기를 한다면 미친놈 취급을 당하기 십상이다.

"믿어지나?"

어느새 다가온 개귀신이 그 역시 질린다는 음성으로 물었다. 그만이 아니라 영강과 히사노도 휘청거리는 몸을 추슬러 곁에 서 있었다.

"말이… 말이 된다고 생각하나, 영강?"

나지막이 새어 나온 조선말조차 약간 더듬거리는 임현이었다. 그 역시 한평생 칼의 길만을 추구했다고 해도 과언이 아니다. 하지만 이런 광경을 보리라곤 꿈조차 꾸지 않았었다.

맨 처음 총이라는 무기의 위력을 봤을 때 그 가슴 떨렸던 충격을 임현은 지금도 고스란히 간직하고 있다. 별로 해롭지 않을 것 같던 시커먼 쇠꼬챙이, 그러나 벽력같은 소리와 함께 발사된 총탄의 위력은 대단했다. 화살도 미치지 못하는 곳에 있는 표적을 정확하게 박살 냈었던 것이다.

처음엔 그 터무니없이 큰 소리가 사람을 죽인다고 생각했었고, 총에 대해 설명을 들은 후에야 콩알만한 총탄이 발사된다는 걸 알았다.

몇 날 며칠을 고민했었다. 눈에 보이지도 않는 빠르기로 날아드는 총탄을 어떻게 하면 이길까 하는 생각으로 침식을 잊은 적도 있었다.

답은 나왔다. 총탄보다 더 빠르게 움직이는 것, 그러나 그건 인간의 힘으로 불가능하다는 것 역시 함께 깨우쳤었다.

다른 방법도 없지 않았다. 총탄을 발사하기 위해서는 심지에 불을 붙여야 하고, 그게 타 들어가는 동안 사수는 전혀 무방비 상태다. 그때를 노리면 승산은 있다.

하지만 그것도 일 대 일의 대결에서나 가능한 방법이다. 오늘처럼 집중 포화를 당한다면 전혀 쓸모가 없는 것이다.

그런데 지금 눈앞에 그 불가능의 경지를 뛰어넘은 인간이 설치고 있다. 이걸 어떻게 이해해야 될까?

문득 귓가로 영강의 목소리가 스치고 지나간 듯했다. 주변의 엄청난 소음 탓에 제대로 듣지 못해 임현은 재빨리 고개를 돌려 그를 바라보았다.

"뭐라고?"

"인간이… 아니야."

서 있는 것조차 힘들어 보이는 영강은 간신히 입을 열었다. 그 짧은 말을 하는 중에도 연신 휘청거렸다.

"저, 저 사람은… 괴, 괴물이다!"

'괴물?'

다소 엉뚱한 말에 잠시 고개를 갸웃거렸지만 임현은 이내 영강의 말에 수긍했다. 지금 독고향을 다른 말로는 도저히 표현할 수 없었다.

"가자!"

별안간 개귀신이 임현의 어깨를 잡아끌었다. 담장에 바짝 접근한 독고향이 귀절환을 그 속으로 힘차게 찔러 넣는 순간이었다.

"지금이 기회다. 대장의 뜻이 무너지게 하지 마!"

"난 안 간다! 영강과 히사노만 데려가. 적어도 저런 괴물의 저승길 동반자라면 즐거운 일이야!"

말이 채 끝나기도 전에 임현은 만법포를 잡아채고선 몸을 날렸다.

독고향은 귀절환으로 담장을 통째로 베어내고 있었다.

제14장

치도(痴刀)

꽈드득!

깊숙이 찔러 넣은 귀절환을 통해 전해지는 담장의 저항감이 독고향의 손바닥 전체에 기분 좋게 번져 갔다.

바로 그때 이마 가득 맺혀 있던 땀방울 중 하나가 눈 속으로 굴러 들어갔다.

따끔하다. 육신에 입은 상처와는 또 다른 아픔이 절로 눈을 질끈 감게 만든다.

당연히 보이지 않아야 한다. 하지만 독고향은 주변의 상황이 환히 보였다. 흡사 머리 속에 고운 색채로 그림이 그려져 있는 것 같았다.

눈을 감은 채 독고향은 곧장 달렸다. 바닥에 어지럽게 나뒹구는 시신들, 날아드는 총탄과 화살들 따위는 전혀 신경 쓰지 않았다.

의도적으로 피하려고 해서 피하는 게 아니다. 발은 저절로 안전한

땅만 디뎠고, 몸이 가는 곳에 위협이 될 만한 것들은 없었다.

묘한 광경이다. 독고향은 거침없이 움직이고 있건만 총탄이나 화살들이 그를 피해가고 있는 것처럼 보였다.

실제로 지금 독고향은 주변에 있는 많은 것들 중 의식하는 건 하나도 없었다. 물속 같은 고요함 속에서, 그런 평온함 속에서 그는 귀절환으로 담장을 자르고 있을 뿐이었다.

그 담장 뒤에 은신해 있던 사수들의 육신도 함께 잘렸을 터였다. 끈적이는 피가 흐를 것이고, 비명도 터져 나왔으리라.

그러나 독고향의 뇌리에 그려진 채색화 속에는 그런 장면이 없었다. 오히려 처음에 그려졌던 참혹한 주변의 정경도 어느새 지워져 버렸다.

대신 그 자리를 채운 것은 빛무리였다. 감은 눈꺼풀 속에서 마치 수백 개의 태양이 한꺼번에 뜬 것과 같은 밝기였다.

그 빛의 바다 속을 독고향은 헤엄치고 있었다. 비록 그가 지나간 곳에는 참혹경이 연출되었지만 정작 자신은 평화스럽기 그지없었다.

별안간 독고향은 몸을 멈췄다. 동시에 담장을 자르고 있던 귀절환이 뽑혀져 나와 허공을 두어 차례 그었다.

그리 빠른 칼질은 아니었다. 그저 헤엄치던 도중에 방향을 선회하기 위해 손을 휘젓는 것에 다름 아니었다.

물론 그건 독고향의 생각이었을 뿐이다. 그의 움직임 하나하나를 눈 크게 뜨고 지켜보고 있던 사람들의 눈에도 그의 허공을 가른 귀절환은 보이지 않았고, 심지어 그가 발을 멈췄다는 사실조차도 인식하는 데 약간의 시간이 걸렸을 정도였다.

만약 필요했다면 독고향의 수중에 들린 귀절환은 더욱 빨리 움직였을 것이다. 딱 그만큼의 빠르기가 필요했고, 몸의 반응에 맡겨졌을 뿐이었다.

그리고 그 결과는 예사롭지 않았다.

티티디딕!

배후에서 날아들던 총탄이 그대로 잘려져 나가 버렸다.

비로소 독고향은 눈을 떴다. 예상치 않았던 방향에서 날아든 총탄 때문에 마음속에 약간의 동요가 일었다.

이제 날이 새려나 보다. 별마저 모습을 감춘 하늘이 청자빛 어스름으로 물들어가기 시작했다.

타타타탕!

새삼 다시 들리기 시작한 총소리가 유난히 컸다.

동시에 독고향이 움직였다. 아니, 수중의 귀절환만 움직인 것 같았다.

이번에도 독고향은 자신이 느리게 움직였다고 생각했다. 의도한 것이 아니라 날아드는 총탄이 느리게 느껴졌기 때문이었다.

이제 총탄이나 화살 따위는 더 이상 독고향에게 위협이 되지 않았다. 문제는 잘려져 무너진 담장 너머로 보이는 새로운 적들이었다.

'드디어 나왔는가?'

독고향의 눈 속 깊은 곳에서 한줄기 빛이 반짝였다. 지금까지 모습을 보이지 않던 여가와 설가의 정예들이 나타났던 것이다.

정연한 그들의 모습을 봤을 때 독고향은 주체할 수 없는 분노가 치밀어 올랐다. 같은 편까지 희생시키면서 공격을 감행했던 그들의 작태에 치가 떨렸다.

물론 노기에 휩쓸려 쉽게 움직일 독고향은 아니었다. 오히려 그들의 선두에 서 있는 여상절과 설립강을 바라보며 들끓는 분노를 정제된 살기로 차갑게 냉각시켰다.

독고향은 천천히 주변을 둘러보았다. 임현이 한 마리 새처럼 후드득 옆으로 뛰어내렸고, 나머지 일행은 제 한 몸 가누기도 힘들어하는 모습으로 저만치 서 있는 게 보였다.

"왜 왔냐고는 묻지 마!"

독고향이 뭐라고 입을 열기도 전에 임현이 먼저 소리를 질렀다. 지난 밤사이 질리도록 들은 질문을 또 한 번 듣는다면 미쳐 버릴 것만 같았다.

"좀 더 현명할 줄 알았는데……."

여가와 설가의 수뇌들이 있는 곳으로 시선을 돌리며 독고향은 나직이 입을 열었다. 심정이야 어떻든 담담하기 그지없는 음성이었다.

"말리지도 못할 멍청이로군."

"하!"

독고향의 말에 임현이 같잖다는 듯 코웃음을 날렸다.

"내가 멍청이라면 넌 더 큰 바보다!"

"킥킥킥킥!"

"왜 웃어?"

묘한 독고향의 웃음에 임현은 왈칵 목에 핏대를 세웠다. 비웃고 있다는 느낌이 강하게 들어서였다.

"바보 둘이서 칼을 휘두른다고 생각해 봐. 우리야 서로가 바보임을 아니까 상관없지만, 그 바보들의 칼에 쓰러질 놈들은 어떻겠어? 웃기지 않나? 킥킥킥!"

기실 우스운 것은 자신들일지도 모른다. 하지만 스스로에게 키득댈 수는 없는 노릇, 독고향은 적들을 핑계로 웃었다.

임현은 웃지 않았다. 마음의 여유가 없어서가 아니라 쓸데없는 일에 힘을 빼고 싶지 않아서였다.

"확실히 해두자구! 저들은 확실히 우리 둘의 몫인가?"

전의를 가다듬고 있는 탓이리라. 묻는 임현의 어조는 맹수가 으르렁거리는 듯했다.

"달리 누가 또 있나?"

"그 말을 듣고 싶었다. 근데 저들은 무사히 빠져나갈 수 있을까?"

임현 역시 남은 일행의 안전을 염려했다. 그들이 무사하지 못하게 되면 둘이 남아 적을 막는 행위는 그야말로 바보 짓에 불과하게 된다.

"그야 우리 두 바보가 얼마나 하느냐에 달렸겠지."

독고향은 담담하게 대꾸했다. 적들이 다른 일행들에게 신경 쓸 겨를이 없게 만든다면 그들은 무사히 빠져나갈 터였다.

그런 점에서 볼 때 밝아오는 동녘 하늘이 독고향은 원망스러웠다. 아직 밤이었다면 어둠을 이용해 빠져나가기가 훨씬 용이했을 테니 말이다.

'이번 일은 완벽한 실패로군!

또다시 쑵쓸해지는 입맛을 독고향은 애써 달랬다. 자신은 적을 치기보다는 동료들과 보다 긴밀하게 연락을 취했어야 했다. 그랬다면 이런 불리한 시간에 도주를 해야 하는 최악의 상황만은 피할 수 있었으리라.

"우리기 먼저 시작해야겠지?"

말과 함께 임현이 먼저 한 걸음 나섰다.

"내기 하나 할까?"

상황과는 아주 동떨어진 얘기가 독고향의 입에서 새어 나왔다.

"내기?"

고개를 갸웃거리며 임현은 독고향을 돌아보았다. 이런 상황에서 아주 엉뚱한 얘기를 늘어놓고 있는 그가 한심스럽다는 표정이었다.

"누가 오래 살아 있나 내기해 보자구!"

"좋지!"

임현의 입가에 커다란 미소가 피어올랐다. 그런 내기라면 얼마든지 환영이다.

"카악, 퉤!"

해묵은 습관이 되어버린 가래가 임현의 입에서 튀어나왔다.

"술이라도 한 병 있었으면 좋겠는데……."

그랬다. 밤을 새우며 임현은 준비해 왔던 술을 모두 마셔 버렸다. 정작 지금이 가장 필요한 때인데 말이다.

"살아남은 사람이 죽은 사람을 위해 한 잔 술을 준비해 두도록 하지!"

독고향 역시 목이 말랐다. 육신의 피로 탓도 있었지만 가슴속 갈증을 메워줄 술 한 잔이 있었으면 딱 좋겠다고 생각했다.

수중의 귀절환을 독고향은 새삼 힘주어 잡았다. 그러다 흠칫 놀라자기의 손을 내려다보았다.

칼이나 신체에 무슨 이상이 있는 건 아니었다. 그보다는 마음,

'왜 이럴까?'

스스로 의아해질 정도로 적에 대한 살기가 느껴지지 않았다.

아니, 적이라는 생각 자체가 없었다. 그저 각자가 서 있는 위치가 다르고, 할 일이 다를 뿐이라 여겨졌다.

물론 그 일이라는 게 서로의 생명을 요구하는 것이다. 하지만 저들이 사무치게 미운 것도 아니었다.

또다시 도일의 말이 떠올랐다. 살기를 억제하라던 그 말, 그리 크게 집착하지는 않았지만 묘하게 뇌리에서 지워지지도 않았다.

그 말이 떠오른 시기도 묘했다. 처음엔 금문 지부를 습격했을 때, 그리고 지금…….

둘 다 큰 싸움을 앞뒀을 때였다.

'이게 이성적이 된다는 걸까?'

적이 죽여야 할 대상으로 보이기보다는, 서로 해야 할 일이 다른 사람으로 여겨진다는 건 확실히 생경한 느낌이다.

문득 금문 지부에서 죽였던 소년의 얼굴이 떠올랐다. 아는 아저씨들의 죽음을 보고 그냥 도망칠 수 없었다던 그 소년도 아마 제 할 일을 한 것인지도 모른다.

그렇게 생각하니 마음이 조금은 가벼워졌다. 표를 내진 않았지만 그 소년의 죽음이 늘 가슴 한 켠을 무겁게 짓누르고 있었던 것이다.

조금은 우습다는 생각도 들었다. 살기를 억제하라는 말속에 보다 맘 편히 상대를 죽이라는 뜻을 내포하고 있다는 생각이 들어서였다.

분명 도일은 그런 뜻으로 한 말이 아닐 터였다. 하지만 충분히 다른 뜻으로 해석될 수 있고, 그 탓에 살인이 좀 더 마음 편해진다면 웃기는 일이 아닐 수 없다.

그렇다고 웃지는 않았다. 비록 각자의 일이 다르다고 편하게 생각해 봐도, 이건 역시 사람을 죽이는 일이 것이다. 인간의 행위 중 가장 극단적인 행동을 웃으면서 한다는 건 스스로에 대한 모독일 수도 있다.

"참, 그런데……."

아까부터 투지를 불태우고 있던 임현이 돌연 몸을 돌리며 물었다.

"내기를 걸었으면 그에 대한 대가도 있어야 하는 거 아닌가? 하다못해 때에 젊은 속바지라도 말이야."

"당연한 얘기! 뭘 걸까?"

자칫 끝없이 이어질 것 같던 생각을 잘라준 임현이 고마워 독고향은 얼른 말을 받았다.

"저세상에서 돈 따위는 필요없을 터이고… 늦게 간 자가 먼저 간 자의 따귀라도 때리는 건 어떤가? 아무것도 걸지 않는 것보단 낫지 않겠나?"

"좋겠지!"

어차피 실현된다고 믿고서 건 내기는 아니다. 말 그대로 조금이라도 더 오래 살아남자는 각오를 다지는 것에 다름 아니었다.

"아무리 생각해도 이 내기는 내가 불리해!"

돌연 임현은 고개를 갸웃거리며 입을 열었다.

"무슨 얘긴가?"

"아, 생각해 보게. 괴물과 내기해서 어떻게 이길 수 있겠나?"

"괴물?"

"우리끼리 한 얘기였지만 가장 적당할 것 같아. 날아드는 총탄을 잘라 버리는 놈이 괴물이 아니면 누굴 보고 괴물이라고 하겠어?"

독고향의 눈빛이 살짝 굳어졌다. 스스로 생각해도 총탄을 자른 건 자신의 능력 이상이었다. 그게 타인의 눈에는 괴물로 비쳐졌나 보다.

"괴물이란 말이지."

독고향은 조용히 입속으로 되뇌어 보았다. 기분이 묘했다. 결코 나쁜 뜻으로 한 얘기가 아닌 줄은 알지만 괴물로 불린다는 자체가 썩 기분 좋은 건 아니었다.

"괴물이라도 좋아. 난 여태 내기에서 진 적이 한 번도 없으니까! 카악, 퉤!"

말과 더불어 임현은 다시 한 번 진득한 가래를 뱉었다. 그리곤 곧장 도열해 있는 무림맹의 정예들에게 달려들 기세를 취했다.

"길부터 여는 게 좋지 않겠나? 저들을 먼저 보내야지!"

독고향은 지친 모습으로 서 있는 일행들을 눈으로 가리켰다.

"자네가 해. 난 저들을 맡지!"

임현은 기세를 풀지 않았다. 동료들을 위해 퇴로를 여는 게 중요한 일임에는 분명하지만, 아무래도 약한 적을 상대하기 십상이다. 그래서는 기껏 달궜던 전의가 식어버리고 만다.

"정말 바보 같은 친구로군!"

독고향은 고개를 가로저었다. 그러면서 다시 시선을 일행들이 있는 곳으로 돌렸을 때,

"엇!"

놀람에 찬 외침이 그의 입에서 터져 나왔다.

임현도 마찬가지였다.

"뭐 하는 짓이야?"

커다란 외침과 함께 일행들을 향해 달려가기 시작했다.

다른 이유 때문이 아니었다. 두 사람이 얘기를 나누는 사이 영강을 선두로 한 히사노와 개귀신이 적들에게 덤벼들고 있었기 때문이다.

아마 자신들에게 짐이 되기 싫어 움직이고 있는 것일 터였다.

하지만 얼마나 바보 같은 짓인가? 당장 위태로워 보이는 않았지만, 그들의 몸 상태가 어떻다는 걸 빤히 아는지라 독고향의 마음은 조급해졌다.

그렇다고 임현처럼 그들에게 달려가지는 않았다. 자신마저 움직이

면 적들은 곧장 덤벼들 터, 움직이지 않음으로써 더욱 적들을 견제하는 게 최선이었다.

하긴 독고향은 그 점이 오히려 마음이 놓였다. 임현이 자연스레 그들과 합류했기 때문이다.

독고향은 적들의 선두에 선 여상절과 설립강을 노려보며 가슴을 활짝 폈다. 뻐근한 피로감이 어깨 위에 무겁게 느껴졌다.

'저 둘……'

독고향은 여상절과 설립강에게 시선을 집중했다. 다른 사람은 몰라도 저 두 사람만은 틀림없이 없애겠다는 결심이었다.

이상한 것은 적들의 움직임이었다. 몸을 피하려는 일행을 포위하려는 듯 일사불란한 행동을 취하긴 했지만 정작 독고향에겐 덤비지 않았다.

'뭐, 상관없는 일이지!'

독고향은 그 점은 개의치 않았다. 되도록 많은 수의 적이 자신에게 묶여 있으면 그걸로 일행들에게 충분한 도움이 된다.

천천히 독고향은 호흡을 조절했다. 이 싸움에서 살아남을 가능성은 전혀 없을 것 같다. 여기서 죽게 되면 세가령의 맥이 단절된다는 걸 생각하니 안타까웠다.

'이럴 줄 알았으면……'

남궁장후의 아들이라도 한 번 보고 올 것을 싶은 아쉬움이 들었다.

그러나 다음 순간 이대로가 훨씬 좋다는 생각이 들었다. 어차피 자신이 죽고 나면 세가령의 재건을 위해 일할 사람은 없다. 차라리 그대로 일본에서 어느 영주의 양자로 성장하는 게 안전할지도 모른다.

고개를 돌려 독고향은 일행의 모습을 확인했다. 생각보다 훨씬 잘하고 있는 것 같았다.

아니, 적들이 의외로 약한 것 같다는 생각이 들었다. 적극적으로 일
행들을 공격하기보다는 왠지 쫓아버리려는 것 같은 느낌이 들었다.

확실히 이상하다고 느꼈지만 독고향은 크게 개의치 않았다. 어차피
모두에게 힘든 싸움이다. 적의 대응이 느슨하다고 무사할 수 있단 얘
기는 아니다.

수중의 귀절환을 천천히 들어 올리며 독고향은 뒷발에 힘을 줬다.

그 순간 전면에 위치해 있던 적들의 움직임이 부산해졌다. 맨 앞에
서 있던 여상절과 설립강을 에워싸기 시작한 것이었다. 독고향이 곧
공격하리란 걸 눈치 채고 한 행동이었다.

"타앗!"

독고향의 입에서 우렁찬 기합성이 토해졌다. 동시에 그의 신형은 전
광석화처럼 빠르게 쏘아져 나갔다.

쓰씨악!

귀절환은 새벽의 청자빛 밝음 속에서 요사로운 칼날을 희번덕거리
며 피를 찾았다.

뇌격이형과 환류연참의 조화는 늘 짙은 피비린내를 동반했다. 단 한 차례 시전했을 뿐인데도 벌써 독고향 주변에는 발에 채일 정도의 시신이 쌓였다.

'놓쳤다!'

독고향에겐 주변의 상황에 눈을 돌릴 여유가 없었다. 애당초 목표로 했던 여상절과 설립강의 모습이 전혀 보이지 않아서였다.

이해하기 힘든 상황이다. 비록 적들에 의해 둘러싸였지만 땅으로 꺼지거나 하늘로 날아가지 않는 이상 분명 그 두 사람은 여기 있어야 한다.

그런데 보이지 않는다는 건 이 주변 어딘가에 몸을 은신할 곳이 있다는 의미였다.

하긴 뭔들 있지 않겠는가? 여긴 무림맹이 총본대로 쓰던 곳인데…….

일단 공격을 받자 느슨하던 적들도 돌변했다. 독고향의 기세가 워낙 흉맹했으니 죽지 않기 위해서라도 필사적으로 덤볐다.

확실히 이번엔 좀 달랐다. 지금까지의 적들은 총이라는 위력적인 무기 때문에 상대하기가 힘들었을 뿐 개개인의 무공은 그리 높지 않았다.

그러나 이들은 확실히 각 문파와 이대호가의 정예들로 구성된 자들답게 무공이 한결 높았다. 그만큼 상대하기 까다롭다는 얘기였다.

그래도 독고향은 최대한 힘을 아꼈다. 그럴 수도 없겠지만, 설사 가능하다고 해도 이들 모두를 죽이는 건 별 의미가 없다.

돌연 독고향의 신형이 미끄러지듯 앞으로 전진했다. 배후에서 예리한 경기가 엄습해 왔기 때문이었다. 지금까지 받아본 공격 중 가장 날카로웠다.

피하기 위한 움직임이었지만 단지 그 한 가지만 하고 있을 수는 없다. 귀절환을 휘둘러 두세 명을 베어버린 후 독고향은 몸을 돌렸다.

깨끗한 청삼(靑衫)을 입은 삼십 대 사나이였다. 그는 한 자루 청강검을 들어 독고향에게 겨눈 채 입을 열었다.

"난 화산의 속가제자 항려(項麗). 독고향이라고 안다!"

피식!

그 말에 독고향은 저도 모르게 웃고 말았다. 지금도 부지런히 칼을 휘둘러야 할 정도로 저들이 쇄도하고 있다. 그런데 항려라는 자는 고지식하게 제 이름을 밝히고 있다.

독고향은 대꾸하지 않았다. 그대로 환류연참을 펼치며 전진했을 뿐이었다. 항려와 그 주변에 있는 적들이 그 대상이었다.

또다시 비명과 피가 튀었다. 하지만 그 안에 항려의 것은 없었다.

위태로워진 건 독고향 쪽이었다. 환류연참의 위력을 너무 과신했던 탓에 그 결과를 제대로 확인하지도 않고 등을 돌려 다른 곳으로 움직이려던 찰나였다.

스팍!

몸을 돌리느라 순간적으로 비어버린 옆구리에 화끈한 통증이 틀어박혔다.

"후헉!"

예상치도 않았던 신음성을 토하는 것과 동시에 독고향은 본능적으로 귀절환을 휘둘렀다.

따앙!

옆구리에 박혀 있던 검이 중간 부분에서 맥없이 잘려 나갔다. 귀절환의 위력이 또 한 번 발휘된 순간이었다.

물론 적의 병기를 잘랐다고 해서 상황이 나아진 것은 전혀 아니었다.

독고향은 옆구리에 삐죽이 박힌 검날을 뽑지 않았다. 바로 그 순간 출혈이 심해져 진짜 위험해지기 때문이다.

다시 항려의 검이 날아들었다. 주변에 뒹굴고 있던 걸 하나 주워 든 모양이었다.

귀절환이 재차 허공을 갈랐다. 통증 따위는 그리 문제도 되지 않았다. 정작 독고향을 힘들게 하는 건 급소를 당한 탓에 전신의 맥이 풀리기 시작했다는 점이었다.

게다가 독고향은 확실히 처음부터 상대를 경시했었다. 항려라면 화산의 다음 세대를 이끌어갈 인재라고 주목하고 있는 사람 중의 하나, 그걸 몰랐으니 이런 곤경에 처한 건지도 모른다.

차앙!

두 개의 병기가 정면으로 부딪쳤다. 이번엔 귀절환도 항려의 검을 자르지 못했다. 날이 무뎌져서가 아니라 독고향의 힘이 그만큼 빠진 탓이었다.

독고향이 휘청거렸다. 사력을 다해 다리에 힘을 모으려 했지만 마치 연체동물처럼 흐느적거리기만 했다.

항려의 상태는 더 심한 듯 보였다. 독고향보다 훨씬 위태롭고, 어지럽게 휘청이다가 돌연 몸을 돌려 달아나기 시작했다.

그 뒤를 따른 건 순전히 의지와는 상관없는 일이었다. 제 몸에 병기를 찔러 넣은 원한을 풀고자 함도 아니었고, 좋은 적수를 만났다는 기쁨과도 거리가 멀었다.

그저 싸움에 임한 모든 사람들이 느끼는 공통적인 심리, 즉 적이 물러가면 쫓는다는 것에 충실했을 뿐이었다.

하긴 달리 중요한 일도 없다. 항려를 쫓으면서 적들의 주의력만 집중시키면 동료들에 대한 추적의 손길은 자연 느슨해질 터였다.

싸움터에서 한 사람의 뒤를 쫓는다는 건 그저 달리기만 해서는 안 된다는 소리다. 눈으로는 항려를 쫓지만 손은 연신 귀절환을 휘둘러 주변의 적들을 베어넘겨야만 했다.

시간이 지날수록 독고향은 놓쳐 버린 여상절과 설립강의 존재가 더욱 아쉬워졌다. 둘 중 하나라도 사로잡았다면 이 상황은 보다 쉽게 수습될 수 있었을 것이고, 설혹 둘 모두를 죽였다 해도 적들은 더 심한 혼란에 빠질 게 뻔하니 대응하기가 한결 쉬웠을 터였다.

하지만 아쉬워한다고 일이 저절로 해결되는 건 아니다. 지금의 상황에 맞춰 최선을 다해야만 한다.

연신 위태롭게 휘청거리면서도 항려는 좀처럼 잡히지 않았다. 오히려 가끔씩 날리는 날카로운 반격에 독고향이 당혹스러워질 정도였다.

지금이라도 뇌격이형을 펼치면 당장에라도 잡을 수 있을 테지만 독고향은 시도하지 않았다. 이렇게 항려의 뒤를 쫓으며 하는 싸움에 의외로 많은 적들이 몰려들었기 때문이다.

그러나 다음 순간 번쩍 하고 뇌리를 스치는 생각 하나에 독고향은 우뚝 걸음을 세웠다.

'유인하고 있다!'

그렇다. 지금 다급하게 쫓기는 것처럼 보이는 항려의 행동은 유인하고 있다고밖에는 생각할 수 없다.

한두 번 공격을 피하거나 막은 건 우연, 혹은 운으로 치부할 수도 있다.

하지만 그 우연과 운이 지금까지 반복되고 있다면 그건 실력으로 인정할 수밖에 없다.

"하하하하, 눈치 챈 모양이군. 그리 둔한 친구는 아니로군!"

여태 이리저리 몸을 피하기만 하던 항려가 돌연 커다란 웃음을 터뜨리며 동작을 멈췄다.

"하지만 애석하게도 이미 늦어버렸다네!"

흡사 다정한 친구라도 대하는 것처럼 항려의 어조는 은근했다.

"알고 싶어할 것 같아 말해 두는데, 자넨 지금 포쇄금진(捕鎖禁陣)의 한가운데에 들어와 있네."

그 말에 독고향은 황급히 사방을 둘러보았다. 솔직히 별다른 변화는 느낄 수 없었다. 그저 잘 조성된 정원과 그 사이에 적들이 빼곡히 자리하고 있다는 것뿐이었다.

설사 천하에 다시없을 무시무시한 광경이 펼쳐져 있었더라도 별 감흥은 느끼지 못했을 터였다. 달라질 거라곤 아무것도 없기 때문이다.

"어떤가? 이쯤에서 투항하는 게."

항려의 말에는 조금도 신경 쓰지 않고 독고향은 주변을 예리하게 살폈다. 적들의 동정을 파악하기 위해서가 아니라 이제는 눈에 보이지 않는 동료들의 안위가 걱정된 탓이었다.

의도적으로 전력을 기울였지만 조금 전과 같은 능력은 발휘되지 않았다. 한창 싸움에 몰입해 있을 때는 보이지 않는 동료들의 동정을 확연히 파악할 수 있었는데 지금은 불가능했다.

'지친 탓인가?'

그게 이유일 수도 있다. 하지만 단순히 그 이유만으로 이처럼 한심한 지경까지 전락한 것 같지는 않았다. 아무래도 마음의 동요가 더 큰 요인인 것 같았다.

뭐든 간에 상황은 최악이었다. 동료들의 동정은 놓쳐 버렸고, 적들은 희한한 이름의 진식을 갖추고 자신을 상대하려 하고 있다. 아무래도 이 근처가 뼈를 묻을 장소가 될 모양이었다.

"자네 동료들은 걱정 말게. 듣자니 일본 무사들은 철저하게 복수한다던데, 가뜩이나 무림맹 내부에도 많은 문제가 산적해 있는 판에 그들과 분쟁을 일으키는 어리석은 짓은 하지 않을 걸세."

'응?'

한순간 독고향은 항려의 말을 이해할 수 없었다. 하지만 불과 얼마 지나지 않아 고개를 끄덕이며 수긍했다.

이들은 지금 왜구의 개입을 꺼리고 있는 게 분명했다. 임현을 비롯한 일행들을 모두 일본인으로 간주하고, 그 뒤에는 잔인하다고 소문난 왜구들이 있다고 판단한 것 같았다.

살짝 독고향의 입꼬리가 말려 올려갔다. 항려의 말이 사실일 가능성이 농후했다. 무림맹 내부의 알력이야 익히 들어서 아는 바,

'그 와중에 왜구까지 개입된다면……?'

어쩌면 무림맹의 존립 자체가 흔들릴지도 모른다. 그 분란의 불씨가 될 일은 아예 하지 않는 게 좋다고 결정한 모양이었다.

어처구니없을 정도로 빈약한 무림맹의 정보망을 독고향은 비웃었다. 왜도를 차고, 말이 이상하다고 일행들을 모두 일본인이라고 믿어 버렸으니 말이다.

그러나 한편으론 가슴 한쪽이 아려오기도 했다. 그동안 왜구들에게 얼마나 지독하게 당했으면 무림맹이라는 아주 막강한 무장 집단까지 겁을 먹고 있다. 일반 사람들이 당했을 걸 생각해 보면 단순히 비웃고 있을 수만은 없는 노릇이다.

뭐 어쨌든 그건 그대로 좋다. 이들이 동료들을 일본인으로 믿고, 또 왜구들과의 마찰을 우려한다면 그들은 무사할 수도 있다.

'이젠……'

아주 홀가분한 심정으로 싸울 수 있을 것 같다. 누구를 보살펴 줄 필요도 없고, 더 이상 이 싸움에 연연해야 될 이유도 없다. 동료들의 안전이 담보된 지금 더 이상 뭘 바란다는 건 과욕이다.

다시 한 번 남궁장후의 아들이 보고 싶었다. 오늘 이후로 자신은 세상에 없을 터이고, 세가령의 재건은 온전히 그의 운에 달렸다. 될 수 있으면 많은 운이 따르길 빌어줄 수밖에 달리 할 일이 없다.

"이름에서 대충 눈치 챘겠지만……"

항려가 독고향의 생각을 자르며 재차 입을 열었다.

"이건 누군가를 생포하기 위한 진일세. 여 군사(呂軍師)께서 심혈을 기울여 만드신 거지."

"고작 군사 따위나 되고자 대대로 섬긴 주인을 배신하고 무림맹에 붙은 여상절인가?"

독고향의 어조에서 신랄한 점은 조금도 없었다. 그저 혼자 되뇌이는 듯 조용하기만 했다.

하지만 그 속에는 배신자에 대한 지독한 조소와 믿지 못할 인간의 마음에 대한 허무함이 끈적하게 붙어 있었다.

"너무 그렇게 화만 내지 말게. 그래도 그분이 군사가 되셨으니 자네의 안전을 도모해 주실 수도 있게 된 것 아닌가. 투항한다면 자네의 목숨은 그분이 보장하실 걸세. 혹시 아는가? 무림맹에서 중요한 자리 하나쯤 주실지도."

"킥킥킥킥……."

돌연 독고향은 기괴한 웃음을 터뜨렸다.

"나를 살려주고 중용까지 해주겠다고? 그의 아들은 먼 이국 땅에서 내 손에 죽었는데도 말이지?"

"그분의 성격이라면 대의를 위해서라도 아들의 죽음은 잊으실 걸세!"

"대의? 아들을 죽인 원수까지 용서하면서 이루어야 할 대의가 있을까?"

말을 맺으며 독고향은 조용히 귀절환을 들어 올렸다. 지금 상황에서의 몇 마디 조롱이란 지극히 하찮은 위안에 불과할 뿐, 그걸로 해결할 수 있는 건 아무것도 없다.

여태 온화한 표정을 짓고 있던 항려의 눈빛이 싸늘하게 식어갔다.

독고향의 응전 태세에 자극받은 탓이리라.

"역시 칼로 모든 걸 해결하겠다는 건가? 그렇다면 주위를 다시 한 번 둘러봐 주게!"

표정과는 달리 항려의 어조는 여전히 은근한 부드러움을 지니고 있었다. 아무래도 그가 독고향을 투항시키는 책임을 받은 모양이었다.

"자네가 지독하게 빠르고 강하다는 건 알고 있네. 총탄을 벤 자네의 무위(武威)를 보고 우리 편도 사람이 아니라고 두려워했을 정도니까!"

따분해하는 표정을 독고향은 숨기지 않았다. 이 마당에 자신을 설득할 수 있다고 믿는 항려의 머리 속이 의심스럽기까지 했다.

하지만 독고향의 심정이야 어떻든 항려는 말을 계속 이었다.

"여긴 아주 잘 가꿔진 정원일세. 가산(假山)만 해도 두 개나 있고, 온갖 기암괴석과 아름드리 나무들로 들어차 있네! 저 모든 게 자네의 빠른 움직임에 장애가 되지 않을까?"

그 말에 독고향의 표정이 서서히 굳어졌다. 그리곤 시선을 돌려 다시 한 번 주변을 세세히 관찰했다.

확실히 항려의 말은 맞았다. 답답하게 느껴질 정도로 빽빽하게 들어찬 정원의 구성물들, 그리고 그 사이의 작은 공간을 가득 메우고 있는 적들……

나무야 그렇다 쳐도, 가산이나 온갖 바위들은 뇌격이형을 펼치는 데 상당한 장애가 될 것은 틀림없어 보였다.

'뭐 상관있나?'

독고향은 마음을 편히 먹기로 생각했다. 지금과 비슷한 상황은 일본에서도 한 번 겪은 적이 있었다. 이름 모를 산속에서 닌자들의 습격을 받았을 때였다. 그때도 주변의 거목들은 움직이는 데 상당한 불편을

췄던 게 사실이었다.

그때도 살아남았었다. 부상에서 완전히 회복되지 않았던 그 당시와 비교하면 지금은 오히려 나은 편이다.

씨익!

독고향은 항려를 바라보며 웃었다. 이제 막 솟기 시작한 아침 햇살보다 더 환한 미소였다.

"우, 웃어?"

독고향의 웃음이야 밝기 그지없었지만, 그걸 바라보는 항려의 심정은 그렇지 않았다. 까닭 모를 불안감이 강하게 밀려들었기 때문이다.

실제로 지금 독고향은 항려를 가장 먼저 죽일 삭정이었다. 다만 그 자신도 선뜻 이해되지 않는 건 그 살기를 이처럼 기분 좋은 웃음으로 표출할 수 있다는 것이었다.

독고향은 항려를 향해 한 걸음 다가섰다.

반대로 항려는 서너 걸음 주춤거리며 물러섰다. 그 역시 무공을 익혀 고수의 반열에 오른 인물, 독고향의 웃음 뒤에는 지독한 살기가 도사리고 있다는 걸 감지한 본능적인 움직임이었다.

다시 독고향이 한 걸음 더 다가섰을 때 항려는 황급히 주변을 향해 외쳤다.

"쳐라!"

명을 내리는 것과 동시에 그는 할 수 있는 최고의 빠르기로 몸을 뒤로 빼냈다.

아니, 그건 항려의 생각이었을 뿐이다. 그는 처음 그 자리에서 단 한 치도 물러서지 못했다.

"어, 언제……?"

자신의 눈앞에 바짝 다가온 독고향을 바라보며 항려는 얼굴 가득 불신의 빛을 띠었다.

그리고는 천천히 시선을 떨어뜨려 자신의 왼쪽 옆구리로 파고 들어와 오른쪽 옆구리까지 관통한 귀절환의 섬뜩한 칼날을 내려보았다. 자신이 독고향에게 부상을 입힌 바로 그 자리였다.

한 방울 선혈이 칼끝에 매달려 있다가 도신을 타고 천천히 미끄러져 내렸다. 아침 햇살 아래 보는 칼날은 더욱 요사스런 빛을 반사했고, 핏빛은 더 붉게 보였다.

'저게 내 피……?'

항려는 그 사실을 인정할 수 없었다. 독고향이 얼마나 빠른지는 충분히 인지하고 있었고, 그에 따라 아주 신중하게 대처했었다.

방금 전에도 마찬가지였다. 독고향의 체중이 내디딘 앞발에 완전히 실리는 걸 확인한 순간 자신은 몸을 뒤로 뺐었다. 그런데도 결과는 이렇다. 자신이 배웠던 무리(武理)에 크게 위배되는 이 상황을 어떻게 받아들여야 할까?

통상 달리거나 몸을 날리려고 마음 먹은 사람은 뒷발에 체중을 싣게 된다. 그래야 차고 나가는 힘이 크기 때문이다.

물론 미세한 차이다. 하지만 고수들의 대결에선 체중이 이동되는 그 짧은 찰나의 차이가 말 그대로 천양지차가 되는 것이다.

꽈악!

발작적으로 항려는 삐죽이 나와 있는 귀절환의 날을 강하게 움켜쥐었다. 제 생명을 갉아내고 있는 흉기에 대한 반발감 때문이었겠지만 그 결과는 오히려 더욱 참혹했다.

투두둑!

귀절환을 움켜쥔 항려의 손가락들이 맥없이 잘려 나갔다.

"화, 확실히 강하군!"

진심에서 우러난 찬사를 보내며 항려는 다시 독고향의 얼굴로 시선을 돌렸다.

하지만 항려의 동공은 독고향의 얼굴에 초점을 맞추지 못했다. 그보다 더 먼 허공 어딘가를 더듬고 있을 뿐이었다.

"자, 자네가 보, 보이질 않는군. 하, 한 번 더 보고 싶은데……."

"지옥에서!"

한마디 내뱉으며 독고향은 항려의 몸을 꿰뚫고 있는 귀절환을 강하게 잡아당겼다.

쓰걱!

귀절환은 곧장 빠져나오지 않았다. 꿰뚫린 항려의 육신 절반을 그대로 자르며 나왔던 것이다.

항려는 곧장 무너졌다. 뜨거운 김을 뿜어 올리는 피와 내장들이 밖으로 밀려 나온 건 그보다 조금 뒤였다.

"지옥에서 다시 만나면 그때 자세히 보게!"

항려의 시신에 대고 한마디 던진 독고향은 주변을 쓰윽 둘러보았다. 명이 내려졌음에도 적들은 조금도 움직이지 않고 있었다.

그게 뭘 의미하는지 독고향은 즉각 알아차렸다. 나서서 공격하기보다는 주변의 기암괴석이나 나무들을 이용해 자신의 공격을 피하겠다는 의도임이 분명하다.

물론 빠져나갈 틈 따위는 없다. 설혹 있더라도 체력이 거의 바닥난 상태에서 어찌해 볼 도리도 없다.

적들은 이대로 버티기만 해도 소기의 목적을 달성할 수 있게 된다.

옆구리에 검날이 박힌 채로 버텨봐야 얼마나 더 버틸 수 있으랴 하고
생각할 것이다.

실제로 지금 독고향은 아릿한 현기증을 느끼고 있다. 태양의 눈부심
때문에 더했는지도 모른다.

문득 독고향은 자결을 생각했다. 일본에 있을 때 얼핏 듣기론 그쪽
의 무사들은 최악의 경우에 몰리면 스스로 배를 갈라 죽는다고 했다.

적들이 굳이 자신을 생포하려는 데에는 그만한 까닭이 있을 것, 자
결해 버리면 그들의 목적은 물거품이 되고 말 터, 이 역시 하나의 통쾌
한 저항 수단이 될 수도 있다.

그러나 독고향은 이내 고개를 가로저었다. 자결이란 건 안일하기 짝
이 없는, 지금까지 힘겹게 지고 버틴 삶에 대한 가장 철저한 배신인 것
이다. 최후의 최후까지 살고자 하는 의지를 불살라야 한다.

'간다!'

저쪽이 오지 않는다면 이쪽에서 가는 수밖에 없다. 한 명이라도 더
많은 적을 데려갈 수 있으면 그걸로 족하다.

스웃!

독고향의 신형이 홀연 사라져 버렸다. 그리고 다음 순간, 그의 귀절
환은 삼 장 밖에 있는 천 근은 넘을 듯한 바위를 베어가고 있었다. 가
장 가까이 접근한 적들이 웅크리고 있는 곳이었다.

3

크그극!

거석이 둔중하게 베어져 나갔고,

"으아악!"

"와아, 불이다!"

비명과 묘한 함성이 거의 동시에 울려 퍼지며 적들은 우왕좌왕하기 시작했다.

비단 적들만이 아니다. 독고향 역시 눈앞에 펼쳐진 사태를 언뜻 이해힐 수 없었디. 사방에 위치한 건물들이 갑작스럽게 치솟은 엄청난 화마에 휩싸였기 때문이다.

이건 분명 이상한 일이다. 지난밤 카즈키가 불을 지르긴 했지만 그건 이미 진화된 상태였다.

'혹시 카즈키가……?'

다시 불을 지른 게 아닌가 싶은 의혹이 들었지만 그건 아닌 것 같다. 그녀 혼자서 이렇게 한꺼번에 모든 건물에 방화할 수는 없을 테니까.

더 이상 생각하기는 힘들었다. 이미 벌어진 상황은 그대로 받아들이면 그뿐, 지금 당장은 눈앞에 있는 적들을 하나라도 더 베어넘겨야 한다.

독고향은 다급하게 적들에게 덤벼들었다. 시간이 별로 없다. 검날에 꽂힌 부상도 부상이었지만 극도의 피로감 탓에 그저 주저앉고만 싶었다.

적들의 저항은 거의 없다시피 했다. 단순히 주변의 건물들이 불길에 휩싸여서 이처럼 무기력해진다는 건 이상한 일이다.

그 이유를 따질 생각은 전혀 없었다. 적들의 저항이 약하면 반가워해야 할 일, 독고향은 더욱 힘주어 귀절환을 움켜쥐었다.

"적이다. 새로운 적이 나타났다!"

"막아, 크아악!"

갑자기 적들의 배후에서 들려온 외침과 비명 소리에 독고향은 동작을 멈췄다.

'적이라고?'

적들이 적으로 부른다면 독고향의 입장에선 같은 편이라는 의미다. 그런데 딱히 떠오르는 사람이 없다.

돌연 독고향의 어깨가 크게 움찔거렸다. 혹시라도 임현과 함께 있는 일행들이 한 일이 아닌가 싶어서였다.

"독고향! 여기다. 이쪽으로 와!"

돌연 뒤쪽에서 누군가의 목소리가 커다랗게 부르는 게 들렸다.

한 차례 칼을 휘둘러 주위의 적들을 물리친 독고향은 소리가 들린 곳으로 시선을 보냈다.

알 만한 얼굴은 전혀 보이지 않는다. 엄청난 화염과 연기, 그 속에서 우왕좌왕하고 있는 적들 사이로 누군가를 찾아내는 일은 결코 쉬운 일이 아니다.

"독고향! 어디 있나?"

같은 목소리가 또 한 번 들려왔다.

독고향은 고개를 갸웃거렸다. 분명 귀에 익은 목소리다. 하지만 동료들 중 누군가의 것은 아니었다.

'가보면 알겠지!'

부르는 곳으로 가보기로 했다. 적들도 병기만 겨누고 있을 뿐 선뜻 덤비지 못하고 있고, 그보다는 더 이상 싸울 기력이 독고향에겐 남아 있지 않았다.

일말의 기대감이 없지는 않았지만 자신이 오늘 밤 무사하리라곤 생각지 않았다. 무엇보다 검날에 꿰뚫렸다는 치명적인 부상을 입고 있다. 안전하게 이곳을 빠져나간다 해도 완쾌를 장담할 수는 없다.

그럼에도 불구하고 가보려는 건 동료들의 안전 때문이었다. 항려의 말에서 어느 정도 마음을 놓긴 했지만, 그래도 직접 챙길 수 있으면 그편이 더 좋을 터였다.

성큼, 독고향은 걸음을 떼었다. 그나마 병기를 꼬나 쥐고 대치하던 적들의 우르르 물러섰다.

적들의 눈에도 독고향의 피로가 여실히 보일 것이다. 그러나 선뜻 덤비지는 못했다. 상처 입은 맹수에게 가장 먼저 덤벼드는 어리석은 짓은 하기 싫을 테니 말이다.

움찔거리는 적들 사이로 독고향은 걸음을 옮겼다. 위축된 기색은 조금도 보이지 않는다.

스스로 생각해도 우스워질 정도로 독고향은 가슴을 젖히고 걸었다.

상처 입고 피로할수록 적들에게 더 강한 모습을 보여주고 싶어서였다.

주르륵!

입가로 흘러내리는 뭔가를 독고향은 무심코 닦았다. 아마 땀일 터였다.

하지만 다음 순간,

울컥!

한 모금의 선혈을 토하며 독고향은 그 자리에 한쪽 무릎을 꿇고 주저앉았다. 격렬하게 움직이는 사이 검날이 더욱 깊이 파고들어 내장이라도 건드린 모양이었다.

이런 모습을 적에게 보일 순 없다. 어금니를 지그시 깨물며 빠르게 몸을 일으켰다. 다행히 아직은 육신이 제 기능을 발휘하는 것 같다.

그러나 현기증, 마치 거꾸로 서 있는 듯한 전도현상(顚倒現象)과 문득문득 사방이 온통 캄캄해지고는 했다.

그제야 독고향은 검날이 파고든 곳에 손을 대어보았다. 출혈을 우려해 일부러 뽑지 않았건만 이미 상당량의 피가 흐르고 있음을 알 수 있었다.

일부러 눈으로 확인하지는 않았다. 그래 봐야 비참한 자신의 처지만 재인식할 뿐이다.

"독고향, 어디 있나?"

또 한 번 부르는 소리가 들렸다. 사방이 빙빙 돌고, 종종 어둠의 나락이 전신을 휘감아오는 와중에 들린 그 목소리는 마치 구원과도 같았다.

흡사 뭣에 끌리기라도 하는 것처럼 독고향은 그 소리가 들린 곳으로 걸음을 옮겼다.

혹시라도 이 자리를 무사히 벗어날 수 있을지 모른다는 기대감 따위는 애당초 있지도 않았다. 동료들의 안위를 확인한다는 생각도 없었다.

머리 속은 그저 하얗게 텅 비워져 있다. 아니, 짙은 어둠으로 물들어 있다.

남은 건 본능뿐이었다. 진작부터 육신은 의식의 통제에서 벗어나 제각기 고유한 기능을 수행할 뿐이었다. 귀로 듣고, 발은 움직인다는 식이었다.

그 상태로 독고향은 움직였다. 그러나 채 두 걸음도 내딛기 전에 다시 멈추며 세차게 고개를 흔들어 정신을 가다듬었다.

시야가 조금 밝아졌다. 하지만 희뿌연 안개 속에서 사물을 보는 것처럼 모든 게 흐릿하기만 했다.

다시 걸음을 옮겼다. 한 걸음씩 내디딜 때마다 끝없는 추락감과 부상감이 반복되면서 재차 현기증이 밀려왔다.

울컥!

또 한 모금의 선혈이 입 밖으로 토해졌다. 당연한 것처럼 주변도 캄캄한 어둠 속으로 잠겨들었다.

차라리 독고향은 눈을 감았다. 이 편이 훨씬 나았다. 아무것도 보이지 않는 공간 속에서, 그러나 사물이나 사람의 형체는 반딧불처럼 반짝이고 있었다.

흐느적거리는, 아니, 펄럭거린다는 말이 더 정확한 걸음으로 독고향은 움직였다.

방향 따위는 중요하지 않다. 지금 몸이 향해 있는 곳으로 그저 발이 충실히 제 기능을 수행하면 그뿐이다.

이제 부르는 소리는 연속적으로 들려왔다.

그러나 독고향에게는 조금 전보다 훨씬 더 먼 곳에서 들려오는 것처럼 느껴졌다.

이런 것이다. 희구(希求)하는 것만큼 멀어지기만 하고, 잡았다 싶으면 어느새 손가락 사이로 빠져나가 버리는 잘디잔 모래 알갱이와도 같은 게 구원이다.

"킥킥킥킥……."

돌연 독고향의 입에서 기묘한 웃음소리가 새어 나왔다. 벌어진 입술 사이로 보이는 이들이 온통 피에 절어 있어 섬뜩함을 느끼게 하는 모습이었다.

그리고 웃음이 잦아들었을 때 독고향의 발길도 그 자리에 우뚝 멈춰졌다.

더 이상 걸을 이유가 없다. 목소리가 들려오는 곳까지 간다고 해서 살 수 있다는 보장도 없고, 무엇보다 남아 있는 힘이 없다. 단 한 방울의 기력이라도 헛되이 낭비하고 싶지 않았다.

눈을 감은 채 독고향은 전면을 휘 둘러보았다. 기묘한 녹황색(綠黃色) 빛으로 윤곽이 그려진 적들이 꾸역꾸역 몰려들고 있었다.

독고향은 귀절환을 단단히 움켜쥐었다. 팔뚝에 아릿한 근육통이 느껴졌고, 땀과 피에 젖은 손에서 칼은 자칫 빠져나갈 것만 같았다.

'얼마나 베었을까?'

정확한 숫자는 알 수 없다. 하지만 팔뚝 전체에 근육통을 느낄 정도라면 평소보다 많은 적을 베어넘긴 건 틀림없다.

이게 생명의 무게다. 베어넘긴 자들의 목숨이 스러지는 것처럼, 살아 있는 자에겐 이런 통증이 남는다. 이렇게 생명이란 어떤 형태로든 흔적을 남긴다.

지금 주변으로 모여드는 사람들도 마찬가지다. 눈을 감아야 보이는 사람들의 윤곽을 둘러싼 빛줄기들, 어쩌면 생명은 그 자체로 빛을 내고 있는지도 모른다. 어쩌면 세상은 태양으로 인해 밝은 게 아니라, 사람 하나하나가 내는 빛으로 인해 광채를 띠는 것인지도 모를 일이다.

그렇다면 살인이라는 인간이 할 수 있는 가장 극단적인 행위는 단순히 타인의 목숨을 뺏는 걸로 끝나는 게 아닐 수도 있다.

그렇다면 사람을 죽이는 건 살인이라는 단순 행위보다 훨씬 더 큰 죄악일 수도 있다. 이 세상을 어둠 속으로 밀어 넣는 것에 다름 아니기 때문이다.

지금부터 다시 그처럼 큰 죄업을 범해야 한다. 깨닫지 못했다면 모르되 알고서 행하자니 이 역시 큰 고통이었다.

독고향은 눈을 떴다. 빛줄기가 사라진 대신 사람의 형체가 희뿌옇게 보였다.

차라리 이 편이 나았다. 빛줄기로 표현되는 인간들을 베는 것보다는 흐릿한 실체를 베는 게 훨씬 마음이 편할 것 같았다.

너무 힘주어 잡은 탓일까. 귀절환을 쥔 팔과 손에 서서히 감각이 사라지고 있는 것 같았다.

더 망설일 이유가 없다. 이제 와서 멈춘다고 이미 저질러 버린 죄업이 희석되진 않는다. 오히려 보다 철저히 아수라(阿修羅)가 됨으로써 피 속을 뒹구는 게 이미 죽은 자들에 대한 예의일 터였다.

'지옥으로 가게 되겠지!'

당연히 그래야만 한다. 이 역거운 까바다 속을 뒹군 자신이 갈 곳은 거기뿐이다.

"독고향, 어디 있나? 대답해!"

부르는 소리가 부쩍 가까워졌다. 그러나 독고향에겐 가물거리며 멀어지는 것처럼 들렸다.

마치 그 소리가 신호라도 된 양 독고향은 한 걸음 옮겼다.

우르르, 적들은 물러섰다. 독고향이 이미 탈진했고, 심각한 부상까지 입었다는 걸 알고는 있지만 그의 무위에 대해선 싫도록 실감했다. 선뜻 그 앞을 가로막지는 못했다.

하지만 그것도 잠시뿐이었다. 애써 숨기려 했음에도 불구하고 독고향의 걸음은 위태로울 정도로 휘청거렸다.

"쳐, 쳐라!"

"놈은 지쳤다. 또 다른 적들도 나타난 모양이니 어서 해치워라!"

적들이 기세를 돋웠다. 주춤 물러서기만 하다가 이젠 무기를 앞세우고 독고향에게 조금씩 접근하기 시작했다.

독고향으로서야 싫어할 이유가 없다. 이쪽에서 다가가야 하는 수고를 덜어주는 셈이니 오히려 반가운 일이다.

"와아앗!"

"뒈져랏!"

배후에 있던 적들 중 몇 명이 한껏 기세를 돋우며 빠르게 접근했다.

하지만 독고향이 그쪽으로 몸을 돌리는 것만으로도 그들은 황급히 물러났다.

싸움이라는 게 이렇다. 조금이라도 약해진 기미를 보이면 가차없이 치고 나오지만, 아직도 이쪽에 힘이 남아 있다는 걸 보이면 도로 움츠러들고 만다. 이래서 서전(緒戰)이 중요하고 선봉으로 적에게 덤벼드는 용기 가진 자를 칭송하는 것이다.

'뭘 더 기다리는가?'

쓰디쓴 미소를 배어 물며 독고향은 자신에게 물었다. 조금 전까지는 한 사람이라도 더 죽이기 위해 힘을 비축해 둬야 한다고 생각했었다.

지금은 다르다. 한 사람을 죽이는 게 세상을 밝히는 빛줄기 하나를 꺼뜨리는 일인지도 모른다고 깨닫게 되자 적이지만 그들의 생명 하나하나가 소중하게 여겨졌다.

그렇다면 왜 이렇게 대치하고 서 있는가? 지금이라도 귀절환을 던져 버리고 저들의 병기 앞에 몸을 던지면 그만인데.

'각자의 일이 다른 탓이지!'

서로 죽고 죽여야 되는 행위를 말하는 게 아니다. 목숨이 다할 때까지는 충실해야만 될 그 일이 각자 다르기에 서로 마주 보며 병기를 겨눠야 한다. 분명 지독한 역설(逆說)이다.

하지만 이 또한 이 세상에서 흔히 벌어지는 일이다. 순리만으로는 돌아가지 않는 인간사(人間事)다. 제각각 이유가 다르고, 각자 생각하는 정의가 다르다면 한 번쯤은 자신의 생각에만 몰두하여 미쳐 볼 수도 있을 터였다.

'죽여야겠지. 단 한 명이라도 더!'

독고향은 애써 살기를 돋우려고 했다. 오늘 자신이 생각한 정의는 적을 단 한 명이라도 더 죽이는 것이고, 그에 충실하려고 노력했다.

쉽지 않았다. 주변을 포위하고 있는 적들 중에 여상절이나 설립강이 있었다면 보다 쉬웠겠지만, 일면식도 없었던 적들을 상대로 살기를 떠올리기가 예전처럼 수월치는 않았다.

그래도 적들은 제깍 반응해 왔다.

"와앗, 쳐라!"

"죽여라!"

조금 전보다 훨씬 흉맹한 기세로 천천히 거리를 좁혀오기 시작했다. 이 역시 싸움의 한 단면이다. 이쪽에서 살기를 노출시키지 않으면 적들도 비교적 느긋하게 대처해 온다.

그러나 목숨이 위태로울지도 모르는 살기를 느끼게 되면 저항감이 생긴다. 발악이라고 해도 좋을 이 감정에 휩싸이게 되면 비로소 인간의 눈은 광기로 번질거리기 시작한다.

'얼마나 버틸 수 있을까?'

생각하다가 독고향은 이내 그만뒀다. 얼마나 오래 버티느냐 하는 건 그리 중요한 게 아니다. 어떻게 끝을 맺느냐가 관건인 것이다.

항려의 말에 의하면 오늘 적들은 자신을 죽이기보다는 생포하는 게 목적이라고 했다. 그들이 뭘 원하는지 모르지만 그 기대를 어긋나게 해주려면 멋지게 죽는 게 좋다.

맥없이 포기해 버릴 생각은 애당초 하지도 않았었다. 이제 와서 편안한 죽음을 갖겠다는 생각은 조금도 없다는 얘기다.

문득 독고향은 다시 눈을 감았다. 이젠 사람들의 윤곽을 둘러싸고 있던 빛줄기가 보이지 않았다. 애써 떠올린 살기 탓인지도 모른다.

뭐 이건 이대로 좋다. 빛을 꺼뜨린다는 생각보단 차라리 살인을 한다고 여기는 편이 훨씬 행동하기 편하니까 말이다.

하지만 눈을 감자 또 다른 괴로움이 독고향을 엄습해 왔다. 지금까지 자신의 손에 죽은 혼백들이 나타나 사지를 옭아매고 있는 것처럼 느껴졌다.

'이 또한 내가 지고 버텨야 할 업!'

독고향은 마음을 다잡았다. 대낮에, 아니, 설사 밤이라도 세상에 귀신이 있을 리는 만무한 터, 이 모든 게 환영이고 그만큼 심리적으로 나약해졌다는 반증이다.

"우와아앗, 적이다!"

"크하악!"

돌연 적들의 배후가 우르르 무너지며 주변이 어수선해졌다.

여전히 독고향은 눈을 뜨지 않았다. 이러는 게 더 편하다. 눈을 떠봐야 밝은 햇살 때문에 현기증만 더해질 뿐이다.

"에잇, 뒈져랏!"

적들 중 한 명이 용감하게 검을 휘두르며 독고향에게 짓쳐들었다. 이미 배후까지 또 다른 적의 엄습으로 허물어지고 있는 상태인지라 차라리 지쳐 있는 그에게 덤비는 게 낫다는 판단이 섰는지도 몰랐다.

'좋아!'

독고향은 웃었다. 단순히 입꼬리만 말아 올리는 것에 불과했지만 이 역시 힘겨운지 얼굴 근육이 푸들푸들 떨렸다.

그래도 손은 움직였다. 당연히 귀절환도 허공을 때렸고, 비명도 없이 또 하나의 목숨이 스러져 갔다.

이번에 보인 독고향의 동작은 지극히 단순했다. 그저 귀절환으로 허공을 가볍게 친 것처럼 보였다. 마치 유등을 손바람으로 꺼뜨리는 것과도 같이.

그렇게 또 다른 시작이 전개되었다. 겉으로 보기에 여타의 싸움과 하등 다를 게 없었지만 독고향에겐 생소하기만 한 싸움이었다. 애써 끌어올렸던 살기도 어느새 사라져 버렸고, 적에 대한 적개심조차 한 점 없었다.

그 껌이 독고향은 사뭇 신기했다. 미워하는 감정이 조금도 없으면서 너무도 쉽게 사람을 죽이고, 또 죽어간다.

쉬잇!

또 한 차례 귀절환을 휘두르며 독고향은 스스로에게 여린 환멸을 느꼈다. 증오도 살기도 없이 사람을 마구 베어넘기는 자신이 두렵기조차

했다.

'이 무슨 약한 마음!'

세차게 머리를 흔듦으로써 독고향은 여린 마음을 떨쳐 버렸다. 이미 지옥의 악귀가 되기로 작정한 터다. 여기서 약해질 순 없다.

마음 같아서는 적들에게 짓쳐들고 싶었다. 이렇게 수동적으로 적의 공격을 기다리기보다는 먼저 달려드는 게 악귀에게는 어울리는 모습이다.

그러나 힘이 없다. 마지막으로 환허삼절을 원없이 한 번 펼쳐 보고 싶었지만 발은 흡사 바닥에 깊이 뿌리라도 내린 듯 도무지 움직여 주질 않았다.

"놈은 이제 얼마 버티지 못한다. 쳐라!"

"아아악!"

공격을 지시하는 목소리와 비명성이 한꺼번에 터져 나왔다. 누군지 몰라도 적들의 배후를 공격하던 자들이 부쩍 가까이 접근한 모양이었다.

물론 독고향에겐 그 모든 사실이 아무런 의미가 없었다. 아니, 전혀 인식하지 못한다는 게 정확했다.

독고향은 그저 자신의 일에만 충실했다. 이미 감각은 잃어버렸지만 그래도 귀절환을 든 팔은 의지의 명령을 충실히 수행하고 있었다.

"야입, 받아랏!"

또 한 명의 적이 긴 창을 불쑥 찔러왔다.

쉬잇!

동시에 귀절환도 휘둘러졌고, 비록 짧은 호선을 그린 것에 불과했지만 창대는 맥없이 잘려 나갔다.

재차 귀절환이 휘둘러졌다. 창대를 자를 때보다는 조금 큰 호선, 그 목표는 물론 창을 찔러온 적의 육신이었다.

"우아아아압!"

위기에 처한 적의 반응은 의외였다. 이럴 경우 대부분의 사람들은 뒤로 물러서거나, 몸을 돌려 피하려고 하는데 그자는 오히려 독고향에게 온몸으로 부딪쳐 왔다.

멈칫!

호선을 그리던 귀절환이 허공에서 뚝 멈췄다. 예상치 못했던 적의 반응 때문만은 아니었다.

'노인?'

그랬다. 창을 찔렀던 자는 얼핏 봐도 일흔을 넘겼을 것 같은 노인이었다.

그 나이에도 하급 무사 복장을 하고 있는 걸 보면 지독히도 무공 실력이 없었거나, 아니면 누군가의 하인으로 어느 문파에 입문한 주인을 따라간 자인 듯했다.

노인의 몸놀림은 내지른 기합성의 절반에도 미치지 못할 만큼 굼떴다. 형편없이 지쳐 버린 독고향의 눈에도 하품이 날 정도로 느리게 보였으니 말이다.

솔직히 베고 싶지 않았다. 제 한 놈도 제대로 가누지 못해 금방이라도 꼬구라질 듯이 덤비는 노인에게 휘두를 칼은 없어야 한다.

그러나 독고향은 재차 독한 마음을 먹었다. 철저한 악귀가 되기로 한 이상 노인의 목숨이리고 해서 연민을 느껴선 안 된다.

"끄아아아압!"

이제 지척에 접근해 비명과 흡사한 괴성을 발하며 자신에게 몸을 날린 노인을 향해 독고향은 허공에 멈춰뒀던 귀절환을 휘둘렀다.

써걱!

귀절환은 정확하게 노인의 허리를 양단했지만 상체는 벌써 독고향에게 부딪친 뒤였다.

"우헉!"

돌연 나직한 신음을 토하며 독고향은 뒤로 나뒹굴었다. 진작부터 후들거리고 있던 하체가 노인의 상체 무게를 감당하지 못한 탓이었다.

아니, 사태는 그렇게 가볍지 않았다. 부딪친 노인의 상체에 밀려 꽂혀 있던 검날이 뱃속으로 깊숙이 파고들었다.

울컥!

마치 화산이 분출되는 것처럼 독고향의 입에서 선혈이 뿜어졌다. 또한 멈출 기미를 보이지 않았다.

"찾았다. 독고향이 여기 있다!"

아득하게 멀어지는 의식 속에서 독고향은 분명 이 목소리를 들었다. 그리고 비로소 이 음성의 주인이 누군지 떠올릴 수 있었다.

'궁자엽……!'

입 밖으로 소리 내어 불러보고픈 이름이었지만 그럴 수도 없었다. 꾸역꾸역 밀려 나오는 핏물 때문이 아니더라도 벌써 의식이 절반 이상 꺼져 들었던 것이다.

'이대로 좋다. 이대로…….'

밀물처럼 몰려드는 더할 나위 없는 편안함에 독고향은 긴 한숨을 내쉬었다.

〈第二部 第二券 끝〉